王力全集　第十八卷

诗词格律　诗词格律概要

王　力　著

中 华 书 局

图书在版编目（CIP）数据

诗词格律 诗词格律概要／王力著．—北京：中华
书局，2014.3（2022.2 重印）
（王力全集；18）
ISBN 978 - 7 - 101 - 09356 - 8

Ⅰ．诗… Ⅱ．王… Ⅲ．诗词格律 - 基本知识 - 中国
Ⅳ．I207.21

中国版本图书馆 CIP 数据核字（2013）第 107817 号

书　　　名	诗词格律 诗词格律概要	
著　　　者	王　力	
丛 书 名	王力全集 第十八卷	
出版发行	中华书局	
	（北京市丰台区太平桥西里 38 号　100073）	
	http://www.zhbc.com.cn	
	E-mail：zhbc@zhbc.com.cn	
印　　　刷	北京市白帆印务有限公司	
版　　　次	2014 年 3 月北京第 1 版	
	2022 年 2 月北京第 7 次印刷	
规　　　格	开本/880×1230 毫米　1/32	
	印张 13½　插页 2　字数 270 千字	
印　　　数	25001 - 29000 册	
国际书号	ISBN 978 - 7 - 101 - 09356 - 8	
定　　　价	48.00 元	

《王力全集》出版说明

　　王力(1900-1986),字了一,广西壮族自治区博白县人,我国著名语言学家、教育家、翻译家、散文家和诗人。

　　王力先生毕生致力于语言学的教学、研究工作,为发展中国语言学、培养语言学专门人才作出了重要贡献。王力先生的著作涉及汉语研究的多个领域,在汉语发展史、汉语语法学、汉语音韵学、汉语词汇学、古代汉语教学、文字改革、汉语规范化、推广现代汉语普通话和汉语诗律学等领域取得了杰出的成就;在诗歌、散文创作和翻译领域也卓有建树。

　　要了解中国语言学的发展脉络、发展趋势,必须研究王力先生的学术思想,体会其作品的精华之处,从而给我们带来新的领悟、新的收获,因而,系统整理王力先生的著作,对总结和弘扬王力先生的学术成就,推动我国的语言学及其他相关学科的发展,具有重要的意义。

　　《王力全集》完整收录王力先生的各类著作三十余种、论文二百余篇、译著二十余种及其他诗文等各类文学。全集按内容分卷,各卷所收文稿在保持著作历史面貌的基础上,参考不同时期的版本精心编校,核订引文。学术论著后附"主要术语、人名、论著索引",以便读者使用。

　　《王力全集》的编辑出版工作中,得到了王力先生家属、学生及社会各界人士的帮助和支持,在此谨致以诚挚的谢意。

中华书局编辑部

2012 年 3 月

本卷出版说明

本卷收入王力先生的专著《诗词格律》《诗词格律概要》《诗词格律十讲》。

《诗词格律》简明扼要地讲述了诗词格律的基本知识,是中华书局编辑出版的《知识丛书》中的一种,1962年首版。1977年中华书局将之收入《中国文学史知识读物》丛书出版。2009年中华书局将之收入《诗词常识名家谈》丛书。1989年山东教育出版社出版的《王力文集》第十五卷收入《诗词格律》(后称"文集本"),该卷由程湘清先生根据中华书局1977年第二版编校,在文字上作了个别的改正。此次收入《王力全集》,我们以中华书局1977年本为底本,同时参以文集本进行了整理和编辑。

《诗词格律概要》是王力先生应约为北京出版社编辑出版《语文小丛书》时写的,1979年出版(后称"北京本")。1989年山东教育社出版的《王力文集》第十五卷收入《诗词格律概要》(后称"文集本"),该卷由程湘清先生根据北京出版社1979年版编校,对文字上的个别讹误作了改正。此次收入《王力全集》,我们以山东教育出版社1989年本为底本,同时参以北京本进行了整理和编辑。

《诗词格律十讲》最初由《北京日报》分十天连载,1962年由北京出版社出版。1964年作了个别改动收入《语文小丛书》。1978年作者进行了修订,增换了一些例子,改正了个别错误。此次收入《王力全集》,我们以 1978 年北京出版社本为底本进行了整理和编辑。

中华书局编辑部

2012 年 6 月

总 目 录

诗词格律

目　录

引　言

　　这一本小书有一个总的目的,就是试图简单扼要地叙述诗词的格律,作为一种基本知识来告诉读者。

　　关于诗,着重在谈律诗,因为从律诗兴起以后,诗才有了严密的格律。唐代以前的古诗是自由体或半自由体,还没有形成格律,所以不谈。至于唐代以后的古体诗,虽然表面上也是不受格律的限制的,实际上还是有很多讲究,所以不能不谈,只不过可以少谈罢了。

　　词和律诗的关系是很密切的。所以先讲诗,后讲词。有时候,诗和词结合起来讲述。

　　中国的古典文学,包括着大量光辉灿烂的不朽作品。单就唐代以后的诗词来说,文学的宝贵遗产也就够丰富的了。对于其中的封建性的糟粕,我们必须彻底批判;对于其中民主性的精华,我们也应该予以继承。要继承,首先必须深入理解。诗词的格律是诗词的表现形式之一,因此,当我们研究古人的诗词的时候,同时了解一下诗词的格律,还是有必要的。

　　毛主席的诗词是革命现实主义与革命浪漫主义的高度结合。这些超越千古的作品既表现了革命生活中的伟大事件,又表现了斗志昂扬、意气风发的革命乐观主义精神。我们学习毛主席的诗词,自然要学习其思想内容和精神实质。但是,我们可以通过形式去了解内容:

诗词既然是有一定格律的,我们在学习毛主席的诗词的时候,如果能够知道关于诗词格律的一些基本知识,那就更能欣赏其中的艺术的美,更能体会政治内容和艺术形式的统一性了。

我们在叙述诗词格律的时候,既举毛主席的诗词为例,又举古人的诗词为例。在举古人的诗词为例的时候,注意选择一些思想比较健康、可资借鉴的作品。但是,这些都是封建文人的作品,不可避免地还带有封建时代的局限性,常常是封建性的糟粕和民主性的精华杂糅在一起。因此,我们必须贯彻两点论,除了历史主义地加以肯定之外,还必须站在今天无产阶级世界观的高度来观察和衡量。

毛主席教导说:"诗当然以新诗为主体,旧诗可以写一些,但是不宜在青年中提倡,因为这种体裁束缚思想,又不易学。"这本书对于写旧诗的人,可供参考。但是我们应该遵照毛主席的教导,不在青年中提倡写旧诗。

这书所讲的诗词格律,大部分是前人研究的成果,也有一些地方是著者自己的意见。由于它是一部基本知识的书,所以书中不详细说明哪些部分是某书上叙述过的,哪些部分是著者自己的话。这本书着重在讲格律,不是诗词选本,所以对于举例的诗词,不加注释。所引诗词的字句,也有版本的不同;著者对于版本是经过选择的,但是为了节省篇幅并避免烦琐,也不打算在每一个地方都加上校勘性的说明了。

第一章　关于诗词格律的一些概念

第一节　韵

韵是诗词格律的基本要素之一。诗人在诗词中用韵叫做押韵。从《诗经》到后代的诗词,差不多没有不押韵的。民歌也没有不押韵的。在北方戏曲中,韵又叫辙,押韵叫合辙。

一首诗有没有韵,是一般人都觉察得出来的。至于要说明什么是韵,那却不太简单。但是,今天我们有了汉语拼音字母,对于韵的概念还是容易说明的。

诗词中所谓韵,大致等于汉语拼音中所谓韵母。大家知道,一个汉字用拼音字母拼起来,一般都有声母,有韵母,例如"公"字拼成 gōng,其中 g 是声母,ong 是韵母。声母总是在前面的,韵母总是在后面的。我们再看"东"dōng、"同"tóng、"隆"lóng、"宗"zōng、"聪"cōng 等,它们的韵母都是 ong,所以它们是同韵字。

凡是同韵的字都可以押韵。所谓押韵,就是把同韵的两个或更多的字放在同一位置上。一般总是把韵放在句尾,所以又叫韵脚。试看下面的一个例子:

书湖阴先生壁

[宋] 王安石

茅檐常扫净无苔(tái)①,
花木成蹊手自栽(zāi)。
一水护田将绿绕,
两山排闼送青来(lái)。

这里"苔、栽"和"来"押韵,因为它们的韵母都是 ai。"绕"字不押韵,因为"绕"字拼起来是 rào,它的韵母是 ao,跟"苔、栽、来"不是同韵字。依照诗律,像这样的四句诗,第三句是不押韵的。

在拼音中,a、e、o 的前面可能还有 i、u、ü,如 ia、ua、uai、iao、ian、uan、üan、iang、uang、ie、üe、iong、ueng 等,这种 i、u、ü 叫做韵头,不同韵头的字也算是同韵字,也可以押韵,例如:

四时田园杂兴

[宋] 范成大

昼出耘田夜绩麻(má),
村庄儿女各当家(jiā)。
童孙未解供耕织,
也傍桑阴学种瓜(guā)。

"麻、家、瓜"的韵母是 a、ia、ua,韵母虽不完全相同,但它们是同韵字,押起韵来是同样谐和的。

押韵的目的是为了声韵的谐和。同类的乐音在同一位置上的重复,这就构成了声音回环的美。

但是,为什么当我们读古人的诗的时候,常常觉得它们的韵并不

---

① 　△号表示韵脚。下同。

十分谐和,甚至很不谐和呢? 这是因为时代不同的缘故。语言发展了,语音起了变化,我们拿现代的语音去读它们,自然不能完全适合了,例如:

山　行

[唐]杜　牧

远上寒山石径斜(xié),
白云深处有人家(jiā)。
停车坐爱枫林晚,
霜叶红于二月花(huā)。

xié 和 jiā、huā 不是同韵字,但是,唐代"斜"字读 siá(s 读浊音),和现代上海"斜"字的读音一样,因此,在当时是谐和的,又如:

江　南　曲

[唐]李　益

嫁得瞿塘贾,
朝朝误妾期(qī)。
早知潮有信,
嫁与弄潮儿(ér)。

在这首诗里,"期"和"儿"是押韵的;按今天普通话去读,qī 和 ér 就不能算押韵了。如果按照上海的白话音念"儿"字,念如 ní 音(这个音正是接近古音的),那就谐和了。今天我们当然不可能(也不必要)按照古音去读古人的诗;不过我们应该明白这个道理,才不至于怀疑古人所押的韵是不谐和的。

古人押韵是依照韵书的。古人所谓官韵,就是朝廷颁布的韵书。这种韵书,在唐代,和口语还是基本上一致的;依照韵书押韵,也是比较合理的。宋代以后,语音变化较大,诗人们仍旧依照韵书来押韵,那就变为不合理的了。今天我们如果写旧诗,自然不一定要依照韵书来押韵。不过,当我们读古人的诗的时候,却又应该知道古人的诗韵。在第二章里,我们还要回到这个问题上来讲。

第二节　四　声

四声,这里指的是古代汉语的四种声调。我们要知道四声,必须先知道声调是怎样构成的。所以这里先从声调谈起。

声调,这是汉语(以及某些其他语言)的特点。语音的高低、升降、长短构成了汉语的声调,而高低、升降则是主要的因素。拿普通话的声调来说,共有四个声调:阴平声是一个高平调(不升不降叫平),阳平声是一个中升调(不高不低叫中),上声是一个低升调(有时是低平调),去声是一个高降调。

古代汉语也有四个声调,但是和今天普通话的声调种类不完全一样。古代的四声是:

(1)平声。这个声调到后代分化为阴平和阳平。

(2)上声。这个声调到后代有一部分变为去声。

(3)去声。这个声调到后代仍是去声。

(4)入声。这个声调是一个短促的调子。现代江浙、福建、广东、广西、江西等处都还保存着入声。北方也有不少地方(如山西、内蒙古)保存着入声。湖南的入声不是短促的了,但也保存着入声这一个调类。北方的大部分和西南的大部分的口语里,入声已经消失了。北方的入声字,有的变为阴平,有的变为阳平,有的变为上声,有的变为去声。就普通话来说,入声字变为去声的最多,其次是阳平;变为上声的最少。西南方言(从湖北到云南)的入声字一律变成了阳平。

古代的四声高低升降的形状是怎样的,现在不能详细知道了。依照传统的说法,平声应该是一个中平调,上声应该是一个升调,去声应

该是一个降调,入声应该是一个短调。《康熙字典》前面载有一首歌诀,名为《分四声法》:

> 平声平道莫低昂,
>
> 上声高呼猛烈强,
>
> 去声分明哀远道,
>
> 入声短促急收藏。

这种叙述是不够科学的,但是它也让我们知道了古代四声的大概。

四声和韵的关系是很密切的。在韵书中,不同声调的字不能算是同韵。在诗词中,不同声调的字一般不能押韵。

什么字归什么声调,在韵书中是很清楚的。在今天还保存着入声的汉语方言里,某字属某声也还相当清楚。我们特别应该注意的是一字两读的情况。有时候,一个字有两种意义(往往词性也不同),同时也有两种读音,例如"为"字,用作动词的时候解作做,就读平声(阳平);用作介词的时候解作因为、为了,就读去声。在古代汉语里,这种情况比现代汉语多得多。现在试举一些例子:

骑:平声,动词,骑马;去声,名词,骑兵。

思:平声,动词,思念;去声,名词,思想,情怀。

誉:平声,动词,称赞;去声,名词,名誉。

污:平声,形容词,污秽;去声,动词,弄脏。

数:上声,动词,计算;去声,名词,数目,命运;入声(读如朔),形容词,频繁。

教:去声,名词,教化,教育;平声,动词,使,让。

令:去声,名词,命令;平声,动词,使,让。

禁:去声,名词,禁令,宫禁;平声,动词,堪,经得起。

杀:入声,及物动词,杀戮;去声(读如晒),不及物动词,衰落。

有些字,本来是读平声的,后来变为去声,但是意义、词性都不变。

"望、叹、看"都属于这一类。"望"和"叹"在唐诗中已经有读去声的了,"看"字直到近代律诗中,往往也还读平声(读如刊)。在现代汉语里,除"看守"的"看"读平声以外,"看"字总是读去声了。也有比较复杂的情况,如"过"字用作动词时有平、去两读,至于用作名词,解作过失时,就只有去声一读了。

辨别四声,是辨别平仄的基础。下一节我们就讨论平仄问题。

第三节　平　仄

知道了什么是四声,平仄就好懂了。平仄是诗词格律的一个术语:诗人们把四声分为平仄两大类,平就是平声,仄就是上、去、入三声。仄,按字义解释,就是不平的意思。

凭什么来分平仄两大类呢? 因为平声是没有升降的,较长的,而其他三声是有升降的(入声也可能是微升或微降),较短的,这样,它们就形成了两大类型。如果让这两类声调在诗词中交错着,那就能使声调多样化,而不至于单调。古人所谓声调铿锵①,虽然有许多讲究,但是平仄谐和也是其中的一个重要因素。

平仄在诗词中又是怎样交错着的呢? 我们可以概括为两句话:

(1)平仄在本句中是交替的;

(2)平仄在对句中是对立的。

这种平仄规则在律诗中表现得特别明显,例如毛主席《长征》诗的第五、六两句:

金沙水拍云崖暖,

大渡桥横铁索寒。

---

① 铿锵,音 kēngqiāng,乐器声,指宫商协调。

这两句诗的平仄是：

> 平平｜仄仄｜平平｜仄，
>
> 仄仄｜平平｜仄仄｜平。

就本句来说，每两个字一个节奏。平起句平平后面跟着的是仄仄，仄仄后面跟着的是平平，最后一个又是仄。仄起句仄仄后面跟着的是平平，平平后面跟着的是仄仄，最后一个又是平。这就是交替。就对句来说，"金沙"对"大渡"，是平平对仄仄；"水拍"对"桥横"，是仄仄对平平；"云崖"对"铁索"，是平平对仄仄；"暖"对"寒"，是仄对平。这就是对立。

　　关于诗词的平仄规则，下文还要详细讨论。现在先谈一谈我们怎样辨别平仄。

　　如果你的方言里是有入声的（譬如说，你是江浙人或山西人、湖南人、华南人），那么，问题就很容易解决。在那些有入声的方言里，声调不止四个，不但平声分阴阳，连上声、去声、入声，往往也都分阴阳。像广州入声还分为三类。这都好办：只消把它们合并起来就是了，例如把阴平、阳平合并为平声，把阴上、阳上、阴去、阳去、阴入、阳入合并为仄声，就是了。问题在于你要先弄清楚自己方言里有几个声调。这就要找一位懂得声调的朋友帮助一下。如果你在语文课上已经学过本地声调和普通话声调的对应规律，已经弄清楚了自己方言里的声调，就更好了。

　　如果你是湖北、四川、云南、贵州和广西北部的人，那么，入声字在你的方言里都归了阳平。这样，遇到阳平字就应该特别注意，其中有一部分在古代是属于入声字的。至于哪些字属入声，哪些字属阳平，就只好查字典或韵书了。

　　如果你是北方人，那么，辨别平仄的方法又跟湖北等处稍有不同。古代入声字既然在普通话里多数变了去声，去声也是仄声；又有一部分变了上声,上声也是仄声。因此,由入变去和由入变上的字都不妨碍我们辨别平仄;只有由入变平(阴平、阳平)才造成了辨别平仄的困难。我们遇着诗律上规定用仄声的地方,而诗人用了一个在今天读来是平声的字,引起了我们的怀疑,可以查字典或韵书来解决。

注意,凡韵尾是 -n 或 -ng 的字,不会是入声字。如果就湖北、四川、云南、贵州和广西北部来说,ai、ei、ao、ou 等韵基本上也没有入声字。

总之,入声问题是辨别平仄的唯一障碍。这个障碍是查字典或韵书才能消除的;但是,平仄的道理是很好懂的。而且,中国大约还有一半的地方是保留着入声的,在那些地方的人们,辨别平仄更是没有问题了。

第四节　对　仗

诗词中的对偶,叫做对仗。古代的仪仗队是两两相对的,这是对仗这个术语的来历。

对偶又是什么呢? 对偶就是把同类的概念或对立的概念并列起来,例如"抗美援朝","抗美"与"援朝"形成对偶。对偶可以句中自对,又可以两句相对,例如"抗美援朝"是句中自对,"抗美援朝,保家卫国"是两句相对。一般讲对偶,指的是两句相对。上句叫出句,下句叫对句。

对偶的一般规则,是名词对名词,动词对动词,形容词对形容词,副词对副词。仍以"抗美援朝,保家卫国"为例:"抗、援、保、卫"都是动词相对,"美、朝、家、国"都是名词相对。实际上,名词还可以细分为若干类,同类名词相对被认为是工整的对偶,简称工对。这里"美"与"朝"都是专名,而且都是简称,所以是工对;"家"与"国"都是人的集体,所以也是工对。"保家卫国"对"抗美援朝"也算工对,因为句中自对工整了,两句相对就不要求同样工整了。

对偶是一种修辞手段,它的作用是形成整齐的美。汉语的特点特别适宜于对偶,因为汉语单音词较多,即使是复音词,其中的词素也有相当的独立性,容易造成对偶。对偶既然是修辞手段,那么,散文与诗都用得着它,例如《易经》(《易·乾文言》)说:"同声相应,同气相求。"《诗经》(《小雅·采薇》)说:"昔我往矣,杨柳依依;今我来思,雨雪霏霏。"这些对仗都是适应修辞的需要的。但是,律诗中的对仗还有它的规则,而不是像《诗经》那样随便的。这个规则是:

　　(1)出句和对句的平仄是相对立的;

　　(2)出句的字和对句的字不能重复①。

因此,像上面所举《易经》和《诗经》的例子还不合于律诗对仗的标准。上面所举毛主席《长征》诗中的两句:"金沙水拍云崖暖,大渡桥横铁索寒。"才是合于律诗对仗的标准的。

对联(对子)是从律诗演化出来的,所以也要适合上述的两个标准,例如毛主席在《改造我们的学习》中所举的一副对子:

　　墙上芦苇,头重脚轻根底浅;

　　山间竹笋,嘴尖皮厚腹中空。

这里上联(出句)的字和下联(对句)的字不相重复,而它们的平仄则是相对立的:

　　　　Ⓐ仄平平,Ⓐ仄Ⓟ平平仄仄②;

　　　　Ⓟ平Ⓐ仄,Ⓟ平Ⓐ仄仄平平。

---

①　至少是同一位置上不能重复,例如"昔我往矣,杨柳依依;今我来思,雨雪霏霏",出句第二字和对句第二字都是"我"字,那就是同一位置上的重复。

②　字外有圆圈的,表示可平可仄。

就修辞方面说,这副对子也是对得很工整的。"墙上"是名词带方位词,所对的"山间"也是名词带方位词。"根底"是名词带方位词①,所对的"腹中"也是名词带方位词。"头"对"嘴"、"脚"对"皮",都是名词对名词。"重"对"尖"、"轻"对"厚",都是形容词对形容词。"头重"对"脚轻"、"嘴尖"对"皮厚",都是句中自对。这样句中自对而又两句相对,更显得特别工整了。

关于诗词的对仗,下文还要详细讨论,现在先谈到这里。

---

① 　"根底"原作"根柢",是平行结构。写作"根底"仍是平行结构。我们说是名词带方位词,是因为这里确是利用了"底"也可以作方位词这一事实来构成对仗的。

第二章 诗 律

第一节 诗的种类

关于诗的种类,问题是相当复杂的。《唐诗三百首》的编者把诗分为古诗、律诗、绝句三类,又在这三类中都附有乐府一类;古诗、律诗、绝句又各分为五言、七言。这是一种分法。沈德潜所编的《唐诗别裁》的分类稍有不同:他不把乐府独立起来,但是他增加了五言长律一类。宋郭知达所编的杜甫诗集就只简单地分为古诗和近体诗两类。现在我们试就上述三种分类法再参照别的分类法加以讨论。

从格律上看,诗可分为古体诗和近体诗。古体诗又称古诗或古风,近体诗又称今体诗。从字数上看,有四言诗、五言诗、七言诗①。唐代以后,四言诗很少见了,所以一般诗集只分为五言、七言两类。

(一)古体和近体

古体诗是依照古代的诗体来写的。在唐人看来,从《诗经》到南北朝的庾信,都算是古,因此,所谓依照古代的诗体,也就没有一定的标

---

① 六言诗是很少见的。

准。但是,诗人们所写的古体诗,有一点是一致的,那就是不受近体诗的格律的束缚。我们可以说,凡不受近体诗格律的束缚的,都是古体诗。

乐府产生于汉代,本来是配音乐的,所以称为乐府或乐府诗。这种乐府诗称为曲、辞、歌、行等。到了唐代以后,文人摹拟这种诗体而写成的古体诗,也叫乐府,但是已经不再配音乐了。由于隋唐时代逐渐形成了新音乐,后来又产生了配新音乐的歌词,叫做词。词大概产生于盛唐。在乐府衰微之后、词产生之前的一个过渡时期,配新乐曲的歌辞即采用近体诗,像王维的《渭城曲》、李白的《清平调》,都是近体诗的形式。

近体诗以律诗为代表。律诗的韵、平仄、对仗,都有许多讲究。由于格律很严,所以称为律诗。律诗有以下四个特点:

(1)每首限定八句,五律共 40 字,七律共 56 字;

(2)押平声韵;

(3)每句的平仄都有规定;

(4)每篇必须有对仗,对仗的位置也有规定。

有一种超过八句的律诗,称为长律。长律自然也是近体诗。长律一般是五言的①,往往在题目上标明韵数,如杜甫《风疾舟中伏枕书怀三十六韵》,就是 360 字;白居易《代书诗一百韵寄微之》,就是 1000字。这种长律除了尾联(或除了首尾两联)以外,一律用对仗,所以又叫排律②。

绝句比律诗的字数少一半。五言绝句只有 20 字,七言绝句只有28 字。绝句实际上可以分为古绝、律绝两类。

---

① 也有七言长律,如杜甫《清明》二首等。

② 参照下文第 47 页"长律的对仗"。

古绝可以用仄韵。即使是押平声韵的,也不受近体诗平仄规则的束缚。这可以归入古体诗一类。

律绝不但押平声韵,而且依照近体诗的平仄规则。在形式上它们就等于半首律诗。这可以归入近体诗①。

总括起来说:一般所谓古风属于古体诗,而律诗(包括长律)则属于近体诗。乐府和绝句,有些属于古体,有些属于近体。

(二)五言和七言

五言就是五个字一句,七言就是七个字一句。五言古诗简称五古,七言古诗简称七古;五言律诗简称五律,七言律诗简称七律;五言绝句简称五绝,七言绝句简称七绝。

古风分为五古、七古,这只是大致的分法。其实除了五言、七言之外,还有所谓杂言。杂言指的是长短句杂在一起,主要是三字句、五字句、七字句,其中偶然也有四字句、六字句以及七字以上的句子。杂言诗一般不另立一类,而只归入七古。甚至篇中完全没有七字句,只要是长短句,也就归入七古。这是习惯上的分类法,是没有什么理论根据的。

第二节 律诗的韵

我们先讲近体诗,后讲古体诗,这是因为彻底了解了近体诗之后,才能更好地了解古体诗。第一,古体诗既然是以不受近体诗格律的束缚为其特征的,我们就必须先知道近体诗的格律是什么,然后才能知

---

① 郭知达编杜甫诗集把多数绝句都归入近体诗。元稹所编的《白氏长庆集》索性就把这种绝句归入律诗。

道什么是古体诗。第二,自从有了律诗以后,古体诗也不能不受律诗的影响,所以要先了解律诗,然后才能知道古体诗所受律诗的影响是什么。

在这一节里,我们先谈律诗的韵。

古人写律诗,是严格地依照韵书来押韵的。韵书的历史,这里用不着详细叙述。清代一般人常常查阅的《诗韵集成》《诗韵合璧》等韵书,不但可以说明清代律诗的押韵,而且可以说明唐宋律诗的用韵。一般人所谓诗韵,也就是指这个来说的①。

诗韵共有 106 个韵:平声 30 韵,上声 29 韵,去声 30 韵,入声 17 韵。律诗一般只用平声韵②,所以我们在这一节里只谈平声韵;至于仄声韵,留待下文讲古体诗时再行讨论。

在韵书里,平声分为上平声、下平声。平声字多,所以分为两卷,等于说平声上卷、平声下卷,没有别的意思。

上平声 15 韵:

| 一东 | 二冬 | 三江 | 四支 | 五微 | 六鱼 | 七虞 |

| 八齐 | 九佳 | 十灰 | 十一真 | 十二文 | 十三元 |

十四寒　十五删

下平声 15 韵:

| 一先 | 二萧 | 三肴 | 四豪 | 五歌 | 六麻 | 七阳 |

| 八庚 | 九青 | 十蒸 | 十一尤 | 十二侵 | 十三覃 |

十四盐　十五咸

东、冬等字都只是韵的代表字,它们只表示韵母的种类。至于东、冬这两个韵(以及其他相近似的韵)在读音上有什么分别,现在我们不

---

① 《佩文韵府》等书,也是按这个诗韵排列的。

② 刘长卿、白居易、韩偓等人写了一些仄韵律诗。因为这种诗是罕见的,这里不谈。

需要追究它。我们只须知道:它们在最初的时候可能是有区别的,后来混而为一了,但是古代诗人们依照韵书,在写律诗时还不能把它们混用。起初是限于功令,在科举应试的时候不能不遵守它;后来成为风气,平常写律诗的时候也遵守它了。在《红楼梦》里有这样一段故事:林黛玉叫香菱写一首咏月的律诗,指定用寒韵。香菱正在挖心搜胆、耳不旁听、目不别视的时候,探春隔窗笑说道:"菱姑娘,你闲闲吧。"香菱怔怔答道:"闲字是十五删的,错了韵了。"这一段故事可以说明近体诗用韵的严格。

韵有宽有窄:字数多的叫宽韵,字数少的叫窄韵。宽韵如支韵、真韵、先韵、阳韵、庚韵、尤韵等,窄韵如江韵、佳韵、肴韵、覃韵、盐韵、咸韵等。窄韵的律诗是比较少见的。有些韵,如微韵、删韵、侵韵,字数虽不多,但是比较合用,诗人们也很喜欢用它们。现在我们举出几首律诗为例[1]:

送魏大将军(一东)

[唐]陈子昂

匈奴犹未灭,魏绛复从戎。

怅别三河道,言追六郡雄。

雁山横代北,狐塞接云中。

勿使燕然上,惟留汉将功。

---

[1] 我们有意识地举一些在今天看来不必分别而前人在律诗中严格区别开来的韵,如东与冬、鱼与虞、庚与青。其余的韵可以参看下文各节所举的例子。四支,张巡《守睢阳诗》,48页。五微,苏轼《寿星院寒碧轩》,41页。十灰,杜甫《客至》,44页。十一真,孟浩然《宿建德江》,53页。十二文,杜甫《春日忆李白》,44页。十三元,林逋《山园小梅》,26页。十四寒,杜甫《月夜》,34页。十五删,陆游《书愤》,29页。一先,王维《使至塞上》,33页。二萧,毛主席《送瘟神》(其二),35页。四豪,卢纶《塞下曲》,54页。五歌,杜甫《天末怀李白》,37页。六麻,杜牧《泊秦淮》,54页。七阳,杜甫《闻官军收河南河北》,46页。十蒸,苏轼《郿坞》,55页。十一尤,李白《渡荆门送别》,35页。窄韵不举例。

喜见外弟又言别(二冬)

[唐]李　益

十年离乱后,长大一相逢。
问姓惊初见,称名忆旧容。
别来沧海事,语罢暮天钟。
明日巴陵道,秋山又几重?

筹笔驿(六鱼)

[唐]李商隐

猿鸟犹疑畏简书,风云常为护储胥。
徒令上将挥神笔,终见降王走传车。
管乐有才元不忝,关张无命欲何如?
他年锦里经祠庙,梁父吟成恨有余。

终南山(七虞)

[唐]王　维

太乙近天都,连山到海隅。
白云回望合,青霭入看无。
分野中峰变,阴晴众壑殊。
欲投人处宿,隔水问樵夫。

钱塘湖春行(八齐)

[唐]白居易

孤山寺北贾亭西,水面初平云脚低。
几处早莺争暖树?谁家新燕啄春泥?
乱花渐欲迷人眼,浅草才能没马蹄。
最爱湖东行不足,绿杨阴里白沙堤。

月夜忆舍弟(八庚)

[唐]杜　甫

戍鼓断人行,边秋一雁声。
露从今夜白,月是故乡明。
有弟皆分散,无家问死生。
寄书长不达,况乃未休兵!

送赵都督赴代州(九青)

[唐]王　维

天官动将星,汉地柳条青。
万里鸣刁斗,三军出井陉。
忘身辞凤阙,报国取龙庭①。
岂学书生辈,窗间老一经!

咏煤炭(十二侵)

[明]于　谦

凿开混沌得乌金,藏蓄阳和意最深。
爝火燃回春浩浩,洪炉照破夜沉沉。
鼎彝元赖生成力,铁石犹存死后心。
但愿苍生俱饱暖,不辞辛苦出山林。

　　五律第一句,多数是不押韵的;七律第一句,多数是押韵的。由于第一句押韵与否是自由的,所以第一句的韵脚也可以不太严格,用邻近的韵也行。这种首句用邻韵的风气到晚唐才相当普遍,宋代更成为有意识的时尚。现在试举两个例子:

---

① 杨炯《从军行》:"牙璋辞凤阙,铁骑绕龙城。""龙庭"就是"龙城"。这里不用"龙城",而用"龙庭",因为"城"字是八庚韵,"庭"字是九青韵。

清　明

[唐]杜　牧

清明时节雨纷纷，路上行人欲断魂。
借问酒家何处有，牧童遥指杏花村。

山园小梅

[宋]林　逋

众芳摇落独暄妍，占尽风情向小园。
疏影横斜水清浅，暗香浮动月黄昏。
霜禽欲下先偷眼，粉蝶如知合断魂。
幸有微吟可相狎，不须檀板共金樽。

这两首诗用的都是十三元韵，但是杜牧《清明》第一句韵脚却用了十二文韵的"纷"字，林逋《山园小梅》第一句韵脚却用了一先韵的"妍"字。这种首句用邻韵的情况，在王维、李白、杜甫等盛唐诗人的律诗里是少见的①。

以上所述律诗用韵的严格性，只是为了说明古代的律诗。今天我们如果也写律诗，就不必拘泥古人的诗韵。不但首句用邻韵，就是其他的韵脚用邻韵，只要朗诵起来谐和，都是可以的。

第三节　律诗的平仄

平仄，这是律诗中最重要的因素。律诗的平仄规则，一直应用到后代的词曲。我们讲诗词的格律，主要就是讲平仄。

---

① 李白有一首《访戴天山道士不遇》也是首句用邻韵，还有李颀的《送李回》。但是这种情况不多见。

(一)五律的平仄

五言的平仄,只有四个类型,而这四个类型可以构成两联,即:

仄仄平平仄,平平仄仄平。

平平平仄仄,仄仄仄平平。

由这两联的错综变化,可以构成五律的四种平仄格式。其实只有两种基本格式,其余两种不过是在基本格式的基础上稍有变化罢了。

(1)仄起式(字外加圈表示可平可仄)

㊌仄平平仄,平平仄仄平。

㊉平平仄仄,㊌仄仄平平。

㊌仄平平仄,平平仄仄平。

㊉平平仄仄,㊌仄仄平平。

春 望

[唐]杜 甫

国破山河在,城春草木深。

感时花溅泪,恨别鸟惊心。

烽火连三月,家书抵万金。

白头搔更短,浑欲不胜簪①。

另一式,首句改为㊌仄仄平平,其余不变②。

(2)平起式

㊉平平仄仄,㊌仄仄平平。

---

① 胜,平声,读如升。簪字有 zān、zēn 两读,分入覃、侵两韵,这里押侵韵,读 zēn。字下加小圆点的都是入声字。下同。

② 参看上文 25 页杜甫《月夜忆舍弟》。

㈧仄平平仄,平平仄仄平。

㊈平平仄仄,㈥仄仄平平。

㈥仄平平仄,平平仄仄平。

山居秋暝

[唐]王　维

空山新雨后,天气晚来秋。

明月松间照,清泉石上流。

竹喧归浣女,莲动下渔舟。

随意春芳歇,王孙自可留。

另一式,首句改为平平仄仄平,其余不变①。

(二)七律的平仄

七律是五律的扩展,扩展的办法是在五字句的上面加一个两字的头。仄上加平,平上加仄。试看下面的对照表:

(1)平仄脚

　五言仄起仄收　　○○仄仄平平仄

　七言平起仄收　　平平仄仄平平仄

(2)仄平脚

　五言平起平收　　○○平平仄仄平

　七言仄起平收　　仄仄平平仄仄平

(3)仄仄脚

　五言平起仄收　　○○平平平仄仄

　七言仄起仄收　　仄仄平平平仄仄

---

① 这一种格式比较少见。参看上文第25页王维《送赵都督赴代州》。

（4）平平脚

五言仄起平收　　○○仄仄仄平平

七言平起平收　　平平仄仄仄平平

因此，七律的平仄也只有四个类型，这四个类型也可以构成两联，即：

平平仄仄平平仄，仄仄平平仄仄平。

仄仄平平平仄仄，平平仄仄仄平平。

由这两联的平仄错综变化，可以构成七律的四种平仄格式。其实只有两种基本格式，其余两种不过在基本格式的基础上稍有变化罢了。

（1）仄起式

⊗仄平平仄仄平，⊕平⊗仄仄平平。

⊕平⊗仄平平仄，⊗仄平平仄仄平。

⊗仄⊕平平仄仄，⊕平⊗仄仄平平。

⊕平⊗仄平平仄，⊗仄平平仄仄平。

书　愤

[宋]陆　游

早岁那知世事艰？中原北望气如山[①]。

楼船夜雪瓜洲渡，铁马秋风大散关。

塞上长城空自许，镜中衰鬓已先斑。

出师一表真名世，千载谁堪伯仲间？

到韶山

毛泽东

别梦依稀咒逝川，故园三十二年前。

------

① 那，平声。

红旗卷起农奴戟,黑手高悬霸主鞭。

为有牺牲多壮志,敢教日月换新天①。

喜看稻菽千重浪,遍地英雄下夕烟。

冬　云

毛泽东

雪压冬云白絮飞,万花纷谢一时稀。

高天滚滚寒流急,大地微微暖气吹。

独有英雄驱虎豹,更无豪杰怕熊罴。

梅花欢喜漫天雪②,冻死苍蝇未足奇。

另一式,第一句改为仄仄平平平仄仄,其余不变③。

（2）平起式

平平仄仄仄平平,仄仄平平仄仄平。

仄仄平平平仄仄,平平仄仄仄平平。

平平仄仄平平仄,仄仄平平仄仄平。

仄仄平平平仄仄,平平仄仄仄平平。

长　征

毛泽东

红军不怕远征难,万水千山只等闲。

五岭逶迤腾细浪,乌蒙磅礴走泥丸。

金沙水拍云崖暖,大渡桥横铁索寒。

更喜岷山千里雪,三军过后尽开颜。

---

① 教,平声。

② 漫,平声。

③ 参看下文第 46 页杜甫《闻官军收河南河北》。

人民解放军占领南京

毛泽东

钟山风雨起苍黄,百万雄师过大江。
虎踞龙盘今胜昔,天翻地覆慨而慷。
宜将剩勇追穷寇,不可沽名学霸王。
天若有情天亦老,人间正道是沧桑。

登庐山

毛泽东

一山飞峙大江边,跃上葱茏四百旋。
冷眼向洋看世界,热风吹雨洒江天。
云横九派浮黄鹤,浪下三吴起白烟。
陶令不知何处去,桃花源里可耕田?

和郭沫若同志

毛泽东

一从大地起风雷,便有精生白骨堆。
僧是愚氓犹可训,妖为鬼蜮必成灾。
金猴奋起千钧棒,玉宇澄清万里埃。
今日欢呼孙大圣,只缘妖雾又重来。

另一式,第一句改为⑰平⑰仄平平仄,其余不变①。

(三)粘对②

律诗的平仄有粘对的规则。

---

① 参看下文第 44 页杜甫《客至》。
② 粘,读 nián。

对,就是平对仄,仄对平。也就是上文所说的:在对句中,平仄是对立的。五律的对,只有两副对联的形式,即:

(1)仄仄平平仄,平平仄仄平。

(2)平平平仄仄,仄仄仄平平。

七律的对,也只有两副对联的形式,即:

(1)平平仄仄平平仄,仄仄平平仄仄平。

(2)仄仄平平平仄仄,平平仄仄仄平平。

如果首句用韵,则首联的平仄就不是完全对立的。由于韵脚的限制,也只能这样办。这样,五律的首联成为:

(1)仄仄仄平平,平平仄仄平。

或者是:

(2)平平仄仄平,仄仄仄平平。

七律的首联成为:

(1)平平仄仄仄平平,仄仄平平仄仄平。

或者是:

(2)仄仄平平仄仄平,平平仄仄仄平平。

粘,就是平粘平,仄粘仄;后联出句第二字的平仄要跟前联对句第二字相一致。具体说来,要使第三句跟第二句相粘,第五句跟第四句相粘,第七句跟第六句相粘。上文所述的五律平仄格式和七律平仄格式,都是合乎这个规则的。试看毛主席的《长征》,第二句"水"字仄声,第三句"岭"字跟着也是仄声;第四句"蒙"字平声,第五句"沙"字跟着也是平声;第六句"渡"字仄声,第七句"喜"字跟着也是仄声。可见粘的规则是很严格的。

粘对的作用,是使声调多样化。如果不对,上下两句的平仄就雷同了;如果不粘,前后两联的平仄又雷同了。

明白了粘对的道理,可以帮助我们背诵平仄的歌诀(即格式)。只要知道了第一句的平仄,全篇的平仄都能背诵出来了。

　　明白了粘对的道理,又可以帮助我们了解长律的平仄。不管长律有多长,也不过是依照粘对的规则来安排平仄。

　　违反了粘的规则,叫做失粘①;违反了对的规则,叫做失对。在王维等人的律诗中,由于律诗尚未定型化,还有一些不粘的律诗,例如:

使至塞上

[唐]王　维

单车欲问边,属国过居延。
征蓬出汉塞,归雁入胡天。
大漠孤烟直,长河落日圆。
萧关逢候骑,都护在燕然②。

这里第三句和第二句不粘。到了后代,失粘的情形非常罕见。至于失对,就更是诗人们所留心避免的了。

(四)孤平的避忌

　　孤平是律诗(包括长律、律绝)的大忌,所以诗人们在写律诗的时候,注意避免孤平。在词曲中用到同类句子的时候,也注意避免孤平。

　　在五言"平平仄仄平"这个句型中,第一字必须用平声;如果用了仄声字,就是犯了孤平。因为除了韵脚之外,只剩一个平声字了。七言是五言的扩展,所以在"仄仄平平仄仄平"这个句型中,第三字如果

---

① 失粘有广义,有狭义。广义的失粘指一切平仄不调的现象。狭义的失粘就是这里所讲的。

② 燕,平声。

用了仄声,也叫犯孤平①。在唐人的律诗中,绝对没有孤平的句子②。毛主席的诗词也从来没有孤平的句子。试看《长征》第二句的"千"字,第六句的"桥"字都是平声字,可为例证。

在这种情况下,如果五言第一字、七言第三字必须用仄声,另有一种补救办法,详见下文。

(五)特定的一种平仄格式

在五言"平平平仄仄"这个句型中,可以使用另一个格式,就是"平平仄平仄";七言是五言的扩展,所以在七言"仄仄平平平仄仄"这个句型中,也可以使用另一个格式,就是"仄仄平平**仄平仄**"。这种格式的特点是:五言第三、四两字的平仄互换位置,七言第五、六两字的平仄互换位置。注意:在这种情况下,五言第一字、七言第三字必须用平声,不再是可平可仄的了。

这种格式在唐宋的律诗中是很常见的,它和常规的诗句一样常见③,例如④:

月　夜

[唐]杜　甫

今夜鄜州月,闺中只独看⑤。

遥怜**小儿女**,未解忆长安。

---

① 注意:犯孤平指的是平脚的句子;仄脚的句子即使只有一个平声字,也不算犯孤平,如李白《宿五松山下荀媪家》"我宿五松下",只算拗句,不算孤平。又指的是"平平仄仄平"这个格式,至于像孟浩然《临洞庭上张丞相》"八月湖水平",那也是另一种拗句,不是孤平。

② 杜甫《秦州杂诗》第二十首:"晒药能无妇,应门幸有儿。"《独坐》第二首:"晒药安垂老,应门试小童。"答应的"应"(又写作应)在唐宋时有平、去二读,这里读平声,所以不犯孤平。参看《诗韵合璧》蒸韵"应"字条。

③ 唐人的试帖诗也容许有这种平仄格式,可见它是正规的格式。

④ 上文 26 页所引林逋《山园小梅》第三句"疏影横斜水清浅",第七句"幸有微吟可相狎"两句,下文 37 页所引杜甫《天末怀李白》第一句"凉风起天末"也是这种情况。

⑤ 鄜,读如孚,平声。看,读如刊,平声。

香雾云鬟湿,清辉玉臂寒。

何时倚虚幌,双照泪痕干!

一首诗只有两个句子是应该用"平平平仄仄"的,这里都换上了"平平仄平仄"了。

这种特定的平仄格式,习惯上常常用在第七句,例如①:

渡荆门送别

[唐]李 白

渡远荆门外,来从楚国游。

山随平野尽,江入大荒流。

月下飞天镜,云生结海楼。

仍怜**故乡**水,万里送行舟。

山中寡妇②

[唐]杜荀鹤

夫因兵死守蓬茅,麻苎衣衫鬓发焦。

桑柘废来犹纳税,田园荒尽尚征苗。

时挑野菜和根煮,旋斫生柴带叶烧③。

任是深山**更深**处④,也应无计避征徭!

现在再举毛主席的诗来证明:

送瘟神(其二)

春风杨柳万千条,六亿神州尽舜尧。

---

① 下文38页所引陆游《夜泊水村》第七句"记取江湖泊船处",44页所引杜甫《春日忆李白》第七句"何时一尊酒",王维《观猎》第七句"回看射雕处",也都是这种情况。

② 一作《时世行赠田妇》。

③ 旋,去声。

④ 更,去声。

红雨随心翻作浪,青山着意化为桥。

天连五岭银锄落,地动三河铁臂摇。

借问瘟君**欲何**往? 纸船明烛照天烧。

答友人

九嶷山上白云飞,帝子乘风下翠微。

斑竹一枝千滴泪,红霞万朵百重衣。

洞庭波涌连天雪,长岛人歌动地诗。

我欲因之**梦寥**廓,芙蓉国里尽朝晖。

(六)拗救

凡平仄不依常格的句子,叫做拗句。律诗中如果多用拗句,就变了古风式的律诗(见下文)。上文所叙述的那种特定格式(五言"平平仄平仄",七言"仄仄平平仄平仄")也可以认为拗句之一种,但是,它被常用到那样的程度,自然就跟一般拗句不同了。现在再谈几种拗句:它们在律诗中也是相当常见的,但是前面一字用拗,后面还必须用救。所谓救,就是补偿。一般说来,前面该用平声的地方用了仄声,后面必须(或经常)在适当的位置上补偿一个平声。下面的三种情况是比较常见的:

(a)在该用"平平仄仄平"的地方,第一字用了仄声,第三字补偿一个平声,以免犯孤平。这样就变了"**仄**平**平**仄平"。七言则是由"仄仄平平仄仄平"换成"仄仄**仄**平**平**仄平"。这是本句自救。

(b)在该用"仄仄平平仄"的地方,第四字用了仄声(或三、四两字都用了仄声),就在对句的第三字改用平声来补偿。这样就成为"⊗仄⊕仄仄,⊕平**平**仄平"。七言则成为"⊕平⊗仄⊕仄仄,⊗仄⊕平**平**仄平"。这是对句相救。

　　(c)在该用"仄仄平平仄"的地方,第四字没有用仄声,只是第三字用了仄声。七言则是第五字用了仄声。这是半拗,可救可不救,和(a)(b)的严格性稍有不同。

　　诗人们在运用(a)的同时,常常在出句用(b)或(c)。这样既构成本句自救,又构成对句相救。现在试举出几个例子,并加以说明:

宿五松山下荀媪家

[唐]李　白

　　我宿五松下,寂寥无所欢。

　　田家秋作苦,邻女夜春寒。

　　跪进雕胡饭,月光明素盘。

　　令人惭漂母,三谢不能餐①。

第一句"五"字、第二句"寂"字都是该平而用仄,"无"字平声,既救第二句的第一字,也救第一句的第三字。第六句是孤平拗救,和第二句同一类型,但它只是本句自救,跟第五句无拗救关系。

天末怀李白

[唐]杜　甫

　　凉风起天末,君子意如何?

　　鸿雁几时到? 江湖秋水多。

　　文章憎命达,魑魅喜人过②。

　　应共冤魂语,投诗赠汨罗!

第一句是特定的平仄格式,用"平平仄平仄"代替"㊣平平仄仄"(参看上文)。第三句"几"字仄声拗,第四句"秋"字平声救。这是(c)类。

---

① 令,平声。漂,去声。
② 过,平声。

赋得古原草送别

[唐]白居易

离离原上草,一岁一枯荣。

野火烧**不**尽,春风**吹**又生。

远芳侵古道,晴翠接荒城。

又送王孙去,萋萋满别情。

第三句"不"字仄声拗,第四句"吹"字平声救。这是(b)类。

咸阳城东楼

[唐]许　浑

一上高楼万里愁,蒹葭杨柳似汀洲。

溪云初起**日沉阁**,山雨**欲**来**风**满楼。

鸟下绿芜秦苑夕,蝉鸣黄叶汉宫秋。

行人莫问当年事,故国东来渭水流。

第三句"日"字拗,第四句"欲"字拗,"风"字既救本句"欲"字,又救出句"日"字。这是(a)(c)两类相结合。

新城道中(其一)

[宋]苏　轼

东风知我欲山行,吹断檐间积雨声。

岭上晴云披絮帽,树头初日挂铜钲。

野桃含笑**竹**篱短,溪柳**自**摇**沙**水清。

西崦人家应最乐,煮芹烧笋饷春耕。

第五句"竹"字拗,第六句"自"字拗,"沙"字既救本句的"自"字,又救出句的"竹"字。这是(a)(c)两类的结合。

夜泊水村

[宋]陆　游

腰间羽箭久凋零,太息燕然未勒铭。

老子犹堪绝大漠，诸君何至泣新亭？

一身报国**有万**死，双鬓**向**人**无**再青！

记取江湖泊船处，卧闻新雁落寒汀。

第五句"有万"二字都拗，第六句"向"字拗，"无"字既是本句自救，又是对句相救。这是（a）（b）两类的结合。

由此看来，律诗一般总是合律的。有些律诗看来好像不合律，其实是用了拗救，仍旧合律。这种拗救的做法，以唐诗为较常见。宋代以后，讲究音律的诗人如苏轼、陆游等仍旧精于此道。我们今天当然不必模仿。但是，知道了拗救的道理，对于唐宋律诗的了解是有帮助的。

（七）所谓"一三五不论"

关于律诗的平仄，相传有这样一个口诀："一三五不论，二四六分明。"这是指七律（包括七绝）来说的。意思是说：第一、第三、第五字的平仄可以不拘，第二、第四、第六字的平仄必须分明。至于第七字呢，自然也是要求分明的。如果就五言律诗来说，那就应该是"一三不论，二四分明"。

这个口诀对于初学律诗的人是有用的，因为它是简单明了的。但是，它分析问题是不全面的，所以容易引起误解。这个影响很大。既然它是不全面的，就不能不予以适当的批评。

先说"一三五不论"这句话是不全面的。在五言"平平仄仄平"这个格式中，第一字不能不论，在七言"仄仄平平仄仄平"这个格式中，第三字不能不论，否则就要犯孤平。在五言"平平仄平仄"这个特定格式中，第一字也不能不论；同理，在七言"仄仄平平仄平仄"这个特定格式中，第三字也不能不论。以上讲的是五言第一字、七言第三字在一定情况下不能不论。至于五言第三字、七言第五字，在一般情况下，更是以"论"为原则了。

　　总之,七言仄脚的句子可以有三个字不论,平脚的句子只能有两个字不论。五言仄脚的句子可以有两个字不论,平脚的句子只能有一个字不论。"一三五不论"的话是不对的。

　　再说"二四六分明"这句话也是不全面的。五言第二字"分明"是对的,七言第二、四两字"分明"是对的,至于五言第四字、七言第六字,就不一定"分明"。依特定格式"平平仄平仄"(五言)来看,第四字并不一定"分明";又依"仄仄平平仄平仄"来看,第六字并不一定"分明"。又如"仄仄平平仄"这个格式也可以换成"仄仄⊕仄仄",只须在对句第三字补偿一个平声就是了。七言由此类推。"二四六分明"的话也不是完全正确的。

(八)古风式的律诗

　　在律诗尚未定型化的时候,有些律诗还没有完全依照律诗的平仄格式,而且对仗也不完全工整,例如:

黄鹤楼

[唐]崔　颢

昔人已**乘**黄**鹤**去,此地空余黄鹤楼。
黄鹤**一去不**复返,白云千载**空**悠悠。
晴川历历汉阳树,芳草萋萋鹦鹉洲。
日暮乡关何处是?烟波江上使人愁!

这诗前半首是古风的格调,后半首才是律诗。依照上文所述七律的平仄的平起式来看,第一句第四字应该是仄声而用了平声("乘"chéng),第六字应该是平声而用了仄声("鹤",古读入声),第三句第四字和第五字应该是平声而用了仄声("去、不"),第四句第五字应该是仄声而用了平声("空")。当然,这所谓"应该"是从后代的眼光来看的,当时律诗既然还没有定型化,根本不产生应该不应该的问题。

后来也有一些诗人有意识地写一些古风式的律诗,例如:

崔氏东山草堂

[唐]杜 甫

爱汝玉山草**堂**静,高秋爽气**相**鲜新。

有时自发钟**磬**响,落日**更见渔樵**人。

盘剥白鸦**谷**口粟,饭煮青泥**坊**底芹。

何为西庄王给事①,柴门空闲锁松筠。

作者在诗中故意违反律诗的平仄规则。第一句第六字应仄而用平("堂")②,第二句第五字应仄而用平("相"),第三句第六字应平而用仄("磬"),第四句第三、四两字应平而用仄("更、见"),第五、六两字应仄而用平("渔、樵")。第五、六两句是失对,因为两句都是仄起的句子。第五句的"谷"和第六句的"坊"也不合一般的平仄规则(虽然可认为拗救)。除了字数、韵脚、对仗像律诗以外③,若论平仄,这简直就是一篇古风。又如:

寿星院寒碧轩

[宋]苏 轼

清风肃肃**摇**窗扉,窗前修竹一**尺**围。

纷纷苍雪落**夏**簟,冉冉**绿雾**沾**人**衣。

日高山**蝉**抱**叶**响,人静**翠羽**穿**林**飞。

道人绝粒**对**寒碧,为问**鹤骨**何**缘**肥④?

---

① 为,去声。

② 这还不能算是上文所述的那种特定格式,因为那种格式第三字必须用平声,这句第三字"玉"字用的是仄声(入声)。

③ "芹"字今入文韵,但杜甫时代还是真韵字,不算出韵。

④ 为,去声。

这首诗第一句第五字应仄而用平（"摇"），这种三平调已经给人一种古风的感觉。第二句如果拿"㊊平㊋仄仄平平"来衡量，第六字应平而用仄（"尺"字古属入声）①。第三句如果拿"㊊平㊋仄㊊平平"来衡量，第六字应平而用仄（"夏"）。第四句如果拿"㊋仄平平㊋仄平"来衡量，第三、四两字应平而用仄（"绿、雾"），第六字应仄而用平（"人"）。第五句如果拿"㊊平㊋仄㊊平仄"来衡量，第四字应仄而用平（"蝉"），第六字应平而用仄（"叶"）。第六句如果拿"㊋仄平平㊋仄平"来衡量，第三、四两字应平而用仄（"翠、羽"），第六字应仄而用平（"林"）。第八句如果拿"㊋仄平平㊋仄平"来衡量，第三、四两字应平而用仄（"鹤、骨"），第六字应仄而用平（"缘"）。第七句第五字（"对"）也不合于一般平仄规则。跟"摇窗扉"一样，"沾人衣、穿林飞、何缘肥"都是三平调，更显得是古风的格调（参看下文第六节第四小节"古体诗的平仄"）。作者又有意识地造成失对和失粘。若依上面的衡量方法，第二句是失对，第五句和第七句都是失粘。

古人把这种诗称为拗体。拗体自然不是律诗的正轨，后代模仿这种诗体的人是很少的。

第四节　律诗的对仗

（一）对仗的种类

词的分类是对仗的基础②。古代诗人们在应用对仗时所分的词

---

① 这是以第二字的平仄为标准来衡量的。当然也可以拿"仄仄平平仄仄平"来衡量，不过那样也有不合平仄的地方。下同。
② 这里所谓"词"不是诗词的"词"。词类指名词、动词等。

类,和今天语法上所分的词类大同小异,不过当时诗人们并没有给它们起一些语法术语罢了①。依照律诗的对仗概括起来,词大约可以分为下列的九类:

1. 名词　　2. 形容词　3. **数词**(数目字)　4. **颜色词**

5. **方位词**　6. 动词　　7. 副词　　　8. 虚词　9. 代词②

同类的词相为对仗。我们应该特别注意四点:(a)数目自成一类,"孤、半"等字也算是数目。(b)颜色自成一类。(c)方位自成一类,主要是"东、西、南、北"等字。这三类词很少跟别的词相对。(d)不及物动词常常跟形容词相对。

连绵字只能跟连绵字相对。连绵字当中又再分为名词连绵字("鸳鸯、鹦鹉"等)、形容词连绵字("逶迤、磅礴"等)、动词连绵字("踌躇、踊跃"等)。不同词性的连绵字一般还是不能相对。

专名只能与专名相对,最好是人名对人名,地名对地名。

名词还可以细分为以下的一些小类:

1. 天文　2. 时令　3. 地理　　4. 宫室　　5. 服饰　6. 器用

7. 植物　8. 动物　9. 人伦　　10. 人事　　11. 形体③

(二)对仗的常规——中两联对仗

为了说明的便利,古人把律诗的第一、二两句叫做首联,第三、四两句叫做颔联,第五、六两句叫做颈联,第七、八两句叫做尾联。

对仗一般用在颔联和颈联,即第三、四句和第五、六句。现在试举几个典型的例子:

---

① 有时候,也有人把字分为动字、静字。所谓静字,当时指的是今天所谓名词;所谓动字就是动词。

② 代词"之、其"归入虚词。

③ 这十一类还不是完备的。

春日忆李白

［唐］杜　甫

白也诗无敌,飘然思不群。

清新庚开府,俊逸鲍参军。

渭北春天树,江东日暮云。

何时一尊酒,重与细论文①?

"开府"对"参军",是官名对官名;"渭"对"江"(长江),是水名对水名。

观　猎

［唐］王　维

风劲角弓鸣,将军猎渭城。

草枯鹰眼疾,雪尽马蹄轻。

忽过新丰市,还归细柳营。

回看射雕处②,千里暮云平。

"新丰"对"细柳",是地名对地名。

客　至

［唐］杜　甫

舍南舍北皆春水,但见群鸥日日来。

花径不曾缘客扫,蓬门今始为君开③。

盘飧市远无兼味,尊酒家贫只旧醅。

肯与邻翁相对饮,隔篱呼取尽余杯。

---

① 思,去声。论,平声。"清新"句和"何时"句都是拗句。这里可以看出拗句在对仗上能起作用,否则"庚开府"不能对"鲍参军"。

② 看,平声,读如刊。"回看"句是拗句。

③ 为,去声。

鹦 鹉

[唐]白居易

陇西鹦鹉到江东,养得经年觜渐红。

常恐思归先剪翅,每因喂食暂开笼。

人怜巧语情虽重,鸟忆高飞意不同。

应似朱门歌舞妓,深藏牢闭后房中①。

(三)首联对仗

首联的对仗是可用可不用的。首联用了对仗,并不因此减少中两联的对仗。凡是首联用对仗的律诗,实际上常常是用了总共三联的对仗。

五律首联用对仗的较多,七律首联用对仗的较少。主要原因是五律首句不入韵的较多,七律首句不入韵的较少。但是,这个原因不是绝对的;在首句入韵的情况下,首联用对仗还是可能的。上文所引的律诗中,已有一些首联对仗的例子②。现在再举两个例子:

春夜别友人

[唐]陈子昂

银烛吐青烟,金樽对绮筵。

离堂思琴瑟,别路绕山川。

明月隐高树,长河没晓天。

悠悠洛阳去,此会在何年③?

首联对仗,首句入韵。

---

① 重,上声。应,平声。
② 如杜甫《春望》《秦州杂诗》等。
③ "离堂"句连用四个平声,是特殊的拗句,是律诗尚未定型化的现象。"悠悠"句是普通的拗句,用在第七句。

恨　别

［唐］杜　甫

洛城一别四千里，胡骑长驱五六年。

草木变衰行剑外，兵戈阻绝老江边。

思家步月清宵立，忆弟看云白日眠。

闻道河阳近乘胜，司徒急为破幽燕①。

首联对仗，首句不入韵。

（四）尾联对仗

尾联一般是不用对仗的。到了尾联，一首诗要结束了；对仗是不大适宜于作结束语的。但是，也有少数的例外，例如：

闻官军收河南河北

［唐］杜　甫

剑外忽传收蓟北，初闻涕泪满衣裳。

却看妻子愁何在②？漫卷诗书喜欲狂！

白日放歌须纵酒，青春作伴好还乡。

即从巴峡穿巫峡，便下襄阳向洛阳。

这诗最后两句是一气呵成的，是一种流水对（关于流水对，详见下文）。还是和一般对仗不大相同的③。

---

① 骑，去声。看，平声。乘，平声。为，去声。"闻道"句是普通的拗句，用在第七句。

② 看，平声。

③ 全篇用对仗（首联、颔联、颈联、尾联都用对仗），也是比较少见的，例如杜甫《垂白》："垂白冯唐老，清秋宋玉悲。江喧长少睡，楼迥独移时。多难身何补？无家病不辞！甘从千日醉，未许七哀诗。"但是尾联半对半不对的就比较多见，例如杜甫《登高》尾联是："艰难苦恨繁霜鬓，潦倒新停浊酒杯。"

（五）少于两联的对仗

　　律诗固然以中两联对仗为原则，但是，在特殊情况下，对仗可以少于两联。这样，就只剩下一联对仗了。

　　这种单联对仗，比较常见的是用于颈联①，例如：

塞下曲（其一）

[唐]李　白

　　五月天山雪，无花只有寒。

　　笛中闻折柳，春色未曾看。

　　晓战随金鼓，宵眠抱玉鞍。

　　愿将腰下剑，直为斩楼兰②。

与诸子登岘山

[唐]孟浩然

　　人事有代谢，往来成古今。

　　江山留胜迹，我辈复登临。

　　水落鱼梁浅，天寒梦泽深。

　　羊公碑尚在，读罢泪沾襟。

（六）长律的对仗

　　长律的对仗和律诗同，只有尾联不用对仗，首联可用可不用，其余各联一律用对仗，例如：

---

① 　也可以用于颔联，如李白《宿五松山下荀媪家》（见37页）。甚至可以全首不用对仗，如李白《夜泊牛渚怀古》，因为不是常规，所以不详谈了。

② 　看，平声。为，去声。

守睢阳诗

〔唐〕张　巡

接战春来苦,孤城日渐危。

合围侔月晕,分守若鱼丽。

屡厌黄尘起,时将白羽麾。

裹创犹出阵,饮血更登陴。

忠信应难敌,坚贞谅不移。

无人报天子,心计欲何施①!

学诸进士作精卫衔石填海

〔唐〕韩　愈

鸟有偿冤者,终年抱寸诚。

口衔山石细,心望海波平。

渺渺功难见,区区命已轻。

人皆讥造次,我独赏专精。

岂计休无日,惟应尽此生②。

何惭刺客传,不著报仇名!

(七)对仗的讲究

　　律诗的对仗,有许多讲究,现在拣重要的谈一谈。

　　(1)工对　凡同类的词相对,叫做工对。名词既然分为若干小类,同一小类的词相对,更是工对。有些名词虽不同小类,但是在语言中经常平列,如"天地、诗酒、花鸟"等,也算工对。反义词也算工对,例如

---

① 丽、创,都是平声。末联出句"平平仄平仄",是特定的平仄格式,用在这里等于律诗的第七句。

② 应,平声。

李白《塞下曲》的"晓战随金鼓,宵眠抱玉鞍",就是工对。

句中自对而又两句相对,算是工对,像杜甫诗中的"国破山河在,城春草木深",山与河是地理,草与木是植物,对得已经工整了,于是地理对植物也算工整了。

在一个对联中,只要多数字对得工整,就是工对,例如毛主席《送瘟神》(其二):"红雨随心翻作浪,青山着意化为桥。天连五岭银锄落,地动三河铁臂摇。""红"对"青"、"随心"对"着意"、"翻作"对"化为"、"天连"对"地动"、"五岭"对"三河"、"银"对"铁"、"落"对"摇",都非常工整;而"雨"对"山"、"浪"对"桥"、"锄"对"臂",名词对名词,也还是工整的。

超过了这个限度,那不是工整,而是纤巧。一般地说,宋诗的对仗比唐诗纤巧;但是,宋诗的艺术水平反而比较低。

同义词相对,似工而实拙。《文心雕龙·丽辞》说:"反对为优,正对为劣。"同义词比一般正对自然更"劣",像杜甫《客至》:"花径不曾缘客扫,蓬门今始为君开。""缘"与"为"就是同义词。因为它们是虚词(介词),不是实词,所以不算缺点。再说,在一首诗中,偶然用一对同义词也不要紧,多用就不妥当了。出句与对句完全同义(或基本上同义),叫做合掌,更是诗家的大忌。

(2)宽对　形式服从于内容,诗人不应该为了追求工对而损害了思想内容。同一诗人,在这一首诗中用工对,在另一首诗用宽对,那完全是看具体情况来决定的。

宽对和工对之间有邻对,即邻近的事类相对,例如天文对时令、地理对宫室、颜色对方位、同义词对连绵字,等等。王维《使至塞上》:"征蓬出汉塞,归雁入胡天。"以"天"对"塞"是天文对地理。陈子昂《春夜别友人》:"离堂思琴瑟,别路绕山川。"以"路"对"堂"是地理对宫室。这类情况是很多的。

　　稍为更宽一点，就是名词对名词，动词对动词，形容词对形容词等，这是最普通的情况。

　　又更宽一点，那就是半对半不对了。首联的对仗本来可用可不用，所以首联半对半不对自然是可以的。陈子昂的"**匈奴犹**未灭，**魏绛复从戎**"，李白的"渡远**荆门**外，来从**楚国**游"就是这种情况。如果首句入韵，半对半不对的情况就更多一些。颔联的对仗本来就不像颈联那样严格，所以半对半不对也是比较常见的，杜甫的"**遥怜**小儿女，**未解**忆长安"就是这种情况。现在再举毛主席的诗为证：

赠柳亚子先生

饮茶粤海未能忘，**索句渝州**叶正黄。

三十一年**还旧国**，落花时节**读华章**①。

牢骚太盛防肠断，风物长宜放眼量。

莫道昆明池水浅，观鱼胜过富春江。

　　（3）借对　一个词有两个意义，诗人在诗中用的是甲义，但是同时借用它的乙义来与另一词相为对仗，这叫借对，例如杜甫《巫峡敝庐奉赠侍御四舅》"行**李**淹吾舅，诛**茅**问老翁"，"行李"的"李"并不是桃李的"李"，但是诗人借用桃李的"李"的意义来与"茅"字作对仗。又如杜甫《曲江》"酒债寻常行处有，人生七十古来稀"，古代八尺为寻，两寻为常，所以借来对数目字"七十"。

　　有时候，不是借意义，而是借声音。借音多见于颜色对，如借"篮"为"蓝"、借"皇"为"黄"、借"沧"为"苍"、借"珠"为"朱"、借"清"为"青"等。杜甫《恨别》"思家步月**清**宵立，忆弟看云**白**日眠"，以"清"对"白"，又《赴青城县出成都寄陶王二少尹》"东郭**沧**江合，西山**白**雪高"，以"沧"对"白"，就是这种情况。

---

①　"三十一年"和"落花时节"，在整个意思上还是对仗。特别是"年"和"节"，本来是时令对。

(4)流水对　对仗,一般是平行的两句话,它们各有独立性。但是,也有一种对仗是一句话分成两句说,其实十个字或十四个字只是一个整体,出句独立起来没有意义,至少是意义不全。这叫流水对。现在从上文所引过的诗篇中摘出下面的一些例子:

> 即从巴峡穿巫峡,便下襄阳向洛阳。(杜甫)
>
> 人怜巧语情虽重,鸟忆高飞意不同。(白居易)
>
> 塞上长城空自许,镜中衰鬓已先斑。(陆游)

总之,律诗的对仗不像平仄那样严格,诗人在运用对仗时有更大的自由。艺术修养高的诗人常常能够成功地运用工整的对仗,来做到更好地表现思想内容,而不是损害思想内容。遇必要时,也能够摆脱对仗的束缚来充分表现自己的意境。无原则地追求对仗的纤巧,那就是庸俗的作风了。

第五节　绝　句

上文说过,绝句应该分为律绝和古绝。律绝是律诗兴起以后才有的,古绝远在律诗出现以前就有了。这里我们就把两种绝句分开来讨论。

(一)律绝

律绝跟律诗一样,押韵限用平声韵脚,并且依照律句的平仄,讲究粘对。

(甲)五言绝句

(1)仄起式

⊗仄平平仄,平平仄仄平。

⊕平平仄仄,⊗仄仄平平。

登鹳雀楼

[唐]王之涣

白日依山尽，黄河入海流。

欲穷千里目，更上一层楼。

另一式，第一句改为⓪仄仄平平，其余不变。

(2)平起式

㊒平平仄仄，㊃仄仄平平。

㊃仄平平仄，平平仄仄平。

听　筝

[唐]李　端

鸣筝金粟柱，素手玉房前。

欲得周郎顾，时时误拂弦。

另一式，第一句改为平平仄仄平，其余不变。

（乙）七言绝句

(1)仄起式

㊃仄平平仄仄平，㊒平㊃仄仄平平。

㊒平㊃仄平平仄，㊃仄平平仄仄平。

为女民兵题照

毛泽东

飒爽英姿五尺枪，曙光初照演兵场。

中华儿女多奇志，不爱红装爱武装。

另一式，第一句改为㊃仄㊒平平仄仄，其余不变。

(2)平起式

㊒平㊃仄仄平平，㊃仄平平仄仄平。

㊣仄㊂平平仄仄，㊂平㊣仄仄平平。

早发白帝城

[唐]李　白

朝辞白帝彩云间，千里江陵一日还。

两岸猿声啼不住，轻舟已过万重山。

另一式，第一句改为㊂平㊣仄平平仄，其余不变。

跟律诗一样，五言绝句首句以不入韵为常见，七言绝句首句以入韵为常见；五言绝句以仄起为常见，七言绝句以平起为常见①。

跟律诗一样，律绝必须依照韵书的韵部押韵。晚唐以后，首句用邻韵是容许的。

跟律诗一样，律绝可以用特定的格式②，例如：

宿建德江

[唐]孟浩然

移舟**泊烟**渚③，日暮客愁新。

野旷天低树，江清月近人。

饮湖上初晴后雨

[宋]苏　轼

水光潋滟晴方好，山色空濛雨亦奇。

欲把西湖**比西**子，淡装浓抹总相宜④。

---

① 依平仄类型来看，七言平起式等于五言仄起式，七言仄起式等于五言平起式。五言平起式相当少见，七言仄起式则比较平起式稍为少些罢了。

② 五言除平平仄平仄以外，还有一种比较罕见的拗句是㊣仄㊂仄仄；七言除㊣仄平平仄平仄以外，还有一种比较罕见的拗句是平平㊣仄㊂仄仄。这一点也与律诗相同。李商隐《登乐游原》"向晚意**不适**，驱车登**古原**"，就是这种情况。

③ 泊，入声。烟，平声。

④ 比，上声。西，平声。

跟律诗一样,律绝要避免孤平。五言"平平仄仄平"第一字用了仄声,则第三字必须是平声;七言"仄仄平平仄仄平"第三字用了仄声,则第五字必须是平声,例如:

夜宿山寺

[唐]李　白

危楼高百尺,手可摘星辰。

不敢高声语,**恐惊天**上人①。

回乡偶书

[唐]贺知章

少小离家老大回,乡音无改鬓毛衰。

儿童相见**不**相识,笑问**客**从**何**处来②。

"不、客"二字拗,"何"字救,参看上文。

　　绝句,原则上可以不用对仗。上面所引八首绝句当中,就有五首是不用对仗的。现在再举两个例子:

泊秦淮

[唐]杜　牧

烟笼寒水月笼沙,夜泊秦淮近酒家。

商女不知亡国恨,隔江犹唱后庭花。

塞下曲(其二)

[唐]卢　纶

月黑雁飞高,单于夜遁逃。

欲将轻骑逐,大雪满弓刀。

————————————

① 恐,上声。天,平声。

② 不、客,入声。何,平声。

如果用对仗,往往用在首联。上面所引的绝句已有一首(苏轼《饮湖上初晴后雨》)是在首联用对仗的,现在再举两首为例:

八阵图

[唐]杜　甫

功盖三分国,名成八阵图。

江流石不转,遗恨失吞吴。

郿　坞

[宋]苏　轼

衣中甲厚行何惧? 坞里金多退足凭。

毕竟英雄谁得似? 脐脂自照不须灯!

但是,尾联用对仗,也不是少见的,像上文所引孟浩然的《宿建德江》,就是尾联用对仗的。

首尾两联都用对仗,也就是全篇用对仗,也不是少见的。上面所引王之涣《登鹳雀楼》是全篇用对仗的。下面再引两个例子,一个是首联半对半不对,一个是全篇完全用对仗:

塞下曲

[唐]李　益

伏波唯愿裹尸还,定远何须生入关?

莫遣只轮归海窟,仍留一箭射天山。

绝句四首(其三)

[唐]杜　甫

两个黄鹂鸣翠柳,一行白鹭上青天。

窗含西岭千秋雪,门泊东吴万里船。

有人说,绝句就是截取律诗的四句,这话如果用来解释“绝句”的名称的来源,那是不对的,但是以平仄对仗而论,绝句确是截取律诗的四句:或截取前后二联,不用对仗,或截取中二联,全用对仗;或截取前二联,首联不用对仗;或截取后二联,尾联不用对仗。

(二)古绝

古绝既然是和律绝对立的,它就是不受律诗格律束缚的。它是古体诗的一种。凡合于下面的两种情况之一的,应该认为是古绝:

(1)用仄韵;

(2)不用律句的平仄,有时还不粘、不对。

当然,有些古绝是两种情况都具备的。

上文说过,律诗一般是用平声韵的,因此,律绝也是用平声韵的。如果用了仄声韵,那就可以认为古绝,例如:

悯　农(二首)

[唐]李　绅

春种一粒粟,秋成万颗子。

四海无闲田,农夫犹饿死。

锄禾日当午,汗滴禾下土。

谁知盘中餐,粒粒皆辛苦!

江上渔者

[宋]范仲淹

江上往来人,但爱鲈鱼美。

君看一叶舟①,出没风波里!

从上面所引的三首绝句中,已经可以看出,古绝是可以不依律句的平仄的。李绅《悯农》的"春种"句一连用了三个仄声,"谁知"句一

---

① 看,平声。

连用了五个平声。范仲淹的《江上渔者》用了四个律句,但是首联平仄不对,尾联出句不粘,也还是不合律诗的规则的。

即使用了平声韵,如果不用律句,也只能算是古绝,例如:

夜　思

[唐]李　白

床前明月光,疑是地上霜。

举头望明月,低头思故乡。

"疑是"句用"平仄仄仄平",不合律句。"举头"句不粘,"低头"句不对,所以是古绝。

五言古绝比较常见,七言古绝比较少见。现在试举杜甫的两首七言古绝为例:

三绝句(选二)

二十一家同入蜀,惟残一人出骆谷。

自说二女啮臂时,回头却向秦云哭。

殿前兵马虽骁雄,纵暴略与羌浑同。

闻道杀人汉水上,妇女多在官军中。

第一首"惟残"句用"平平仄平仄仄仄","自说"句用"仄仄仄仄仄仄平"不合律句。尾联与首联不粘,而且用了仄声韵。第二首"纵暴"句用"仄仄仄仄平平平","妇女"句用"仄仄平仄平平平",都不合律句。"殿前"句也不尽合。

当然,古绝和律绝的界限并不是十分清楚的,因为在律诗兴起了以后,即使写古绝,也不能完全不受律句的影响。这里把它们分为两类,只是要说明绝句既不可以完全归入古体诗,也不可以完全归入近体诗罢了。

第六节 古体诗

古体诗除了押韵之外不受任何格律的束缚,这是一种半自由体的诗。现在把古体诗的韵、平仄、对仗等,并在一节里叙述。

(一)古体诗的韵

古体诗既可以押平声韵,又可以押仄声韵。在仄声韵当中,还要区别上声韵、去声韵、入声韵;一般地说,不同声调是不可以押韵的。我们在本章第二节讲律诗的韵的时候,已经把平声30韵交代过了;现在再把上声29韵、去声30韵、入声17韵开列在下面:

上声29韵:

一董	二肿	三讲	四纸
五尾	六语	七麌	八荠
九蟹	十贿	十一轸	十二吻
十三阮	十四旱	十五潸	十六铣
十七篠	十八巧	十九皓	二十哿
二十一马	二十二养	二十三梗	二十四迥
二十五有	二十六寝	二十七感	二十八俭
二十九豏①			

去声30韵:

一送	二宋	三绛	四寘
五未	六御	七遇	八霁
九泰	十卦	十一队	十二震

---

① 麌,读 yǔ;荠,读 jì;潸,读 shān;铣,读 xiǎn;篠,读 xiǎo;哿,读 gě;豏,读 xiàn。

十三问	十四愿	十五翰	十六谏
十七霰	十八啸	十九效	二十号
二十一箇	二十二祃	二十三漾	二十四敬
二十五径	二十六宥	二十七沁	二十八勘
二十九艳	三十陷①		

入声 17 韵：

一屋	二沃	三觉	四质
五物	六月	七曷	八黠
九屑	十药	十一陌	十二锡
十三职	十四缉	十五合	十六叶
十七洽			

古体诗用韵，比律诗稍宽；一韵独用固然可以，两个以上的韵通用也行。但是，所谓通用也不是随便乱来的；必须是邻韵才能通用。依一般情况看来，平、上、去三声各可分为十五类，如下表：

第一类：平声东冬，上声董肿，去声送宋。

第二类：平声江阳，上声讲养，去声绛漾。

第三类：平声支微齐，上声纸尾荠，去声寘未霁。

第四类：平声鱼虞，上声语麌，去声御遇。

第五类：平声佳灰，上声蟹贿，去声泰卦队。

第六类：平声真文及元半，上声轸吻及阮半，去声震问及愿半②。

第七类③：平声寒删先及元半，上声旱潸铣及阮半，去声翰谏霰及愿半。

---

① 寘，读 zhì；霰，读 xiàn；祃，读 mà；沁，读 qìn。

② 这里所说的元半、阮半、愿半及下面所说的月半，具体的字可参看附录《诗韵举要》。

③ 第六类和第七类也可以通用。

第八类:平声萧肴豪,上声篠巧皓,去声啸效号。

第九类:平声歌,上声哿,去声箇。

第十类:平声麻,上声马,去声祃。

第十一类:平声庚青,上声梗迥,去声敬径。

第十二类:平声蒸①。

第十三类:平声尤,上声有,去声宥。

第十四类:平声侵,上声寝,去声沁。

第十五类:平声覃盐咸,上声感俭赚,去声勘艳陷。

入声可分为八类:

第一类:屋沃。

第二类:觉药。

第三类:质物及月半。

第四类②:曷黠屑及月半。

第五类:陌锡。

第六类:职。

第七类:缉。

第八类:合葉洽。

注意:在归并为若干大类以后,仍旧有七个韵是独用的。这七个韵是:

　　　歌　麻　蒸　尤　侵　职　缉③

现在试举一些例子为证:

──────────

① 蒸韵上、去声字少,归入迥径两韵。
② 第三类和第四类也可以通用。
③ 不举上、去声韵,因为在这七个韵当中,除尤韵的上声有韵外,其余上、去声韵是罕用的。

古风五十九首（录二）

［唐］李　白

其十四

胡关饶风沙，萧索竟终古。木落秋草黄，登高望戎虏。荒城空大漠，边邑无遗堵。白骨横千霜，嵯峨蔽榛莽①。借问谁侵陵？天骄毒威武。赫怒我圣皇，劳师事鼙鼓。阳和变杀气，发卒骚中土。三十六万人，哀哀泪如雨。且悲就行役，安得营农圃？不见征戍儿，岂知关山苦？李牧今不在，边人饲豺虎。

全篇麌韵独用。

其十九

西上莲花山，迢迢见明星。素手把芙蓉，虚步蹑太清。霓裳曳广带，飘拂升天行。邀我登云台，高揖卫叔卿。恍恍与之去，驾鹤凌紫冥。俯视洛阳川，茫茫走胡兵。流血涂野草，豺狼尽冠缨。

清、行、卿、兵、缨，庚韵；星、冥，青韵。

伤　宅

［唐］白居易

谁家起甲第，朱门大道边？丰屋中栉比，高墙外回环。累累六七堂，栋宇相连延。一堂费百万，郁郁有青烟。洞房温且清，寒暑不能干。高堂虚且迥，坐卧见南山。绕廊紫藤架，夹砌红药栏。攀枝摘樱桃，带花移牡丹。主人此中坐，十载为大官。厨有腐败肉，库有朽贯钱。谁能将我语，问尔骨肉间：岂无穷贱者？忍不救饥寒？如何奉一身，直欲保千年？不见马家宅，今作奉诚园？

边、延、烟、钱、年，先韵；园，元韵；干、栏、丹、官、寒，寒韵；环、山、间，

---

① 莽，读 mǔ。

删韵。

醉　歌

〔宋〕陆　游

读书三万卷，仕宦皆束阁；学剑四十年，虏血未染锷。不得为
长虹，万丈扫寥廓；又不为疾风，六月送飞雹。战马死槽枥，公卿
守和约。穷边指淮淝，异域视京雒。於乎此何心？有酒吾忍酌？
平生为衣食，敛版靴两脚。心虽了是非，口不给唯诺。如今老且病，
鬓秃牙齿落。仰天少吐气，饿死实差乐！壮心埋不朽，千载犹可作！

雹，觉韵；其余的韵脚都是药韵。

从上面这些例子可以看出，古体诗虽然可以通韵，但是诗人们不
一定每次都用通韵，例如李白《古风》第十四首就以麌韵独用，不杂语
韵字。特别要注意的是：上声和去声有时可以通韵，但是平仄不能通
韵，入声字更不能与其他各声通韵。试看陆游《醉歌》除了一个"雹"
字，一律都用药韵字。就拿"雹"字来说，它也是入声，并且是觉韵字。
觉、药是邻韵，本来可以跟药韵相通的。

古体诗的用韵，是因时代而不同的。实际语音起了变化，押韵也
就不那么严格。中晚唐用韵已经稍宽，到了宋代以后，古风的用韵就
更宽了。

（二）柏梁体

有一种七言古诗是每句押韵的，称为柏梁体。据说汉武帝建筑柏
梁台，与群臣联句赋诗，句句用韵，所以这种诗称为柏梁体。其实鲍照
以前的七言诗（如曹丕的《燕歌行》）都是句句用韵的，古代并非另有
一种隔句用韵的七言诗。等到南北朝以后，七言诗变为隔句用韵了，
句句用韵的七言诗才变了特殊的诗体。

下面是柏梁体的一个例子:

饮中八仙歌

[唐]杜 甫

知章骑马似乘船,眼花落井水底眠。汝阳三斗始朝天,道逢曲车口流涎,恨不移封向酒泉。左相日兴费万钱,饮如长鲸吸百川,衔杯乐圣称避贤。宗之潇洒美少年,举觞白眼望青天,皎如玉树临风前。苏晋长斋绣佛前,醉中往往爱逃禅。李白一斗诗百篇,长安市上酒家眠,天子呼来不上船,自称臣是酒中仙。张旭三杯草圣传,脱帽露顶王公前,挥毫落纸如云烟。焦遂五斗方卓然,高谈雄辩惊四筵。

也有一些七言古诗,基本上是柏梁体,但是稍有变通,例如:

丽人行

[唐]杜 甫

三月三日天气新,长安水边多丽人。态浓意远淑且真,肌理细腻骨肉匀。绣罗衣裳照暮春,蹙金孔雀银麒麟。头上何所有?翠微匌叶垂鬓唇。背后何所见?珠压腰衱稳称身。就中云幕椒房亲,赐名大国虢与秦。紫驼之峰出翠釜,水精之盘行素鳞。犀箸厌饫久未下,銮刀缕切空纷纶。黄门飞鞚不动尘,御厨络绎送八珍。箫鼓哀吟感鬼神,宾从杂遝实要津。后来鞍马何逡巡,当轩下马入锦茵。杨花雪落覆白蘋,青鸟飞去衔红巾。炙手可热势绝伦,慎莫近前丞相嗔。

(三)换韵

律诗是一韵到底的。古体诗固然可以一韵到底[①],但也可以换

---

① 柏梁体必须一韵到底。

韵,而且可以换几次韵。换韵的方式是多种多样的:可以每两句一换韵,四句一换韵,六句一换韵,也可以多到十几句才换韵;可以连用两个平声韵,连用两个仄声韵,也可以平仄韵交替。现在举几个例子:

石壕吏

[唐]杜　甫

暮投石壕村,有吏夜捉人。老翁逾墙走,老妇出门看①。吏呼一何怒!妇啼一何苦!听妇前致词,三男邺城戍。一男附书至,二男新战死。存者且偷生,死者长已矣!室中更无人,惟有乳下孙。有孙母未去,出入无完裙。老妪力虽衰,请从吏夜归。急应河阳役,犹得备晨炊。夜久语声绝,如闻泣幽咽。天明登前途,独与老翁别。

村,元韵;人,真韵;看,寒韵。真元寒通韵。怒、戍,遇韵;苦,麌韵。麌遇上、去通韵。至,寘韵;死、矣,纸韵。纸寘上、去通韵。人,真韵;孙,元韵;裙,文韵。真文元通韵。衰、炊,支韵;归,微韵。支微通韵。绝、咽、别,屑韵。

白雪歌

[唐]岑　参

北风卷地白草折,胡天八月即飞雪。忽如一夜春风来,千树万树梨花开。散入珠帘湿罗幕,狐裘不暖锦衾薄。将军角弓不得控,都护铁衣冷难着。瀚海阑干百丈冰,愁云惨淡万里凝。中军置酒饮归客,胡琴琵琶与羌笛。纷纷暮雪下辕门,风掣红旗冻不翻。轮台东门送君去,去时雪满天山路。山回路转不见君,雪上

---

① 一本作"出看门"。

空留马行处。
_{△7}

折、雪,屑韵。来、开,灰韵。幕、薄、着,药韵。冰、凝、蒸韵。客,陌韵;
笛,锡韵。陌锡通韵。门、翻,元韵。去、处,御韵;路,遇韵。御遇
通韵。

注意:换韵的第一句,一般总是押韵的。近体诗首句往往押韵,古
体诗在这一点可能是受了近体诗的影响。

(四)古体诗的平仄

古体诗的平仄并没有任何规定。既然唐代以前的诗在平仄上没
有明确的规则,那么,唐宋以后所谓古风在平仄上也应该完全是自由
的。但是,有些诗人在写古体诗的时候,着意避免律句,于是无形中造
成一种风气,要让古体诗尽可能和律诗的形式区别开来,区别得越明
显越好,以为这样才显得风格高古。具体的做法是尽可能多用拗句,
不但用律诗所容许的那一两种拗句,而且用一切可能的拗句。我们可
以从两方面看拗句:

(1)从三字尾看,常见的拗句有下列的四种三字尾:

 (a)平平平。这种句式叫做三平调,是古体诗中最明显的
   特点。

 (b)平仄平。

 (c)仄仄仄。

 (d)仄平仄。

(2)从全句的平仄看,拗句的平仄不是交替的,而是相因的。或者
是第二、四字都仄,或者是第二、四字都平。如果是七字句,还有第四、
六字都仄或都平。

试拿岑参《白雪歌》开始的八句来看,合乎第一种情况的有三
句,即"胡天八月**即**飞雪、忽如一夜**春风来**、狐裘不暖**锦衾薄**",合乎

第二种情况（同时也合乎第一种情况）的有五句，即"北风卷地白草折、千树万树梨花开、散入珠帘湿罗幕、将军角弓不得控、都护铁衣冷难着"。

现在再举一个例子：

岁晏行

[唐]杜　甫

岁云暮矣多北风，潇湘洞庭白雪中。渔父天寒网罟冻，莫徭射雁鸣桑弓。去年米贵阙军食，今年米贱大伤农。高马达官厌酒肉，此辈杼轴茅茨空。楚人重鱼不重鸟，汝休枉杀南飞鸿。况闻处处鬻男女，割慈忍爱还租庸。往日用钱捉私铸，今许铅锡和青铜。刻泥为之最易得，好恶不合长相蒙。万国城头吹画角，此曲哀怨何时终？

在这一首诗中，只有两个律句（"今年米贱大伤农、万国城头吹画角"），其余都是拗句，而且在九个平脚的句子当中就有七句是三平调。可见不是偶然的。

当然，不拘粘对也是古体诗的特点之一，这里不详细讨论了。

（五）古体诗的对仗

古体诗的对仗是极端自由的。一般不讲究对仗；如果有些地方用了对仗，也只是修辞上的需要，而不是格律上的要求。像杜甫《岁晏行》这样一首相当长的诗，全篇没有用一处对仗；岑参《白雪歌》只用了一个对仗，即"将军角弓不得控，都护铁衣冷难着"，也还只是一种宽对。并且要注意：古体诗的对仗和近体诗的对仗有下列的两点不同：

（1）在近体诗中，同字不相对；古体诗则同字可以相对，如杜甫《石壕吏》："老翁逾墙走，老妇出门看。"

（2）在近体诗中,对仗要求平仄相对;古体诗则不要求平仄相对,如白居易《伤宅》:"攀**枝**摘樱**桃**,带**花**移牡**丹**。"又如岑参《白雪歌》:"将军角**弓**不得**控**,都护铁**衣**冷难**着**。"①

古代诗人们在近体诗中对仗求其工,在古体诗中对仗求其拙。在他们看来,拙和高古是有关系的。其实并不必着意求拙,只须纯任自然,不受任何束缚就好了。

（六）长短句（杂言诗）

我们在第一节里讲过,古体诗有杂言的一体。杂言,也就是长短句,从三言到十一言,可以随意变化。不过,篇中多数句子还是七言,所以杂言算是七言古诗。

杂言诗由于句子的长短不受拘束,首先就给人一种奔放排奡的感觉。最擅长杂言诗的诗人是李白,他在诗中兼用散文的语法,更加令人感觉到,这是跟一般五、七言古诗完全不同的一种诗体。现在试举他的一首杂言诗为例:

蜀道难

噫吁嚱,危乎高哉! 蜀道之难难于上青天! 蚕丛及鱼凫,开国何茫然! 尔来四万八千岁,不与秦塞通人烟。西当太白有鸟道,可以横绝峨眉巅。地崩山摧壮士死,然后天梯石栈相钩连。上有六龙回日之高标,下有冲波逆折之回川。黄鹤之飞尚不得过,猿猱欲度愁攀援②。青泥何盘盘! 百步九折萦岩峦。扪参历井仰胁息,以手抚膺坐长叹③。问君西游何时还? 畏途巉岩不可

---

① 黑体字是平声字或仄声字自相为对。
② 援,一作"缘"。
③ 叹,平声,读如滩。

攀。但见悲鸟号古木,雄飞雌从绕林间。又闻子规啼夜月,愁空山。蜀道之难难于上青天,使人听此凋朱颜。连峰去天不盈尺,枯松倒挂倚绝壁。飞湍瀑流争喧豗,砯崖转石万壑雷。其险也若此,嗟尔远道之人胡为乎来哉?剑阁峥嵘而崔嵬,一夫当关,万夫莫开。所守或匪亲,化为狼与豺。朝避猛虎,夕避长蛇;磨牙吮血,杀人如麻。锦城虽云乐,不如早还家。蜀道之难难于上青天,侧身西望长咨嗟。

(七)入律的古风

讲到这里,古体诗和近体诗的分别非常明显了。但是,并不是所有的古体诗都和近体诗迥然不同的。上文说过,律诗产生以后,诗人们即使写古体诗,也不可能完全不受律诗的影响。有些诗人在写古体诗时还注意粘对(只管第二字,不管第四字),另有一些诗人,不但不避律句,而且还喜欢用律句。这种情况,在七言古风中更为突出。我们试看初唐王勃所写的著名的《滕王阁》诗:

滕王高阁临江渚,佩玉鸣銮罢歌舞。画栋朝飞南浦云,珠帘暮卷西山雨。闲云潭影日悠悠,物换星移几度秋。阁中帝子今何在?槛外长江空自流!

这首诗平仄合律,粘对基本上合律①,简直是两首律绝连在一起,不过其中一首是仄韵绝句罢了。注意:这种仄韵与平韵的交替,四句一换韵,到后来成为入律古风的典型。高适、王维等人的七言古风,基本上是依照这个格式的。现在试举高适的一个例子:

燕歌行

汉家烟尘在东北,汉将辞家破残贼。男儿本自重横行,天子

---

① "阁中"句不粘,是由于初唐律诗尚未定型化。上文讨论王维的诗时已经讲到。

非常赐颜色。挝金伐鼓下榆关,旌旆逶迤碣石间。校尉羽书飞瀚
海,单于猎火照狼山。山川萧条极边土,胡骑凭陵杂风雨①。战士
军前半死生,美人帐下犹歌舞。大漠穷秋塞草衰,孤城落日斗兵
稀。身当恩遇常轻敌,力尽关山未解围。铁衣远戍辛勤久,玉箸应
啼别离后②。少妇城南欲断肠,征人蓟北空回首。边风飘飘那可
度,绝域苍茫更何有?杀气三时作阵云,寒声一夜传刁斗。相看白
刃血纷纷,死节从来岂顾勋? 君不见沙场征战苦③,至今犹忆李
将军!

这一首古风有很多的律诗特点,主要表现在:

(1)篇中各句基本上都是律句,或准律句(即Ⓐ仄平平仄平仄)。

(2)基本上依照粘对的规则,特别是出句和对句的平仄完全是对
立的。

(3)基本上四句一换韵,每段都像一首平韵绝句或仄韵绝句;其中
有一韵是八句的,像仄韵律诗。

(4)仄声韵与平声韵完全是交替的。

(5)韵部完全依照韵书,不用通韵。

(6)大量地运用对仗,而且多数是工对。

就古风入律不入律这一点看,高适、王维是一派(入律),后来白居
易、陆游等人是属于这一派的;李白、杜甫是另一派(不入律),后来韩
愈、苏轼是属于这另一派的。白居易、元稹等人所提倡的元和体,实际
上是把入律的古风加以灵活的运用罢了。

由上所述,我们可以看见,在古体诗的名义下,有各种不同的体

---

① 骑,去声。

② 后,上声。

③ 君不见,这是七言古诗中常见的句首语。这句话应看作三字加五字。

裁,其中有些体裁相互间显示着很大的差别。杂言古体诗与入律的古风可以说是两个极端。五言古诗与七言古诗也不相同:五古不入律的较多,七古入律的较多。当然也有例外,像柏梁体就不可能是入律的古风。从各种不同的角度去看各种古风,才不至于怀疑它们的格律是不可捉摸的。

第三章　词　律

第一节　词的种类

词最初称为曲词或曲子词,是配音乐的。从配音乐这一点上说,它和乐府诗是同一类的文学体裁,也同样是来自民间文学。后来词也跟乐府一样,逐渐跟音乐分离了,成为诗的别体,所以有人把词称为诗余。文人的词深受律诗的影响,所以词中的律句特别多。

词是长短句,但是全篇的字数是有一定的。每句的平仄也是有一定的。

词大致可分三类:(1)小令;(2)中调;(3)长调。有人认为:58 字以内为小令,59 字至 90 字为中调,91 字以外为长调①。这种分法虽然未免太绝对化了,但是,大概的情况还是这样的。

敦煌曲子词中,已经有了一些中调和长调。宋初柳永写了一些长调。苏轼、秦观、黄庭坚等人继起,长调就盛行起来了。长调的特点,除了字数较多以外,就是一般用韵较疏。

---

① 　这是根据《类编草堂诗余》所分小令、中调、长调而得出来的结论。

（一）词牌

词牌，就是词的格式的名称。词的格式和律诗的格式不同：律诗只有四种格式，而词则总共有一千多个格式①（这些格式称为词谱，详见下节）。人们不好把它们称为第一式、第二式等等，所以给它们起了一些名字。这些名字就是词牌。有时候，几个格式合用一个词牌，因为它们是同一个格式的若干变体；有时候，同一个格式而有几种名称，那只因为各家叫名不同罢了。

关于词牌的来源，大约有下面的三种情况：

（1）本来是乐曲的名称，例如《菩萨蛮》，据说是由于唐代大中初年②，女蛮国进贡，她们梳着高髻，戴着金冠，满身璎珞（璎珞是身上佩挂的珠宝），像菩萨。当时教坊因此谱成《菩萨蛮曲》。据说唐宣宗爱唱《菩萨蛮》词，可见是当时风行一时的曲子。《西江月》《风入松》《蝶恋花》等，都是属于这一类的。这些都是来自民间的曲调。

（2）摘取一首词中的几个字作为词牌，例如《忆秦娥》，因为依照这个格式写出的最初一首词开头两句是"箫声咽，秦娥梦断秦楼月"，所以词牌就叫《忆秦娥》③，又叫《秦楼月》。《忆江南》本名《望江南》，又名《谢秋娘》，但因白居易有一首咏"江南好"的词，最后一句是"能不忆江南"，所以词牌又叫《忆江南》。《如梦令》原名《忆仙姿》，改名《如梦令》，这是因为后唐庄宗所写的《忆仙姿》中有"如梦，如梦，残月落花烟重"等句。《念奴娇》又叫《大江东去》，这是由于苏轼有一首《念奴娇》，第一句是"大江东去"；又叫《酹江月》，因为苏轼这首词最

---

① 万树《词律》共收 1180 多个"体"。徐本立《词律拾遗》增加 495 个"体"。清代的《钦定词谱》共有 2306 个"体"。

② 大中，是唐宣宗年号（847–859）。

③ 这是依照一般的说法。

后三个字是"酹江月"。

（3）本来就是词的题目。《踏歌词》咏的是舞蹈,《舞马词》咏的是舞马,《欸乃曲》咏的是泛舟,《渔歌子》咏的是打鱼,《浪淘沙》咏的是浪淘沙,《抛球乐》咏的是抛绣球,《更漏子》咏的是夜。这种情况是最普遍的。凡是词牌下面注明"本意"的,就是说,词牌同时也是词题,不另有题目了。

但是,绝大多数的词都不是用"本意"的,因此,词牌之外还有词题。一般是在词牌下面用较小的字注出词题。在这种情况下,词题和词牌不发生任何关系。一首《浪淘沙》可以完全不讲到浪,也不讲到沙;一首《忆江南》也可以完全不讲到江南。这样,词牌只不过是词谱的代号罢了。

（二）单调、双调、三叠、四叠

词有单调、双调、三叠、四叠的分别。

单调的词往往就是一首小令。它很像一首诗,只不过是长短句罢了,例如:

渔歌子①

[唐]张志和

西塞山前白鹭飞,
桃花流水鳜鱼肥。
青箬笠,绿蓑衣,
斜风细雨不须归。

---

① 原名《渔父》。

如梦令

[宋]李清照

昨夜雨疏风骤，

浓睡不消残酒。

试问卷帘人，

却道海棠依旧。

知否？知否？

应是绿肥红瘦！

　　双调的词有的是小令，有的是中调或长调。双调就是把一首词分为前后两阕①。两阕的字数相等或基本上相等，平仄也同。这样，字数相等的就像一首曲谱配着两首歌词。不相等的，一般是开头的两三句字数不同或平仄不同，叫做换头②。双调是词中最常见的形式，例如③：

踏莎行（郴州旅舍）

[宋]秦　观

雾失楼台，

月迷津渡，

桃源望断无寻处。

可堪孤馆闭春寒，

杜鹃声里斜阳暮。

驿寄梅花，

---

① 曲终叫做阕（què）。一阕，表示曲子到此已告终了。下面再来一阕，那是表示依照原曲再唱一首歌。当然前后阕的意思还是连贯的。

② 字数不同如《菩萨蛮》，平仄不同如《浣溪沙》，详下节。

③ 旧法，前后阕中间空一格。现在分行写，中间空一行。

鱼传尺素，

砌成此恨无重数！

郴江幸自绕郴山，

为谁流下潇湘去？

鹧鸪天

［宋］辛弃疾

壮岁旌旗拥万夫，

锦襜突骑渡江初。

燕兵夜娖银胡䩮，

汉箭朝飞金仆姑。

追往事，

叹今吾。

春风不染白髭须。

却将万字平戎策，

换得东家种树书。

贺新郎（送胡邦衡待制赴新州）

［宋］张元干

梦绕神州路。

怅秋风连营画角，

故宫离黍。

底事昆仑倾砥柱，

九地黄流乱注？

聚万落千村狐兔。

天意从来高难问，

况人情易老悲难诉。

更南浦,

送君去。

凉生岸柳催残暑。

耿斜河疏星淡月,

断云微度。

万里江山知何处?

回首对床夜语。

雁不到,

书成谁与①?

目尽青天怀今古,

肯儿曹恩怨相尔汝。

举大白,

听金缕。

　　像《踏莎行》《渔家傲》,前后两阕字数完全相等。其他各词,前后阕字数基本上相同。

　　三叠就是三阕,四叠就是四阕。三叠、四叠的词很少见,这里就不举例了。

第二节　词　谱

　　每一词牌的格式叫做词谱。依照词谱所规定的字数、平仄以及其他格式来写词,叫做填词。填,就是依谱填写的意思。

　　古人所谓词谱,乃是摆出一件样品,让大家照样去填。下面是万

---

① "雁不到书成谁与?"依词律应作一句读。

树《词律》所列《菩萨蛮》的词谱原来的样子①：

菩萨蛮 四十四字　　又名子夜歌
巫山一片云　　重叠金

[唐]李 白

平(可仄)林漠(可平)漠(平)烟如织(韵)寒(可仄)山一(可平)带伤心碧(叶)暝(可平)色入高楼(换平)有(可平)人楼(可仄)上愁(叶平)　玉(可平)阶空伫立(三换仄)宿(可平)鸟归飞急(三叶仄)何(可仄)处是归程(四换平)长(可仄)亭连短亭(四叶平)

《词律》在词牌下面注明规定的字数，词牌的别名；在词中注明平仄和叶韵。凡平仄均可的地方，注明"可平、可仄"（于平声字下面注明"可仄"，于仄声字下面注明"可平"）；凡平仄不可通融的地方就不加注，例如"林"字下面没有注，这就表明必须依照林字的平仄，林字平声，就应照填一个平声字。"织"字下面注个"韵"字，表示这里该用韵；"碧"字下面注个"叶"字②，表示这里该叶韵（即与"织"字押韵）。当然并不规定押哪一个韵，但是要求一个仄声韵。"楼"字下面注"换平"，是说换平声韵。"愁"字下面注"叶平"，是说叶平声韵。"立"字下面注"三换仄"，是说在第三个韵又换了仄声韵；"急"字下面注"三叶仄"，是说叶仄声韵。"程"字下面注"四换平"，是说在第四个韵又换了平声韵；"亭"字下面注"四叶平"，是说叶平声韵。万树是清初时代的人；在万树以前，词人们早已填词，那又依照谁人所定的词谱呢？古人并不需要词谱，只要有了样品，就可以照填。试看辛弃疾所填的一首《菩萨蛮》（书江西造口壁）：

郁孤台下清江水，
中间多少行人泪。

---

① 但是改为横排。
② 叶，同"协"，不是树叶的"叶"。

> 西北望长安，
>
> 可怜无数山。
>
> 青山遮不住，
>
> 毕竟东流去。
>
> 江晚正愁余，
>
> 山深闻鹧鸪。

辛词共用 44 个字，共用四个韵，其中两个仄声韵，两个平声韵，并且平仄韵交替，完全和李白原词相同。平仄也完全模仿李白原词，甚至原词前阕末句用"仄平平仄平"，后阕用"平平平仄平"，都完全模仿了。

这里有一个问题：拿谁的词来做样品呢？如果说写《菩萨蛮》要拿李白原词做样品，李白又拿谁的词做样品呢？其实《菩萨蛮》的最早的作者（李白？）并不需要任何样品，因为《菩萨蛮》是按曲谱而作出的。民间作品多数是入乐演唱的，所以只须按曲作词，而不需要照样填词。至于后世某些词调，那又是另一种情况。词人创造一种词调，后人跟着填词。词牌是越来越多的。有些词牌是后起的，那只能拿较晚的作品作为样品。

本来，唐宋人填词就有较大的灵活性，所以一个词牌往往有几种别体。词中本来就是律句占优势；有些词的拗句又常常被后代词人改为律句，例如《菩萨蛮》前后阕末句的"⊗平平仄平"就被改为"平平仄仄平"。有些词，如《念奴娇》《水调歌头》等，在开始的时期就有相当大的灵活性，所以后代更自由一些。大致说来，小令的格律最严，中调较宽，长调更宽。我们研究词律的时候，既要仔细考究它的规则，又要知道它的变化。不求甚解和胶柱鼓瑟都是不对的。

这里我们将列举一些词谱，作为示例。为了便于了解，我们改变了前人的做法,不再录样品,而是依照第二章讲诗律时的办法,列举一些平仄格式,然后再举两三首词为例①。

(1)**忆江南**(27 字,又作望江南、江南好、梦江南等)

平Ⓐ仄,

Ⓐ仄仄平平②。
　　　　　△

Ⓐ仄Ⓐ平平仄仄,

Ⓐ平Ⓐ仄仄平平。
　　　　　　　△

Ⓐ仄仄平平。
　　　　△

忆江南

　　　　　　　　　　［唐］白居易

江南好,

风景旧曾谙。
　　　·

日出江花红胜火,
　　·

春来江水绿如蓝。
　　　·

能不忆江南③?
　·

忆江南

　　　　　　　　　　［唐］刘禹锡

春去也,
·

多谢洛城人。
　·

弱柳从风疑举袂,
·

丛兰裛露似沾巾。
·

---

① 其所以不止举一首,是要显示词人依谱填词的严格。

② △号表示韵脚。下同。

③ 字下加小圆点的都是入声字。不要按现代普通话的声调去了解。下同。

独坐亦含嚬。

梦江南①

[唐]皇甫松

兰烬落，
屏上暗红蕉。
闲梦江南梅熟日，
夜船吹笛雨潇潇。
人语驿边桥。

梦江南

[唐]温庭筠

梳洗罢，
独倚望江楼。
过尽千帆皆不是，
斜晖脉脉水悠悠。
肠断白蘋洲。

（2）**浣溪沙**（42字，沙或作纱，或作浣纱溪）

Ⓐ仄平平仄仄平，
Ⓟ平Ⓐ仄仄平平。
Ⓟ平Ⓐ仄仄平平。

Ⓐ仄Ⓟ平平仄仄，
Ⓟ平Ⓐ仄仄平平。

---

① 编者注：文集本无。

㊤平㊠仄仄平平^①。

后阕头两句往往用对仗。

浣溪沙

[宋]晏　殊

一曲新词酒一杯，
去年天气旧亭台。
夕阳西下几时回？

无可奈何花落去，
似曾相识燕归来。
小园香径独徘徊。

浣溪沙（荆州约马举先登城楼观塞）

[宋]张孝祥

霜日明霄水蘸空，
鸣鞘声里绣旗红。
淡烟衰草有无中。

万里中原烽火北，
一尊浊酒戍楼东。
酒阑挥泪向悲风。

浣溪沙（1950 年国庆观剧，柳亚子先生即席
赋浣溪沙，因步其韵奉和）

毛泽东

长夜难明赤县天，

---

① 这很像一首不粘的七律减去第三、七两句。

百年魔怪舞翩跹。

人民五亿不团圆。

一唱雄鸡天下白,

万方乐奏有于阗。

诗人兴会更无前①。

(3)菩萨蛮(44字)

㊀平㊂仄平平仄,
　　　　　△

㊀平㊂仄平平仄。
　　　　　△

㊃仄仄平平,
　　　△

㊃平平仄平②。
　　　△

㊀平平仄仄,
　　　△

㊃仄平平仄。
　　　△

㊃仄仄平平,
　　　△

㊃平平仄平。
　　　△

共用四个韵。前阕后二句与后阕后二句字数、平仄相同。前后阕末句都可改用律句平平仄仄平。

菩萨蛮

[唐]李　白(?)

平林漠漠烟如织,

寒山一带伤心碧。

---

① 兴,去声。

② 这句第一字可平,第三字可仄,但是不能犯孤平。这就是说,如果第三字用仄,则第一字必须用平。后阕末句同。

暝色入高楼，

有人楼上愁。

玉阶空伫立，

宿鸟归飞急。

何处是归程？

长亭连短亭！

菩萨蛮(大柏地)

　　　　　　　　　　　　毛泽东

赤橙黄绿青蓝紫，

谁持彩练当空舞？

雨后复斜阳，

关山阵阵苍。

当年鏖战急，

弹洞前村壁。

装点此关山，

今朝更好看①。

(4)**采桑子**(44字，又名丑奴儿)

㊀平㊃仄平平仄，

㊃仄平平。
△

㊃仄平平，
△

㊃仄平平㊃仄平。
△

----

① 看，平声。

Ⓟ平Ⓧ仄平平仄，
Ⓧ仄平平。
Ⓧ仄平平，
Ⓧ仄平平Ⓧ仄平。

采桑子

[宋]欧阳修

群芳过后西湖好，
狼藉残红。
飞絮濛濛，
垂柳阑干尽日风。

笙歌散尽游人去，
始觉春空。
垂下帘栊，
双燕归来细雨中。

采桑子（丑奴儿）

[宋]辛弃疾

少年不识愁滋味，
爱上层楼。
爱上层楼，
为赋新诗强说愁。

而今识尽愁滋味，
欲说还休。
欲说还休，
却道"天凉好个秋"！

采桑子(重阳)

毛泽东

人生易老天难老，
岁岁重阳。
今又重阳，
战地黄花分外香。

一年一度秋风劲，
不似春光。
胜似春光，
寥廓江天万里霜。

(5)卜算子(44 字)

⊗仄仄平平，
⊗仄平平仄。
⊗仄平平仄仄平，
⊗仄平平仄。

⊗仄仄平平，
⊗仄平平仄。
⊗仄平平仄仄平，
⊗仄平平仄。

卜算子(咏梅)

[宋]陆　游

驿外断桥边，
寂寞开无主。

已是黄昏独自愁，

更著风和雨。

无意苦争春，

一任群芳妒。

零落成泥碾作尘，

只有香如故。

卜算子（咏梅）

毛泽东

风雨送春归，

飞雪迎春到。

已是悬崖百丈冰，

犹有花枝俏。

俏也不争春，

只把春来报。

待到山花烂漫时，

她在丛中笑。

（6）减字木兰花（44字）

㊀平㊁仄，

㊁仄㊀平平仄仄。

㊁仄平平，

㊁仄平平㊁仄平。

㊀平㊁仄，

㊁仄㊀平平仄仄。

　　　　⊗仄平平，
　　　　⊗仄平平⊗仄平。

每两句一换韵。

减字木兰花

[宋]秦　观

天涯旧恨，
独自凄凉人不问。
欲见回肠，
断尽金炉小篆香。

黛蛾长敛，
任是春风吹不展。
困倚危楼，
过尽飞鸿字字愁。

减字木兰花(广昌路上)

毛泽东

漫天皆白，
雪里行军情更迫。
头上高山，
风卷红旗过大关。

此行何去？
赣江风雪迷漫处①。
命令昨颁②，

---

①　漫，平声。
②　"昨"字未拘平仄。

　　　　　　　　十万工农下吉安。
　　　　　　　　·

（7）**忆秦娥**（46字）

　　　　平⊕仄，
　　　　　　△

　　　　㊀平㊃仄平平仄。
　　　　　　　　　　△

　　　　平平仄（叠三字），
　　　　　　△

　　　　㊃平㊀仄，
　　　　　　

　　　　仄平平仄。
　　　　　　　△

　　　　㊀平㊃仄平平仄，
　　　　　　　　　　△

　　　　㊀平㊃仄平平仄。
　　　　　　　　　　△

　　　　平平仄（叠三字），
　　　　　　△

　　　　㊃平㊀仄，
　　　　　　

　　　　仄平平仄。
　　　　　　　△

此调多用入声韵。前阕后三句与后阕后三句字数、平仄相同。

忆秦娥

[唐]李　白(?)

　　　　箫声咽，
　　　　　　·

　　　　秦娥梦断秦楼月。
　　　　　　　　　　·

　　　　秦楼月，
　　　　　　·

　　　　年年柳色，
　　　　　　

　　　　灞陵伤别。
　　　　　　　·

　　　　乐游原上清秋节，
　　　　·

　　　　咸阳古道音尘绝。
　　　　　　　　　　·

　　　　音尘绝，
　　　　　　·

西风残照，

汉家陵阙。

忆秦娥

[宋]范成大

楼阴缺，

阑干影卧东厢月。

东厢月，

一天风露，

杏花如雪。

隔烟催漏金虬咽，

罗帏黯淡灯花结。

灯花结，

片时春梦，

江南天阔。

忆秦娥(娄山关)

毛泽东

西风烈，

长空雁叫霜晨月。

霜晨月，

马蹄声碎，

喇叭声咽。

雄关漫道真如铁，

而今迈步从头越。

从头越，

苍山如海，

残阳如血。

（8）清平乐（46字）

⊕平⊗仄，

⊗仄平平仄。

⊗仄⊕平平仄仄，

⊗仄⊕平⊗仄。

⊕平⊗仄平平，

⊕平⊗仄平平。

⊗仄⊕平⊗仄，

⊕平⊗仄平平。

后阕换平声韵。

清平乐（晚春）

[宋]黄庭坚

春归何处？

寂寞无行路。

若有人知春去处，

唤取归来同住。

春无踪迹谁知？

除非问取黄鹂。

百啭无人能解，

因风飞过蔷薇。

清平乐(六盘山)

毛泽东

天高云淡，
望断南飞雁。
不到长城非好汉，
屈指行程二万！

六盘山上高峰，
红旗漫卷西风。
今日长缨在手，
何时缚住苍龙？

(9)**西江月**(50字)

‖ ⊗仄⊕平⊗仄①，
⊕平⊗仄平平。
⊕平⊗仄仄平平，
⊗仄⊕平⊗仄。‖

前后阕同。第一句无韵,第二、三句押平声韵,第四句押原韵的仄声韵。这种平仄通押的调子,在词调中是很少见的。但是,《西江月》却是最流行的曲调。前后阕头两句要用对仗。

西江月

[宋]辛弃疾

明月别枝惊鹊，
清风半夜鸣蝉。

---

① 双调用‖号表示前后阕同。下同。

稻花香里说丰年，
听取蛙声一片。

七八个星天外，
两三点雨山前。
旧时茅店社林边，
路转溪桥忽见。

西江月

[宋]刘　过

堂上谋臣尊俎，
边头将士干戈。
天时地利与人和，
燕可伐欤?曰可!

今日楼台鼎鼐，
明年带砺山河。
大家齐唱大风歌，
不日四方来贺。

（10）浪淘沙（54 字）

‖ ⊗仄仄平平，
⊗仄平平。
⊕平⊗仄仄平平。
⊗仄⊕平平仄仄，
⊗仄平平。‖

前后阕同。

浪淘沙

[南唐]李 煜

帘外雨潺潺,
春意阑珊。
罗衾不耐五更寒。
梦里不知身是客,
一晌贪欢。

独自莫凭栏,
无限江山。
别时容易见时难。
流水落花春去也,
天上人间。

浪淘沙(北戴河)

毛泽东

大雨落幽燕①,
白浪滔天。
秦皇岛外打鱼船。
一片汪洋都不见,
知向谁边?

往事越千年,
魏武挥鞭。
东临碣石有遗篇。

---

① 燕,平声,读如烟。

萧瑟秋风今又是，

换了人间！

（11）**蝶恋花**（60字，又名鹊踏枝）

‖ ⊘仄⊕平平仄仄。
　　　　　　　△
⊘仄平平，

⊘仄平平仄。
　　　　△
⊘仄⊕平平仄仄（或仄平仄）。
　　　　　　　△
⊕平⊘仄平平仄。 ‖
　　　　　　△

前后阕同。

蝶恋花

［宋］苏　轼

花褪残红青杏小。

燕子飞时，

绿水人家绕。

枝上柳绵吹又少。

天涯何处无芳草？

墙里秋千墙外道。

墙外行人，

墙里佳人笑。

笑渐不闻声渐杳。

多情却被无情恼。

蝶恋花（从汀州向长沙）

毛泽东

六月天兵征腐恶。

万丈长缨，

要把鲲鹏缚。

赣水那边红一角。

偏师借重黄公略。

百万工农齐踊跃。

席卷江西，

直捣湘和鄂。

国际悲歌歌一曲。

狂飙为我从天落。

蝶恋花(答李淑一)

毛泽东

我失骄杨君失柳。

杨柳轻飏，

直上重霄九。

问讯吴刚何所有。

吴刚捧出桂花酒。

寂寞嫦娥舒广袖。

万里长空，

且为忠魂舞。

忽报人间曾伏虎。

泪飞顿作倾盆雨。

(12)渔家傲(62字)

‖ ⊗仄⊗平平仄仄，

⊕平⊗仄平平仄。

仄仄平平仄仄。

平仄仄，

平平仄仄平平仄。‖

前后阙同。

渔家傲（秋思）

［宋］范仲淹

塞下秋来风景异，
衡阳雁去无留意。
四面边声连角起。
千嶂里，
长烟落日孤城闭。

浊酒一杯家万里，
燕然未勒归无计。
羌管悠悠霜满地。
人不寐，
将军白发征夫泪。

渔家傲（记梦）

［宋］李清照

天接云涛连晓雾，
星河欲转千帆舞。
仿佛梦魂归帝所。
闻天语，
殷勤问我归何处。

我报路长嗟日暮，

学诗谩有惊人句。

九万里风鹏正举。

风休住,

蓬舟吹取三山去。

渔家傲(反第一次大"围剿")

毛泽东

万木霜天红烂漫,

天兵怒气冲霄汉。

雾满龙冈千嶂暗。

齐声唤,

前头捉了张辉瓒。

二十万军重入赣,

风烟滚滚来天半。

唤起工农千百万。

同心干,

不周山下红旗乱。

(13)**满江红**(93字)

⊕仄平平,

㊤㊧仄、㊧平⊕仄。

㊤⊕仄、⊕平㊧仄,

⊕平㊧仄。

⊕仄㊧平平仄仄,

㊧平⊕仄平平仄。

仄⊕平、⊕仄仄平平,

平平仄。

仄平仄，平仄仄；

平仄仄，平平仄。

仄平平仄仄、仄平平仄。

仄仄平平平仄仄，

平平仄仄平平仄。

仄平平、仄仄仄平平，

平平仄。

此调常用入声韵，而且往往用一些对仗。

满江红

[宋]岳　飞

怒发冲冠，

凭栏处、潇潇雨歇。

抬望眼、仰天长啸，

壮怀激烈。

三十功名尘与土，

八千里路云和月。

莫等闲、白了少年头，

空悲切！

靖康耻，犹未雪；

臣子恨，何时灭？

驾长车踏破、贺兰山缺①。

---

① 依语法结构，应该标点为："驾长车，踏破贺兰山缺。"这里是按词谱断句。

壮志饥餐胡虏肉，

笑谈渴饮匈奴血。

待从头、收拾旧山河，

朝天阙。

满江红（金陵怀古）

［元］萨都剌

六代豪华，

春去也、更无消息。

空怅望、山川形胜，

已非畴昔。

王谢堂前双燕子，

乌衣巷口曾相识。

听夜深、寂寞打孤城，

春潮急。

思往事，愁如织；

怀故国，空陈迹。

但荒烟衰草、乱鸦斜日。

玉树歌残秋露冷，

胭脂井坏寒螀泣。

到如今、只有蒋山青，

秦淮碧。

（14）**水调歌头**（95字）

⊗仄⊕平仄，

⊗仄仄平平。

⊕平⊕仄平仄⊕仄仄平平(上六下五或上四下七)①。

⊗仄⊕平⊗仄，

⊗仄⊕平⊗仄，

⊗仄仄平平。

⊗仄⊕平仄，

⊗仄仄平平。

⊕平仄，

平⊕仄，

仄平平。

⊕平⊕仄平仄仄仄仄平平(上六下五或上四下七，又或作仄仄平平仄仄，仄仄仄平平)。

⊗仄⊕平⊗仄，

⊗仄⊕平⊗仄，

⊗仄仄平平。

⊗仄⊕平仄，

⊗仄仄平平。

前阕后七句与后阕后七句字数、平仄相同。

———————

① 这个词调的平仄相当灵活。前阕第三句、后阕第四句为一个十一字句，中间稍有停顿，上六下五或上四下七均可。但是近代词人常常把它分成两句，并且是上六下五(参看张惠言《词选》所录他自己的五首《水调歌头》)。毛主席的词也是按上六下五填写的。这调常用一些拗句，如毛主席词中的"子在川上曰、一桥飞架南北"，苏轼词中的"不知天上宫阙、起舞弄清影"等。

水调歌头（中秋）

[宋]苏 轼

明月几时有？

把酒问青天。

不知天上宫阙、今夕是何年？

我欲乘风归去，

又恐琼楼玉宇，

高处不胜寒。

起舞弄清影，

何似在人间！

转朱阁，

低绮户，

照无眠。

不应有恨、何事偏向别时圆？

人有悲欢离合，

月有阴晴圆缺，

此事古难全。

但愿人长久，

千里共婵娟！

水调歌头

[宋]陈 亮

不见南师久，

漫说北群空。

当场只手毕竟还我万夫雄。

自笑堂堂汉使，

得似洋洋河水，

依旧只流东。

且复穹庐拜，

会向槁街逢。

尧之都，

舜之壤，

禹之封。

于中应有一个半个耻臣戎。

万里腥膻如许，

千古英灵安在，

磅礴几时通？

胡运何须问？

赫日自当中！

水调歌头（重上井冈山）

毛泽东

久有凌云志，

重上井冈山。

千里来寻故地，

旧貌变新颜。

到处莺歌燕舞，

更有潺潺流水，

高路入云端。

过了黄洋界，

险处不须看。

风雷动，

旌旗奋，

是人寰。

三十八年过去，

弹指一挥间。

可上九天揽月，

可下五洋捉鳖，

谈笑凯歌还。

世上无难事，

只要肯登攀。

水调歌头（游泳）

毛泽东

才饮长沙水，

又食武昌鱼。

万里长江横渡，

极目楚天舒。

不管风吹浪打，

胜似闲庭信步，

今日得宽余。

子在川上曰：

逝者如斯夫！

风樯动，

龟蛇静，

起宏图。

一桥飞架南北，

天堑变通途。

更立西江石壁，

截断巫山云雨，

高峡出平湖。

神女应无恙，

当惊世界殊。

（15）念奴娇（100字，又名百字令、酹江月、大江东去）

　　⊕平⊙仄，

　　仄平⊕、⊙仄⊕平平仄（或仄平平⊙仄、⊙平平仄）。

　　⊙仄⊕平平仄仄，

　　⊙仄⊕平平仄。

　　⊙仄平平，

　　⊕平⊙仄，

　　仄仄平平仄。

　　⊕平⊙仄，

　　⊕平平仄平仄。

　　⊕仄⊕仄平平（或⊕平⊙仄平平），

　　⊕平平仄（或⊙仄平平），

　　⊙仄平平仄。

　　⊙仄⊕平平仄仄，

　　⊙仄⊕平平仄。

　　⊙仄平平，

　　⊕平⊙仄，

　　⑭仄平平仄。
　　　　　△

　　⑰平⑰仄，

　　⑰平平仄平仄①。
　　　　　　　△

这调一般用入声韵。前阕后七句与后阕后七句字数、平仄相同。

念奴娇（赤壁怀古）

[宋]苏　轼

大江东去，

浪淘尽、千古风流人物。

故垒西边人道是，

三国周郎赤壁②。

乱石穿空，

惊涛拍岸，

卷起千堆雪。

江山如画，

一时多少豪杰！

遥想公瑾当年：

小乔初嫁了，

雄姿英发。

羽扇纶巾，谈笑间，

樯橹灰飞烟灭。

故国神游，

多情应笑，

---

① 跟《水调歌头》一样，这个词调的平仄相当灵活，而且用拗句。

② 依语法结构，应该标点为："故垒西边，人道是三国周郎赤壁。"这里是按词谱断句。

我早生华发①。

人生如梦，

一樽还酹江月！

念奴娇(登多景楼)

[宋]陈　亮

危楼还望，

叹此意、今古几人曾会？

鬼设神施浑认作，

天限南疆北界。

一水横陈，

连岗三面，

做出争雄势。

六朝何事，

只成门户私计。

因笑王谢诸人，

登高怀远，

也学英雄涕。

凭却江山管不到，

河洛膻腥无际。

正好长驱，

不须反顾，

寻取中流誓。

小儿破贼，

---

① 依语法结构，应该标点为："多情应笑我，早生华发。"这里是按词谱断句。

势成宁问强对！

依语法结构，"浑认作"应连下读；这和苏轼《念奴娇》"故垒西边人道是"一样，"人道是"也本该连下读的。"管"字未拘平仄。

念奴娇（石头城，用东坡原韵）

　　　　　　　　　　　　　　　［元］萨都剌

石头城上，

望天低吴楚，

眼空无物。

指点六朝形胜地，

惟有青山如壁。

蔽日旌旗，

连云樯橹，

白骨纷如雪。

大江南北，

消磨多少豪杰！

寂寞避暑离宫，

东风辇路，

芳草年年发。

落日无人松径冷，

鬼火高低明灭。

歌舞樽前，

繁华镜里，

暗换青青发。

伤心千古，

秦淮一片明月！

（16）沁园春（114 字）

　　　　○仄平平①，

　　　　○仄平平，

　　　　仄仄仄平。

　　　　仄平平仄仄（上一下四）②，

　　　　○平○仄；

　　　　○平○仄，

　　　　○仄平平。

　　　　○仄平平，

　　　　○平○仄，

　　　　○仄平平○仄平。

　　　　平○仄，

　　　　仄○平○仄（上一下四），

　　　　○仄平平。

　　　　○平○仄平平③。

　　　　○仄仄、平平○仄平。

　　　　仄○平○仄（上一下四），

　　　　○平○仄；

　　　　○平○仄，

---

①　第一句可以用韵。

②　调中有四句"仄平平仄仄"，都应该了解为上一下四，即仄+平平仄仄。

③　这一句，依《词律》应分两句，即平平，仄仄平平。但是，一般都作六字句。

㊣仄平平。

㊣仄平平，

㊤平㊣仄，

㊣仄平平㊣仄平。

平㊥仄（或仄平仄），

仄㊥平㊣仄（上一下四），

㊣仄平平。

前阕后九句与后阕后九句字数、平仄相同。此调一般都用较多的对仗。

沁园春（梦方孚若）

[宋]刘克庄

何处相逢？

登宝钗楼，

访铜雀台。

唤厨人斫就，

东溟鲸脍；

围人呈罢，

西极龙媒。

天下英雄，

使君与操，

余子谁堪共酒杯？

车千乘，

载燕南代北，

剑客奇材。

饮酣鼻息如雷。

谁信被、晨鸡催唤回？

叹年光过尽，

功名未立；

书生老去，

机会方来。

使李将军，

遇高皇帝，

万户侯何足道哉？

披衣起，

但凄凉回顾，

慷慨生哀！

"铜"字未拘平仄。

沁园春(雪)

毛泽东

北国风光，

千里冰封，

万里雪飘。

望长城内外，

惟余莽莽；

大河上下，

顿失滔滔。

山舞银蛇，

原驰蜡象，

欲与天公试比高。

须晴日，

看红装素裹，

分外妖娆。

江山如此多娇。

引无数英雄竞折腰。

惜秦皇汉武，

略输文采；

唐宗宋祖，

稍逊风骚。

一代天骄，

成吉思汗①，

只识弯弓射大雕。

俱往矣，

数风流人物，

还看今朝。

第三节　词韵,词的平仄和对仗

(一)词韵

关于词韵,并没有任何正式的规定。戈载的《词林正韵》把平、上、去三声分为十四部,入声分为五部,共十九部。据说是取古代著名词人的词参酌而定的。从前遵用的人颇多。其实这十九部不过是把诗韵大致合并,和上章所述古体诗的宽韵差不多。现在把这十九部开列

---

① 成吉思汗是蒙古人名,不拘平仄。

在后面,以供参考①。

(甲)平、上、去声十四部

(1)平声东冬,上声董肿,去声送宋。

(2)平声江阳,上声讲养,去声绛漾。

(3)平声支微齐,又灰半②;上声纸尾荠,又贿半;去声寘未霁,又泰半队半。

(4)平声鱼虞;上声语麌,去声御遇。

(5)平声佳半灰半;上声蟹,又贿半;去声泰半卦半队半。

(6)平声真文,又元半;上声轸吻,又阮半;去声震问,又愿半。

(7)平声寒删先,又元半;上声旱潸铣,又阮半;去声翰谏霰,又愿半。

(8)平声萧肴豪,上声篠巧皓,去声啸效号。

(9)平声歌,上声哿,去声箇。

(10)平声麻,又佳半;上声马;去声祃,又卦半。

(11)平声庚青蒸,上声梗迥,去声敬径。

(12)平声尤,上声有,去声宥。

(13)平声侵,上声寝,去声沁。

(14)平声覃盐咸,上声感俭赚,去声勘艳陷。

(乙)入声五部

(1)屋沃。

(2)觉药。

(3)质物锡职缉。

(4)物月曷黠屑葉。

---

① 戈载《词林正韵》的韵目依照《集韵》,现在改为平水韵(即第二章第二、六两节所讲的诗韵),以归一律。

② 具体的字见于附录《诗韵举要》。下同。

（5）合洽。

这十九部大约只能适合宋词的多数情况。其实在某些词人的笔下，第六部早已与第十一部、第十三部相通，第七部早已与第十四部相通。其中有语音发展的原因，也有方言的影响。

入声韵的独立性很强。某些词在习惯上是用入声韵的，例如《忆秦娥》《念奴娇》等。

平韵与仄韵的界限也是很清楚的。某调规定用平韵，就不能用仄韵；规定用仄韵，就不能用平韵。除非有另一体。

只有上、去两声是可以通押的。这种通押的情况在唐代古体诗中已经开始了。

（二）词的平仄

词的特点之一就是全部用律句或基本上用律句。最明显的律句是七言律句和五言律句。有些词，一读就知道这是从七绝或七律脱胎出来的，例如《浣溪沙》42字，就是六个律句组成的，很像一首不粘的七律，减去第三、七两句。这词的后阕开头用对仗，就像律诗颈联用对仗一样。《菩萨蛮》前后阕末句本来用拗句（仄平平仄平），但是后代许多词人都用了律句，以至万树《词律》不能不在第三字注云"可仄"。如果前后阕末句都用了律句，那么，整首《菩萨蛮》都是七言律句和五言律句组成的了。不过要注意一点：词句常常是不粘不对的，像《菩萨蛮》开头两句虽然都是律句，但它们的平仄不是对立的。

不但五字句、七字句多数是律句，连三字句、四字句、六字句、八字句、九字句、十一字句等，也多数是律句。现在分别加以叙述：

三字句 三字句是用七言律句或五言律句的三字尾，即：平平仄，平仄仄，仄平平，仄仄平。平平仄如"须晴日"，平仄仄如"俱往矣"，仄平平如"照无眠"。两个三字律句用在一起如"青箬笠，绿蓑衣"。

四字句　四字句是用七言律句的上四字,即:⊕平⊛仄,⊛仄平平。⊕平⊛仄如"天高云淡",⊛仄平平如"怒发冲冠"。两个四字律句用在一起如"唐宗宋祖,稍逊风骚"。如果先平脚,后仄脚,则如"乱石穿空,惊涛拍岸"。

六字句　六字句是四字句的扩展,我们把平起变为仄起,仄起变为平起,就扩展成为六字句,即:⊛仄⊕平⊛仄,⊕平⊛仄平平。⊛仄⊕平⊛仄如"我欲乘风归去",⊕平⊛仄平平如"红旗漫卷西风"。两个六字律句用在一起如"今日长缨在手,何时缚住苍龙"。

八字句　八字句往往是上三下五。如果第三字用仄声,则第五字往往用平声;如果第三字用平声,则第五字往往用仄声。下五字一般都用律句。第三字用仄声的如"引无数英雄竞折腰"。第三字用平声的如"莫等闲、白了少年头"。

九字句　九字句往往是上三下六,或上六下三,或上四下五。一般都用两个律句组合而成,至少下六字或下五字是律句,如"浪淘尽、千古风流人物"。

十一字句①　十一字句往往是上四下七,或上六下五。下五字往往是律句,如"不应有恨、何事偏向别时圆"。又如"不知天上宫阙、今夕是何年"。

词中还有二字句、一字句、一字逗②。现在再分别加以叙述:

二字句　二字句一般是平仄(第一字平声,第二字仄声),而且往往是叠句,如"山下,山下"。又如王建《调笑令》:"团扇,团扇。……弦管,弦管。"个别词牌也用平平,如辛弃疾《南乡子》:"千古兴亡多少

---

①　十字句罕见,不讨论。

②　豆,就是读(dòu)。句中稍有停顿叫豆。一字逗不须点断,只须把五字句看成上一下四就是了。

事,悠悠!……天下英雄谁敌手? 曹刘。"

一字句　一字句很少见。只有十六字令的第一句是一字句。

一字豆　一字豆是词的特点之一。懂得一字豆,才不至于误解词句的平仄。有些五字句,实际上是上一下四,例如"望长城内外","望"字是一字豆,"长城内外"是四字律句。这样,"长城内外,惟余莽莽"和"大河上下,顿失滔滔"就成为整齐的对仗。

特种律　特种律句主要指的是比较特别的仄脚四字句和六字句。仄脚四字律句是⊗平⊘仄,但是特种律句则是⊗平**平**仄(第三字必平);仄脚六字律句是⊗仄⊗平⊗仄,但是特种律句则是⊗仄仄平**平**仄(第五字必平)。《忆秦娥》前后阕末句,依《词律》就该是特种律句。其实,前后阕倒数第二句也常常用特种律句,如"马蹄**声**碎,喇叭**声**咽","苍山**如**海,残阳**如**血"。《如梦令》的六字句也常用特种律句。如"宁化、清流、**归**化,路隘林深苔滑","直指武夷山**下**","风展红旗**如**画"。又如"昨夜雨疏**风**骤,浓睡不消**残**酒","却道海棠**依**旧","应是绿肥**红**瘦"。

拗句　大多数的词牌都是没有拗句的。但是,也有少数词牌用一些拗句,例如《念奴娇》前后阕末句(如"一时多少豪杰、一樽还酹江月"),《水调歌头》前阕第三句上六字(如"不知天上宫阙"),后阕第四句上六字(如"一桥飞架南北"),都是⊗平平仄平仄,就都是拗句。

总之,从律句去了解词的平仄,十分之九的问题都解决了①。

(三)词的对仗

词的对仗,有固定的,有一般用对仗的,有自由的。

---

① 关于词的平仄,还有许多讲究,如有些地方该用去声,有的地方该用上声,又有人以为入声、上声可以代替平声。这只是技巧的事或变通的办法,不必认为格律,所以略而不讲。

固定的对仗,例如《西江月》前后阕头两句。此类固定的对仗是很少见的。

一般用对仗的(但也可以不用),例如《沁园春》前阕第二、三两句,第四、五句和第六、七句,第八、九两句;后阕第三、四句和第五、六句,第七、八两句。又如《念奴娇》前后阕第五、六两句。又如《浣溪沙》后阕头两句。

《沁园春》前阕第四、五,六、七两联,如"望长城内外,惟余莽莽;大河上下,顿失滔滔"。后阕第三、四,五、六两联,如"惜秦皇汉武,略输文采;唐宗宋祖,稍逊风骚"。这是以两句对两句,跟一般对仗不同。像这样以两句对两句的对仗,称为**扇面对**①。

凡前后两句字数相同的,都有用对仗的可能,例如《忆秦娥》前后阕末两句,《水调歌头》前阕第五、六两句,后阕第六、七两句,等等。但是这些地方用不用对仗完全是自由的。

词的对仗,有两点和律诗不同:第一,词的对仗不一定要以平对仄,以仄对平,如"千里冰封,万里雪飘";又如"望长城内外,惟余莽莽;大河上下,顿失滔滔"("城"对"河",是平对平;"外"对"下",是仄对仄)。第二,词的对仗可以允许同字相对,如"千里冰封"对"万里雪飘",又如"马蹄声碎"对"喇叭声咽","苍山如海"对"残阳如血"。

除了这两点之外,词的对仗跟诗的对仗是一样的。

词韵、词的平仄和对仗都是从律诗的基础上加以变化的。因此,要研究词,最好是先研究律诗。律诗研究好了,词就容易懂了。

---

① 诗也有扇面对,但不如词的扇面对那样常见。

第四章　诗词的节奏及其语法特点

第一节　诗词的节奏

诗词的节奏和语句的结构是有密切关系的。换句话说,也就是和语法有密切关系的。因此,我们把节奏问题放在这里来讲。

(一)诗词的一般节奏

这里所讲的诗词的一般节奏,也就是律句的节奏。律句的节奏,是以每两个音节(即两个字)作为一个节奏单位的。如果是三字句、五字句和七字句,则最后一个字单独成为一个节奏单位。具体说来,如下表:

三字句:

　平平——仄　仄仄——平

　平仄——仄　仄平——平

四字句:

　平平——仄仄　仄仄——平平

五字句:

　仄仄——平平——仄　平平——仄仄——平

平平——平仄——仄　仄仄——仄平——平

六字句：

仄仄——平平——仄仄　平平——仄仄——平平

七字句：

平平——仄仄——平平——仄　仄仄——平平——仄仄——平

仄仄——平平——平仄——仄　平平——仄仄——仄平——平

从这一个角度上看，"一三五不论，二四六分明"这两句口诀是基本上正确的：第一、三、五字不在节奏点上，所以可以不论；第二、四、六字在节奏点上，所以需要分明①。

意义单位常常是和声律单位结合得很好的。所谓意义单位，一般地说就是一个词（包括复音词）、一个词组、一个介词结构（介词及其宾语）、或一个句子形式。所谓声律单位，就是节奏。就多数情况来说，二者在诗句中是一致的。因此，我们试把诗句按节奏来分开，每一个双音节奏常常是和一个双音词、一个词组或一个句子形式相当的，例如：

西风——烈，长空——雁叫——霜晨——月。（毛泽东）

指点——江山，激扬——文字，粪土——当年——万户——侯。（毛泽东）

宁化——清流——归化，路隘——林深——苔滑。（毛泽东）

天连——五岭——银锄——落，地动——三河——铁臂——摇。（毛泽东）

晴川——历历——汉阳——树，芳草——萋萋——鹦鹉——洲。（崔颢）

别来——沧海——事，语罢——暮天——钟。（李益）

————————

① 这两句口诀之所以不完全正确，是由于其他声律的原因，已见上文。

应当指出,三字句,特别是五言、七言的三字尾,三个音节的结合是比较密切的,同时,节奏点也是可以移动的。移动以后,就成为下面的另一种情况:

三字句:

平——平仄　仄——仄平

平——仄仄　仄——平平

五字句:

仄仄——平——平仄　平平——仄——仄平

平平——平——仄仄　仄仄——仄——平平

七字句:

平平——仄仄——平——平仄　仄仄——平平——仄——仄平

仄仄——平平——平——仄仄　平平——仄仄——仄——平平

我们试看,另一种诗句则是和上述这种节奏相适应的:

须——晴日。(毛泽东)

起——宏图。(毛泽东)

雨后——复——斜阳。(毛泽东)

六亿——神州——尽——舜尧。(毛泽东)。

海月——低——云旆,江霞——入——锦车。(钱起)

乱花——渐欲——迷——人眼,浅草——才能——没——马蹄。

(白居易)

实际上,五字句和七字句都可以分为两个较大的节奏单位:五字句分为二三,七字句分为四三。这样,不但把三字尾看成一个整体,连三字尾以外的部分也看成一个整体。这样分析更合于语言的实际,也更富于概括性,例如:

雨后——复斜阳。

别来——沧海事,语罢——暮天钟。

天连五岭——银锄落,地动三河——铁臂摇。

晴川历历——汉阳树,芳草萋萋——鹦鹉洲。

五字句分为二三,七字句分为四三,这是符合大多数情况的。但是,节奏单位和语法结构的一致性也不能绝对化,有些特殊情况是不能用这个方式来概括的,例如有所谓折腰句,按语法结构是三一三,陆游《秋晚登城北门》"一点烽传散关信,两行雁带杜陵秋"。如果分为两半,那就只能分成三四,而不能分成四三。又如毛主席的《沁园春·长沙》"粪土当年万户侯",这个七字句如果要采用两分法,就只能分成二五(粪土——当年万户侯),而不能分成四三;又如毛主席的《七律·赠柳亚子先生》"风物长宜放眼量",这个七字句也只能分成二五(风物——长宜放眼量),而不能分成四三。还有更特殊的情况,例如王维《送严秀才入蜀》"山临青塞断,江向白云平";杜甫《春宿左省》"星临万户动,月傍九霄多";李白《渡荆门送别》"山随平野尽,江入大荒流"。"临青塞、临万户、随平野、向白云、傍九霄、入大荒",都是动宾结构作状语用,它们的作用等于一个介词结构,按二三分开是不合于语法结构的。又如杜甫《旅夜书怀》"名岂文章著,官应老病休",按节奏单位应该分为二三或二二一,但按语法结构则应分为一四(名——岂文章著,官——应老病休),二者之间是有矛盾的。

杜甫《宿府》"永夜角声悲自语,中天月色好谁看",按语法结构应该分成五二(永夜角声悲——自语,中天月色好——谁看)。王维《山居》"鹤巢松树遍,人访荜门稀",按语法结构应该分成四一(鹤巢松树——遍,人访荜门——稀)。元稹《遣行》"寻觅诗章在,思量岁月惊",按语法结构也应该分成四一(寻觅诗章——在,思量岁月——惊)。这种结构是违反诗词节奏三字尾的情况的。

在节奏单位和语法结构发生矛盾的时候,矛盾的主要方面是语法结构。事实上,诗人们也是这样解决了矛盾的。

当诗人们吟哦的时候，仍旧按照三字尾的节奏来吟哦，但并不改变语法结构来迁就三字尾。

节奏单位和语法结构的一致是常例，不一致是变例。我们把常例和变例区别开来，节奏的问题也就看清楚了。

(二)词的特殊节奏

词谱中有着大量的律句，这些律句的节奏自然是和诗的节奏一样的。但是，词在节奏上有它的特点，那就是那些非律句的节奏。

在词谱中，有些五字句无论按语法结构说或按平仄说，都应该认为一字豆加四字句(参看上文第三章第三节)。特别是后面跟着对仗，四字句的性质更为明显。试看毛主席《沁园春·长沙》："看万山红遍，层林尽染；漫江碧透，百舸争流。"又试看毛主席《沁园春·雪》："望长城内外，惟余莽莽；大河上下，顿失滔滔。"按四字句，应该是一三不论，第一字和第三字可平可仄，所以"万"字仄而"长"字平，"红"字平而"内"字仄。这里不能按律诗的五字句来分析，因为这是词的节奏特点。所以当我们分析节奏的时候，对这一种句子应该分析成为：仄——㊀平——⊗仄，而于具体的词句则分析成为：看——万山——红遍，望——长城——内外。这样，节奏单位和语法结构还是完全一致的。

毛主席《沁园春·长沙》后阕："恰同学少年，风华正茂；书生意气，挥斥方遒。"也有类似的情况。按词谱，"同学少年"应是㊀平⊗仄，现在用了⊗仄㊀平是变通。从"恰同学少年"这个五字句来说，并不犯孤平，因为这是一字豆加四字句，不能看成是五字律句。

不用对仗的地方也可以有这种五字句。仍以《沁园春》为例，毛主席《沁园春·长沙》前阕："问苍茫大地，谁主沉浮？"后阕："到中流击水,浪遏飞舟。"《沁园春·雪》前阕:"看红装素裹,分外妖娆。"后阕:"数风流人物,还看今朝。"其中的五字句,无论按语法结构或者是按平仄,都是一字豆加四字句。"大、击、素、人"都落在四字句的第三字上,所以不拘平仄。

五字句也可以是上三下二,平仄也按三字句加二字句,例如张元干《石州慢》前阕末句"倚危樯清绝",后阕末句"泣孤臣吴越",它的节奏是仄平平——平仄。

四字句也可以是一字豆加三字句,例如张孝祥《六州歌头》:"念腰间箭,匣中剑,空埃蠹,竟何成!"其中的"念腰间箭"就是这种情况。

七字句也可以是上三下四,例如辛弃疾《摸鱼儿》:"更能消几番风雨?"又如辛弃疾《太常引》:"人道是清光更多。"①

八字句往往是上三下五,九字句往往是上三下六,或上四下五,十一字句往往是上五下六,或上四下七,这些都在上文谈过了。值得注意的是语法结构和节奏单位的一致性。

在这一类的情况下,词谱是先有句型,后有平仄规则的,例如《沁园春》末两句,在陆游词中是"有渔翁共醉,溪友为邻",这个句型就是一个一字豆加两个四字句,然后规定这两句的节奏是仄——㊤平㊦仄,㊦仄平平。又如《沁园春》后阕第二句,在陆游词中是"又岂料而今余此身",这个句型是上三下五,然后规定它的节奏是仄㊦仄——平平㊦仄平。在这里,语法结构对词的节奏是起决定作用的。

第二节　诗词的语法特点

由于文体的不同,诗词的语法和散文的语法不是完全一样的。律

---

① 这是一个拗句,这里不详细讨论。

诗为字数及平仄规则所制约,要求在语法上比较自由;词既以律句为主,它的语法也和律诗差不多。这种语法上的自由,不但不妨碍读者的了解,而且有时候还在一定程度上增加艺术效果。

关于诗词的语法特点,这里也不必详细讨论,只拣重要的几点谈一谈。

(一)不完全句

本来,散文中也有一些不完全的句子,但那是个别情况。在诗词中,不完全句则是经常出现的。诗词是最精炼的语言,要在短短的几十个字中,表现出尺幅千里的画面,所以有许多句子的结构就非压缩不可。所谓不完全句,一般指没有谓语或谓语不全的句子。最明显的不完全句是所谓名词句,一个名词性的词组,就算一句话,例如杜甫的《春日忆李白》中两联:

清新庾开府,俊逸鲍参军。

渭北春天树,江东日暮云。

若依散文的语法看,这四句话是不完整的,但是诗人的意思已经完全表达出来了。李白的诗,清新得像庾信的诗一样,俊逸得像鲍照的诗一样。当时杜甫在渭北(长安),李白在江东,杜甫看见了暮云春树,触景生情,就引起了甜蜜的友谊的回忆来。这个意思不是很清楚吗?假如增加一些字,反而令人感到是多余的了。

崔颢《黄鹤楼》:"晴川历历汉阳树,芳草萋萋鹦鹉洲。"这里有四层意思:"晴川历历"是一个句子,"芳草萋萋"是一个句子,"汉阳树"与"鹦鹉洲"则不成为句子。但是,汉阳树和晴川的关系、芳草和鹦鹉洲的关系,却是表达出来了。因为晴川历历,所以汉阳树更看得清楚了;因为芳草萋萋,所以鹦鹉洲更加美丽了。

杜甫《月夜》:"香雾云鬟湿,清辉玉臂寒。"这里也有四层意思:

"云鬟湿"是一个句子形式，"玉臂寒"是一个句子形式，"香雾"和"清辉"则不成为句子形式。但是，香雾和云鬟的关系、清辉和玉臂的关系，却是很清楚了。杜甫怀念妻子，想象她在鄜州独自一个人观看中秋的明月，在乱离中怀念丈夫，深夜还不睡觉，云鬟为露水所侵，已经湿了，有似香雾；玉臂为明月的清辉所照，越来越感到寒冷了。

有时候，表面上好像有主语，有动词，有宾语，其实仍是不完全句，如苏轼《新城道中》："岭上晴云披絮帽，树头初日挂铜钲。"这不是两个意思，而是四个意思："云"并不是"披"的主语，"日"也不是"挂"的主语。岭上积聚了晴云，好像披上了絮帽；树头初升起了太阳，好像挂上了铜钲。毛主席所写的《忆秦娥·娄山关》："西风烈，长空雁叫霜晨月。""月"并不是"叫"的宾语。西风、雁、霜晨月，这是三层意思，这三件事形成了浓重的气氛。长空雁叫，是在霜晨月的景况下叫的。

有时候，副词不一定要像在散文中那样修饰动词，例如毛主席《沁园春·长沙》里说："恰同学少年，风华正茂；书生意气，挥斥方遒。""恰"字是副词，后面没有紧跟着动词。又如《菩萨蛮》（大柏地）里说："雨后复斜阳，关山阵阵苍。""复"字是副词，也没有修饰动词。

应当指出，所谓不完全句，只是从语法上去分析的。我们不能认为诗人们有意识地造成不完全句。诗的语言本来就像一幅幅的画面，很难机械地从语法结构上去理解它。这里只想强调一点，就是诗的语言要比散文的语言精炼得多。

（二）语序的变换

在诗词中，为了适应声律的要求，在不损害原意的原则下，诗人们可以对语序作适当的变换。现在举出毛主席诗词中的几个例子来讨论。

七律《送瘟神》第二首："春风杨柳万千条，六亿神州尽舜尧。"第二句的意思是中国(神州)六亿人民都是尧舜。依平仄规则是仄仄平平仄仄平,所以"六亿"放在第一、二两字,"神州"放在第三、四两字,"尧舜"说成"舜尧"。"尧"字放在句末,还有押韵的原因。

《浣溪沙·1950年国庆观剧》后阕第一句"一唱雄鸡天下白",是雄鸡一唱天下白的意思。依平仄规则是仄仄平平平仄仄,所以"一唱"放在第一、二两字,"雄鸡"放在第三、四两字。

《西江月·井冈山》后阕第一、二两句:"早已森严壁垒,更加众志成城。""壁垒森严"和"众志成城"都是成语,但是,由于第一句应该是仄仄平平仄仄,所以"森严"放在第三、四两字,"壁垒"放在第五、六两字。

《浪淘沙·北戴河》最后两句:"萧瑟秋风今又是,换了人间!"曹操《观沧海》原诗的句子是:"秋风萧瑟,洪波涌起。"依《浪淘沙》的规则,这两句的平仄应该是⊙仄⊙平平仄仄,⊙仄平平,所以"萧瑟"放在第一、二两字,"秋风"放在第三、四两字。

语序的变换,有时也不能单纯理解为适应声律的要求。它还有积极的意义,那就是增加诗味,使句子成为诗的语言。杜甫《秋兴》(第八首)"香稻啄余鹦鹉粒,碧梧栖老凤皇枝",有人以为就是"鹦鹉啄余香稻粒,凤皇栖老碧梧枝"。那是不对的。"香稻、碧梧"放在前面,表示诗人所咏的是香稻和碧梧,如果把"鹦鹉、凤皇"挪到前面去,诗人所咏的对象就变为鹦鹉与凤皇,不合秋兴的题目了。又如杜甫《曲江》(第一首)"且看欲尽花经眼,莫厌伤多酒入唇",上句"经眼"二字好像是多余的,下句"伤多"(感伤很多)似应放在"莫厌"的前面,如果真按这样去修改,即使平仄不失调,也是诗味索然的。这些地方,如果按照散文的语法来要求,那就是不懂诗词的艺术了。

（三）对仗上的语法问题

诗词的对仗，出句和对句常常是同一句型的，例如：

王维《使至塞上》："征蓬出汉塞，归雁入胡天。"主语是名词前面加上动词定语，动词是单音词，宾语是名词前面加上专名定语。

毛主席《送瘟神》："红雨随心翻作浪，青山着意化为桥。"主语是颜色修饰的名词，"随心、着意"这两个动宾结构用作状语，用它们来修饰动词"翻"和"化"，动词后面有补语"作浪"和"为桥"。

语法结构相同的句子（即同句型的句子）相为对仗，这是正格。但是我们同时应该注意到：诗词的对仗还有另一种情况，就是只要求字面相对，而不要求句型相同，例如：

杜甫《八阵图》："功盖三分国，名成八阵图。""三分国"是"盖"的直接宾语，"八阵图"却不是"成"的直接宾语。

韩愈《精卫填海》："口衔山石细，心望海波平。""细"字是修饰语后置，"山石细"等于"细山石"；对句则是一个递系句：心里希望海波变为平静。我们可以倒过来说"口衔细的山石"，但不能说"心望平的海波"。

毛主席的七律《赠柳亚子先生》："牢骚太盛防肠断，风物长宜放眼量。""太盛"是连上读的，它是"牢骚"的谓语；"长宜"是连下读的，它是"放眼量"的状语。"肠断"连念，是"防"的宾语；"放眼"连念，是"量"的状语，二者的语法结构也不相同。

由上面一些例子看来，可见对仗是不能太拘泥于句型相同的。一切形式要服从于思想内容，对仗的句型也不能例外。

（四）炼句

炼句是修辞问题，同时也常常是语法问题。诗人们最讲究炼句；把一个句子炼好了，全诗为之生色不少。

炼句,常常也就是炼字。就一般说,诗句中最重要的一个字就是谓语的中心词(称为谓词)。把这个中心词炼好了,这是所谓一字千金,诗句就变为生动的、形象的了。著名的"推敲"的故事正是说明这个道理的。相传贾岛在驴背上得句:"鸟宿池边树,僧敲月下门。"他想用"推"字,又想用"敲"字,犹豫不决,用手作推敲的样子,不知不觉地冲撞了京兆尹韩愈的前导,韩愈问明白了,就替他决定了用"敲"字。这个"敲"字,也正是谓语的中心词。

谓语中心词,一般是用动词充当的。因此,炼字往往也就是炼动词。现在试举一些例子来证明:

李白《塞下曲》第一首:"晓战随金鼓,宵眠抱玉鞍。""随"和"抱"这两个字都炼得很好。鼓是进军的信号,所以只有"随"字最合适。"宵眠抱玉鞍"要比"伴玉鞍、傍玉鞍"等等说法好得多,因为只有"抱"字才能显示出枕戈待旦的紧张情况。

杜甫《春望》第三、四两句:"感时花溅泪,恨别鸟惊心。""溅"和"惊"都是炼字。它们都是使动词:花使泪溅,鸟使心惊。春来了,鸟语花香,本来应该欢笑愉快;现在由于国家遭逢丧乱,一家流离分散,花香鸟语只能使诗人溅泪惊心罢了。

毛主席《菩萨蛮·黄鹤楼》第三、四两句:"烟雨莽苍苍,龟蛇锁大江。""锁"字是炼字。一个"锁"字,把龟、蛇二山在形势上的重要地位充分地显示出来了,而且非常形象。假使换成"夹大江"之类,那就味同嚼蜡了。

毛主席《清平乐·六盘山》后阕第一、二两句:"六盘山上高峰,红旗漫卷西风。""卷"字是炼字。用"卷"字来形容红旗迎风飘扬,就显示了红旗是革命战斗力量的象征。

毛主席《沁园春·雪》第八、九两句:"山舞银蛇,原驰蜡象。""舞"和"驰"是炼字。本来是以银蛇形容雪后的山,蜡象形容雪后的高原,现在说成"山舞银蛇,原驰蜡象",静态变为动态,就变成了诗的语言。"舞"和"驰"放到蛇和象的前面去,就使生动的形象更加突出。

毛主席的七律《长征》第三、四两句:"五岭逶迤腾细浪,乌蒙磅礴走泥丸。""腾"和"走"是炼字。从语法上说,这两句也是倒装句,本来说的是细浪翻腾、泥丸滚动,说成"腾细浪、走泥丸"就更加苍劲有力。红军不怕远征难的革命气概被毛主席用恰当的比喻描画得十分传神。

形容词和名词,当它们被用作动词的时候,也往往是炼字。

杜甫《恨别》第三、四两句:"草木变衰行剑外,干戈阻绝老江边。""老"字是形容词当动词用。诗人从爱国主义的情感出发,慨叹国乱未平,家人分散,自己垂老滞留锦江边上。这里只用一个"老"字就充分表达了这种浓厚的情感。

毛主席《沁园春·长沙》后阕第七、八、九句:"指点江山,激扬文字,粪土当年万户侯。""粪土"二字是名词当动词用。毛主席把当年的万户侯看成粪土不如,这是蔑视阶级敌人的革命气概。"粪土"二字不但用得恰当,而且用得简炼。

形容词即使不用作动词,有时也有炼字的作用。王维《观猎》第三、四两句:"草枯鹰眼疾,雪尽马蹄轻。"这两句话共有四个句子形式,"枯、疾、尽、轻",都是谓语。但是,"枯"与"尽"是平常的谓语,而"疾"与"轻"是炼字。草枯以后,鹰的眼睛看得更清楚了,诗人不说看得清楚,而说"快"(疾),"快"比"清楚"更形象。雪尽以后,马蹄走得更快了,诗人不说快,而说"轻","轻"比"快"又更形象。

以上所述,凡涉及省略(不完全句),涉及语序(包括倒装句),涉及词性的变化,涉及句型的比较等等,也都关系到语法问题。古代虽没有明确地规定语法这个学科,但是诗人们在创作实践中经常地接触到许多语法问题,而且实际上处理得很好。我们今天也应该从语法角度去了解旧体诗词,然后我们的了解才是全面的。

结　　语

　　任何规则都有它的灵活性,诗词的格律也不能是例外。处处拘泥格律,反而损害了诗的意境,同时也降低了艺术。格律是为我们服务的;我们不能反过来成为格律的奴隶,我们不能让思想内容去迁就格律。杜甫的律诗总算是严格遵照格律的了,但是他的七律《白帝》开头两句是:"白帝城中云出门,白帝城下雨翻盆。"第二句第一、二两字本该用平平的,现在用了仄仄。诗人有意把白帝城中跟白帝城下(城外)迥不相同的天气作一个对比,比喻城中的老爷们是享福的,城外的老百姓是受灾受难的①。我们试想想看:诗人能把第二句的"白帝"换成别的字眼来损害这个诗意吗?

　　在这一点上,毛主席的诗词也是我们的典范。按《沁园春》的词谱,前阕第九句和后阕第八句都应该是平平仄仄,毛主席的《长沙》前阕的"鱼翔浅底",后阕的"激扬文字",以及《雪》前阕的"原驰蜡象",都是按照这个平仄来填的;但是《雪》后阕的"成吉思汗",其中的"吉"字却是仄声(入声),"汗"字却是平声(读如"寒")。这四个字是人名,是一个整体,何必再拘泥平仄?再说,"成吉思汗"是一个译名,它在蒙

---

①　下面的六句是:"高江急峡雷霆斗,翠木苍藤日月昏。戎马不如归马逸,千家今有百家存。哀哀寡妇诛求尽,恸哭秋原何处村!"

古语里又何尝有平仄呢？再举毛主席的《念奴娇·昆仑》为例，依照词谱，《念奴娇》后阕第五、六、七句应该是仄仄平平，平平仄仄，仄仄平平仄，但是毛主席写的是："一截遗欧，一截赠美，一截还东国。"既然要叠用三个"一截"才能很好地表现诗意，那就不妨略为突破形式。

　　毛主席的诗词，一方面表现出毛主席精于格律，另一方面也表现出他并不拘守格律。但是，假如我们学写旧体诗词，就应该以格律为准绳，而不能以突破束缚为借口，完全不讲韵律和平仄。如果写出一种没有格律的"律诗"，那就名实不符了。词的平仄本来比诗的平仄更严，如果一首词没有按照平仄的规则来写，就不成其为词了。旧体诗词的好处在它的音韵优美，而不在于字数的固定。假如只知道凑足字数，而置音韵于不顾，那就是买椟还珠，写旧体诗词变为毫无意义的事了。因此，我们必须力求做到革命的政治内容和尽可能完美的艺术形式统一起来。格律本来是适应艺术的要求而产生的，我们先要熟谙格律，从而才能做到得心应手地驱遣格律，而不为格律所束缚。

附录一　诗律余论

　　最近我写了两本关于诗词格律的小书。由于写的是通俗的小册子，我完全用自己的话来讲述诗词格律。其实我所讲述的东西，大部分是吸收了前人研究的成果。现在我写这一篇"余论"，就是想把前人的话扼要地加以叙述和评论。一方面表示我不敢"掠美"，另一方面也可以让它跟我那两本小书互相补充。当年我写《汉语诗律学》的时候，只参考了董文涣的《声调四谱图说》，近来逐渐参考了其他的书。董文涣的书大致是根据赵执信的《声调谱》写的。现在董文涣的书不在手边，我就不去谈它，而专谈近来看到的书了。

　　本文所谈到的书大致有下列几种：

　　(1)赵执信:《声调谱》(前谱、后谱)

　　(2)王士禛:《律诗定体》①

　　(3)王士禛:《五代诗话》

　　(4)何世璂:《然镫记闻》②

　　(5)严　羽:《沧浪诗话》

　　(6)谢　榛:《四溟诗话》

---

①　《律诗定体》在《天壤阁丛书·声调三谱》内，据说是"先文简公手定。新城家塾传本"。

②　原题渔洋夫子口授，新城何世璂述。亦在《天壤阁丛书·声调三谱》内。

(7)王夫之:《姜斋诗话》

限于篇幅,这里只谈谈关于近体诗的问题:第一是关于平仄的问题;第二是关于押韵的问题;第三是关于对仗的问题。

(一)关于平仄的问题

我在我的关于诗词格律的著作里批评了"一三五不论,二四六分明"这一个口诀的片面性。这个口诀大约起于明代。释真空的《贯珠集》载有这样一段话:

> 平对仄,仄对平,反切要分明。有无虚与实,死活重兼轻。上去入音为仄韵,东西南字是平声。一三五不论,二四六分明。

这种分析并不完全合于律诗的实际情况,所以王夫之在他的《姜斋诗话》里批评说:

> 一三五不论,二四六分明之说,不可恃为典要。"昔闻洞庭水","闻、庭"二字俱平,正尔振起。若"今上岳阳楼"易第三字为平声,云"今上巴陵楼",则语塞而戾于听矣。"八月湖水平","月、水"二字皆仄,自可;若"涵虚混太清"易作"混虚涵太清",为泥磐土鼓而已。又如"太清上初日",音律自可;若云"太清初上日",以求合于粘(力按:合于粘在这里指合于平仄),则情文索然,不复能成佳句。又如杨用修警句云:"谁起东山谢安石,为君谈笑净烽烟?"若谓"安"字失粘(力按:失粘在这里指不合平仄),更云"谁起东山谢太傅",拖沓便不成响。足见凡言法者,皆非法也。

王夫之这一段话有许多缺点:第一,"昔闻洞庭水、八月湖水平"恰好是不合常规的句子,不足以破"一三五不论"的规则。第二,"混虚涵太清"按平仄说正是律诗所容许的(这是所谓孤平拗救),不能视为泥磐土鼓。第三,"太清上初日"与"太清初上日","谁起东山谢安石"

与"谁起东山谢太傅",在平仄上同样是合于诗律的,只是语法或词汇上有所不同罢了。第四,王夫之看见了"一三五不论,二四六分明"这一个口诀的片面性,因此就得出结论说:"足见凡言法者,皆非法也。"从根本上否定了诗律,这更是不妥的。但是,他否定这个口诀则是对的。

同样是批评"一三五不论,二四六分明",赵执信却比王夫之高明多了。赵氏在《声调前谱》说:

> 平平仄仄仄,下句仄仄仄平平,律诗常用;若仄平仄仄仄,则为落调矣。盖下有三仄,上必二平也。

> 律诗平平仄仄平,第二句之正格①。若仄平仄仄平,则变而仍律者也(即是拗句);仄平仄仄平,则古诗句矣。此格人多不知者,由"一三五不论"二语误之也。

平平平仄仄(这是五言平起的正格)可以改为平平仄仄仄;似乎可以证明"一三五不论";但是,第三字改仄后,第一字不能再改仄,否则变为仄平仄仄仄,就落调了②。可见"一三五不论"的口诀仍旧是不全面的。

仄平仄仄平,就是我的书中所谓犯孤平。孤平是古体诗所允许的,所以赵氏说是古诗句。仄平平仄平,就是我的书中所谓孤平拗救,救后仍旧合律,所以赵氏说是"变而仍律者也"。王夫之所说的"混虚涵太清",正是变而仍律的例子。

孤平是诗家的大忌,所以赵执信和王士禛都反复叮嘱,叫人不要犯孤平。赵执信于杜牧诗句"茧蚕初引丝"注云:"第一字仄,第三字

---

① 指李商隐《落花》的第二句。参看下文。当然这个平仄格式也可以用于第四、六、八句。

② 关于这一点,我在《汉语诗律学》《诗词格律》《诗词格律十讲》里都没有交待清楚,以后当考虑补充。再者,这种落调的句子,盛唐时也有,如杜甫《送远》:"别离已昨日。"但赵氏注云:"拗句,中唐后无。"作为常规来看,赵氏还是对的。

必平。"又于王维诗句"应门莫上关",特别注明"应"字读平声①,怕人误会以为王维犯孤平。王士禛在《律诗定体》中说:

> 五律凡双句二四应平仄者(力按:即对句第二字应平,第四字应仄者),第一字必用平,断不可杂以仄声。以平平止有二字相连,不可令单也②。

他在"怀古仍登海岳楼"的"仍"字下、"玉带山门诉旧游"的"山"字下、"待旦金门漏未稀"的"金"字下、"剑佩森严彩仗飞"的"森"字下,都注云"此字关系"。在"万国风云护紫微"的"风"字下注云"关系",可见这些地方都不能改用仄声字。看来在清初的时代,已经有不少人为"一三五不论"的口诀所误,初学做诗时没有注意避免孤平,所以王士禛才这样反复叮嘱的。

我在《诗词格律》(34 页)提到的一种特定的平仄格式,赵执信和王士禛也都提到了。这种格式在五言是平平仄平仄,在七言是仄仄平平仄平仄。赵执信在杜牧诗句"行人碧溪渡"下面注得很详细:"碧"字"宜平而仄"、"溪"字"宜仄而平",这是"拗句";"第四字拗平,第三字断断用仄,今人不论者非"。赵氏于杜甫诗句"遥怜小儿女"和"何时倚虚幌"也都注明"拗句",表示这是律诗所允许的特定格式。王士禛在"好风天上至"一句下面注云:"如'上'字拗用平,则第三字必用仄救之。"又在"我醉吟诗最高顶"一句下面注云:"二字本宜用平仄,而'最高'二字系仄平,此谓单句(力按:即出句)第六字拗用平,则第五字必用仄以救之,与五言三四一例。"力按:等于说:跟五言第三、四

---

① 我在《诗词格律》34 页的附注里,也注明杜甫诗句"应门幸有儿、应门试小童"的"应"字读平声。"应门幸有儿",仇兆鳌说"应"字"蔡云于陵切"。

② 依王说,孤平也可以叫做单平。单平指的是相连两个平声缺了一个,跟我的解释也稍有不同(我对孤平的解释是:除了韵脚之外,只剩一个平声字了)。但是,所指的事实是一样的。

两字是一样的。

　　我在《诗词格律》(36~37页)讲到了三种拗救:第一种是本句自救,讲的是孤平拗救,上文已经讲过了。我所谓的特定格式,其实也是一种本句自救,所以王士禛指出,在第四字拗用平的时候,"则第三字必用仄救之"。但是,由于这种格式非常常见,所以我把它特别提出来作为专项叙述,使它显得更为突出。

　　第二种是严格规定的对句相救,在该用仄仄平平仄的地方,第四字用了仄声(或三、四两字都用了仄声),就在对句的第三字改用平声以为补偿。赵执信在他的《声调前谱》里引了杜牧的诗句"苒苒迹始去,悠悠心所期"。他在出句"苒苒迹始去"下面注云:"五字俱仄。中有入声字,妙。"在"心"字下注云:"此字必平,救上句。"又在全句下面注云:"此必不可不救,因上句第三、第四字皆当平而反仄,必以此第三字平声救之,否则落调矣。上句仄仄平仄仄亦同。"他又在《声调后谱》引杜甫《送远》的"草木岁月晚,关河霜雪清",在"草木"句注云:"五仄字。'木、月'二字入声妙。五仄无一入声字在内,依然无调也。"又在"霜"字下注云:"此字必平。"他又引了李商隐的《落花》:

　　　　高阁客竟去,小园花乱飞。

　　　　参差连曲陌,迢递送斜晖。

　　　　肠断未忍扫,眼穿仍欲归。

　　　　芳心向春尽,所得是沾衣。

　　他在"高阁"句下注云:"拗句起。"又在"肠断"句下注云:"同起句。"在"花"字下注云:"此字拗救。"在"眼穿"句下注云:"同次句。"按:即同"小园"句。"小园"句和"眼穿"句都跟上述杜牧的"悠悠"句稍有不同:"悠悠"句只是第三字用平,第一字并没有用仄;"小园"句和"眼穿"句则不但第三字用平,而且第一字还用了仄声,造成了孤平拗救。孤平拗救和拗起句恰相配合,所以赵氏在"眼"字下注云:"此字用仄妙。"我在《诗词格律十讲》说:"这样,倒数第三字所用的平声非常吃重,它一方面用于孤平拗救,另一方面还被用来补偿出句所缺乏的平声。"

　　第三种是不严格规定的拗救,我所谓"可救可不救"。这跟《律诗定体》《声调谱》稍有出入。《律诗定体》在诗句"粉署依丹禁,城虚爽气多"下面注云:如单句"依"字拗用仄,则双句"爽"字必拗用平①。《声调前谱》说:"起句仄仄仄平仄,或平仄仄平仄。唐人亦有此调,但下句必须用三平或四平(如仄平平仄平,平平平仄平是也)。"《声调后谱》引了杜甫《春宿左省》的"花隐掖垣暮,啾啾栖鸟过"。"掖"字下注云:"拗字。""栖"字下面注一个"平"字。又引杜甫《送远》的"带甲满天地,胡为君远行","带甲"句下注云"拗句","君"字下面也注一个"平"字。王、赵都说"必"或"必须",似乎是严格的拗救,而不是可救可不救,但是,我考虑到唐诗中的确也有不救的,如李白的《送友人》在尾联"挥手自兹去,萧萧班马鸣",虽然救了,但在颔联"此地一为别,孤蓬万里征",却是拗而不救。不如说得灵活一些,以免绝对化了,反而不便初学。赵执信在杜牧诗句"野店正纷泊,茧蚕初引丝"下面也说:"第三字救上句——亦可不救。"可见我说"可救可不救"还是有根据的。

　　第三种和第二种的性质很相近,所以对句相救的办法完全相同。孤平拗救同样是第三种拗救的重要手段,倒数第三字的平声字也非常吃重,它一方面用于孤平拗救,另一方面还被用来补偿出句所缺乏的平声。所以赵执信的《声调后谱》在分析杜甫《所思》"九江落日醒何处,一柱观头眠几回"的时候说:"'观'字仄,'眠'字必平,此字救上

───────────

① 《律诗定体》所引的律诗都未列作者姓氏。这里的两句和上文所引的"好风天上至"出在同一首诗里,已经查出是明金幼孜的诗。其余上文所引的诗句未能查明作者是谁。

句,亦救本句。"这也是一身兼两职的意思①。

　　用孤平拗救来进行本句自救和对句相救,中晚唐以后成为一种风尚。李商隐用得很多,如上文所引的《落花》,在一首诗中连用两次,显然是有意造成的。其他如《蝉》里的"薄宦梗犹泛,故园芜已平"。例子不胜枚举。用四平的句子来进行拗救(倒数第三字必平),也同样是常见的,如李商隐的《二月二日》:"花须柳眼各无赖,紫蝶黄蜂俱有情。"又《对雪》:"梅花大庾岭头发,柳絮章台街里飞。"

　　我们在研究诗的平仄格式的时候,首先要知道字的音读。上文所说"应门"的"应"该读平声,就是一个例子。李商隐《隋宫》绝句:"春风举国裁宫锦,半作障泥半作帆。"按:《广韵》"障"字有平、去两读,这里应读平声,如果读去声,就犯孤平了。李商隐《雨中长乐水馆送赵十五滂不及》末句"夫君太骋锦障泥",正足以证明"障"字读平声,不读去声。李商隐《漫成》:"此时谁最尝,沈范两尚书。"薛逢《送李商隐》:"莲府望高秦御史,柳营官重汉尚书。"按:《广韵》阳韵有"尚"字,音与"常"同,注云:"尚书,官名。"字典不收此音,这样就容易令人疑为落调了。

　　由上所论,可见"一三五不论"的口诀确是不全面的。王士禛也反对这个口诀。何世璂《然镫记闻》据说是王士禛所口授,其中也有一段说:

　　　　律诗只要辨一三五。俗云"一三五不论",怪诞之极! 决其终
　　　　身必无通理!

平心而论,"一三五不论,二四六分明"这个口诀对初学诗的人也有一点好处;但是要告诉他,仄平脚的七字句第三字不能不论,仄平脚的五字句第一字不能不论等等,也就能照顾全面了。

──────────

① 可惜举的例子不很妥当。"醒"字有平、去两读,不能确定杜甫把它读去声还是平声。

　　这些书很少讲到粘对的问题,只有《声调后谱》引了杜甫的《所思》:

　　　　苦忆荆州醉司马,谪官樽酒定常开。

　　　　九江日落醒何处,一柱观头眠几回。

　　　　可怜怀抱向人尽,欲问平安无使来。

　　　　故凭锦水将双泪,好过瞿塘滟滪堆。

注云:"第七句本是正粘,因第五句不粘,此句亦不粘矣。"由此可见:(1)盛唐尚有一些不粘的诗;(2)后来诗律渐密,大家注意粘的规则,所以有所谓正粘了。

　　我在《诗词格律十讲》说(在《汉语诗律学》和《诗词格律》里也有类似的话):"至于失对,则是更大的毛病,从唐宋直到近代人的诗集中,是找不到失对的例子的。"这话未免说得太绝对了。最近读了温庭筠的《春日》:

　　　　柳岸杏花稀,梅梁乳燕飞。

　　　　美人鸾镜笑,嘶马雁门归。

　　　　楚宫云影薄,台城心尝违。

　　　　从来千里恨,边色满戎衣。

不但"楚宫"句失粘,而且"台城"句也失对。在这种地方,可能是诗人一时失检,也可能是有意突破形式。如果我们说"失对"的情况非常罕见,也还是可以说的,但不能说绝对没有。有些诗人有意模仿齐梁体,如李商隐《齐梁晴云》不但失粘,而且失对。失对的两联是"缓逐烟波起,如妒柳绵飘","更奈天南位,牛渚宿残宵"。按:拗粘、拗对正是齐梁体的特点,是又当别论的。

(二)关于押韵的问题

　　《广韵》共有206韵,但是我们研究诗律并不需要掌握这206韵。

据封演《闻见记》，唐初许敬宗等人已经嫌《切韵》的韵窄①，"奏合而用之"。后代通行的平水韵实际上可以适用于唐诗，它成书虽晚，但是它基本上反映了"合而用之"的事实。除了并证于径（后来张天锡、王文郁又并拯于迥）是不合理的以外，只有并欣于文不合于唐诗的情况。顾炎武在《音论》中已经指出：唐时欣韵通真而不通文，举杜甫《崔氏东山草堂》、独孤及《送韦明府》和《答李滁州》为例。戴震在《声韵考》中又举李白《寄韦六》、孙逖《登会稽山》、杜甫《赠郑十八贲》，证明隐韵只通准，而不通吻。直到晚唐还是这种情况。我注意到李商隐的《五松驿》："独下长亭念过秦，五松不见见舆薪。只应既斩斯高后，寻被樵人用斧斤。""斤"字是欣韵字，但是它跟真韵的"秦、薪"押韵。平水韵把"斤"归入文韵，就跟唐诗不合了。不过，这是仅有的例外，一般地说，平水韵是可以作为衡量唐诗用韵的标准的。

　　古体诗可以通韵，近体诗原则上不可以通韵。谢榛的《四溟诗话》云："九佳韵窄而险，虽五言造句亦难，况七言近体？"可见近体即使用窄而险的韵，也是不容易出韵的。元稹《遣悲怀》三首，第一首全用佳韵字，第二首全用灰韵字，分用甚明。李商隐用韵，比起盛唐诗人们来，算是比较自由的了，但是他在近体诗中，对于险韵如江韵，仍旧让它独用，例如《水斋》押"邦、江、窗、缸、双"，《因书》押"江、窗、缸、钅工"，《巴江柳》押"江、窗"。

　　谢榛《四溟诗话》说："七言绝律，起句借韵，谓之'孤雁出群'，宋人多有之。"这里谢氏发现了一件很重要的事实。可惜讲得不够全面。先说，起句借韵不但七言诗有，五言诗也有。再说，不但宋人多有之，晚唐已经成为风尚，初唐与盛唐也有少数起句借韵的律绝。试看沈德

---

① 《切韵》是《广韵》的前身（中间又经过《唐韵》的阶段）。据《切韵》残卷看，《切韵》只有193韵。

潜的《唐诗别裁》，其中就有大量的起句借韵的例子：五律李白《访戴天山道士不遇》押"中、浓、钟、峰、松"，许浑《游维山新兴寺》押"村、曛、闻、云、军"，五绝金昌绪《春怨》押"儿、啼、西"，李贺《马诗》押"江、风、雄"，七律李颀《送李回》押"农、雄、宫、中、东"，李商隐《井络》押"中、峰、松、龙、踪"，李咸用《题王处士山居》押"寒、年、船、烟、仙"，章碣《春别》押"山、残、看、漫、寒"，郑谷《少华甘露寺》押"邻、闻、云、分、群"，韩偓《安贫》押"书、图、卢、须、竿"，韦庄《柳谷道中作却寄》押"纷、魂、村、门、孙"，沈彬《入寒》押"痕、文、君、云、曛"，七绝张籍《开封》押"风、重、封"，白居易《白云泉》押"泉、闲、间"，杜秋娘《金缕曲》押"衣、时、枝"，武昌妓《续韦蟾句》押"离、归、飞"。《四溟诗话》引张说《送萧都督》，诗中押"江、宗、逢、冬、重"，以为"此律诗用古韵也"。其实也是起句借韵，因为江韵与冬韵正是邻韵，可以相借。起句借韵的情况并不能说明古人用韵很宽；相反地，它正足以说明古人用韵很严，因为只有起句可以借韵，而且只限于借用邻韵。起句为什么可以借韵呢？这因为起句本来可以不用韵。王勃《滕王阁序》说："一言均赋，四韵俱成。"他的《滕王阁诗》共用了六个韵脚而说是四韵，就是因为没有把起句的韵算在里边。总之，起句借韵不能算是通韵。

这并不是说，通韵的情况就绝对没有了。已经有人注意到，李商隐往往以东、冬通用，萧、肴通用。前者如《少年》押"功、封、中、丛、蓬"（"封"是冬韵字）；《无题》押"重、缝、通、红、风"（"重、缝"是冬韵字）；后者如《茂陵》押"梢、郊、翘、娇、萧"（"梢、郊"是肴韵字）。冯浩《玉谿生诗详注》在《茂陵》一诗中引《戊签》云："首二句误出韵。"而自加按语云："按唐人不拘。"其实两种说法都是不正确的。李商隐有意识地押通韵，我们不能说他是误出韵；唐人近体诗一般都不通韵，李商隐自己也是尽可能不通韵，我们不能笼统地说唐人不拘。

严羽《沧浪诗话》说："有辘轳韵者，双出双入；有进退韵者，一进一退。"王士禛《五代诗话》第八卷引《湘素杂记》说:"郑谷与僧齐己、黄损等,共定今体诗格云:'凡诗用韵有数格:一曰葫芦,一曰辘轳,一曰进退。葫芦韵者,先二后四;辘轳韵者,双出双入;进退韵者,一进一退,失此则谬矣。'余按《倦游杂录》载唐介为台官,廷疏宰相之失。仁庙怒,谪英州别驾。朝中士大夫以诗送行者颇众,独李师中待制一篇为人传诵。诗曰:'孤忠自许众不与,独立敢言人所难①。去国一身轻似叶,高名千古重于山。并游英俊颜何厚? 未死奸谀骨已寒! 天为吾君扶社稷,肯教夫子不生还?'此正所谓进退韵格也。按:《韵略》'难'字第二十五,'山'字第二十七,'寒'字又在第二十五,而'还'又在第二十七,一进一退,诚合体格,岂率尔为之哉? 近阅《冷斋夜话》,载当时唐、李对答,乃以此诗为落韵诗。盖渠不知郑谷所定诗格有进退之说,而妄为云云也。"吴乔《围炉诗话》卷一说:"平水韵视唐韵虽似宽,而葫芦等诸法俱废,则实狭矣。"按:葫芦韵指排律而言,排律共用六个韵,前两个韵脚用甲韵,后四个用乙韵。辘轳韵与进退韵皆指律诗言,双出双入指的是前两个韵脚用甲韵,后两个用乙韵;一进一退指甲乙两韵交互相押。上述李师中的诗就是寒、删两韵交互相押的例子。但是,这些理论是荒谬的。郑谷几个人不可能定出一种今体诗格来。试看郑谷自己就没有实践,以致《湘素杂记》的作者只好另找李师中的诗为例。所谓葫芦格、辘轳格、进退格,只是巧立名目,让诗人们押韵时有较多的自由。但是,他又作茧自缚,加上一句"失此则谬矣"。依照这种说法,起句借韵的诗以及像上述李商隐的通韵诗反而是"谬"的,真是荒唐之至! 即使郑谷有此主张,也不堪奉为典要。诗人们不宗高、岑、李、杜,而崇拜一个郑鹧鸪,那也未免太陋了。

　　《五代诗话》(郑方坤补)引毛奇龄《韵学要指》说:"八庚之清,与

---

① "众、不"二字俱仄,下句"人"字用平声,既是孤平拗救,又是对句相救。参看上文。

九青不分,故清部中偏旁多从青、从令,而今'屏、荧、声'诸字,则清、青二部均有之。宋韵以删重之令,删青部'声'字,而唐诗往往多见,此断宜增入者。今但举唐诗声韵,如李白短律:'胡人吹玉笛,一半是秦声。五月南风起,梅花落敬亭。'杜甫《客旧馆》五律:'重来梨叶赤,依旧竹林青。风幔何时卷?寒砧昨夜声。'李建勋《留题爱敬寺》五律:'空为百官首,但爱千峰青。斜阳惜归去,万壑鸟啼声。'喻凫《酬王擅见寄》五律:'夜月照巫峡,秋风吹洞庭。竟晚苍山咏,乔枝有鹤声。'裴铏《题石室》七律:'文翁石室有仪刑,庠序千秋播德声。古柏尚留今日翠,高山犹霭旧时青。'类可验。"这实际上也是通韵,而"声"是审母三等字,依语音系统是不可能入青韵的。

(三)关于对仗的问题

《沧浪诗话》卷五说:"有律诗彻首尾对者,少陵多此体,不可概举。有律诗彻首尾不对者,盛唐诸公有此体。如孟浩然诗:'挂席东南望,青山水国遥。轴舻争利涉,来往接风潮。问我今何适?天台访石桥。坐看霞色晚,疑是赤城标。'又'水国无边际'之篇。又太白'牛渚西江夜'之篇。皆文从字顺,音韵铿锵,八句皆无对偶。"严羽在这里讲的是特殊情况,因为就一般情况说,中两联对仗最为常见,其次是前三联对仗(这样,则首句往往不入韵);彻首尾全对是相当少见的,至于彻首尾不对,则更为罕见了。

真正彻首尾对的律绝是不多见的。平常总是保留尾联不用对仗,这样才便于结束。《四溟诗话》说:"排律结句不宜对偶。若杜子美'江湖多白鸟,天地有青蝇'①,似无归宿。"依我看来,岂但排律?即以一般律绝而论,结句用对偶,也令人有"似无归宿"之感。杜甫《绝

---

① 杜甫《寄刘峡州伯华使君四十韵》。

句》："两个黄鹂鸣翠柳,一行白鹭上青天。窗含西岭千秋雪,门泊东吴万里船。"有点儿像话还没有说完。绝句本来就是断句,还容许有这种做法;至于律诗,就更不合适了。杜甫的律诗,尾联用对仗的虽然较多,但是往往用流水对,语意已完,也就收得住了,例如《闻官军收河南河北》尾联"即从巴峡穿巫峡,便下襄阳向洛阳",又如《垂白》尾联"甘从千日醉,未许七哀诗",都是《沧浪诗话》所谓十四字对和十字对(按:即流水对),这样决不嫌没有归宿。另有一种情况是半对半不对,收起来更觉自然。胡鉴在《沧浪诗话》"有律诗彻首尾对者,少陵多此体,不可概举"下面注云:杜少陵《登高》一首是也。诗曰:"风急天高猿啸哀,渚清沙白鸟飞回。无边落木萧萧下,不尽长江滚滚来。万里悲秋常作客,百年多病独登台。艰难苦恨繁霜鬓,潦倒新停浊酒杯。"①依我看来,尾联正是半对半不对。"艰难"对"潦倒"可以算是对仗;但其余的就不好说是对仗。"繁霜鬓"应以"霜鬓"连读,不应以"繁霜"连读。《佩文韵府》在"繁霜"条下不收杜句,而在"霜鬓"条收杜句,那是很有道理的。杜甫《送何侍御归朝》有"春日垂霜鬓",《宴王使君宅》有"泛爱容霜鬓",可见"霜鬓"是杜甫诗中的熟语。"苦恨繁霜鬓"只是"苦恨霜鬓已繁",而不是"苦恨繁霜之鬓",因此不能认为是以"繁霜"与"浊酒"为对仗。这种半对半不对的句子正是适宜于作结句的,更不能算是真正彻首尾对的例子。严羽所说"少陵多此体,不可概举"的话也是夸大了的。

至于彻首尾不对,那只是律诗尚未成为定型的时候一种特殊情况。赵执信《声调后谱》说:"开元天宝之间,巨公大手颇尚不循沈宋

① 胡鉴又引宗叔敖诗:"玉楼银榜枕严城,翠盖红旗列禁营。日映层岩图画色,风摇杂树管弦声。水边重阁含飞动,云里孤峰类削成。幸睹八龙游阆苑,无劳万里访蓬瀛。"其实尾联也是流水对。

之格。至中唐以后,诗赋试帖日严,古近体遂判不相入。"这话虽说的是平仄,但是关于对仗也可以这样说。杨慎《升庵诗话》卷二说:"五言律八句不对,太白、浩然集有之,乃是平仄稳贴古诗也。"杨氏的话是对的,平仄稳贴是律,但彻首尾不对则还不完全符合律诗的规格。

《四溟诗话》卷四说:"江淹《贻袁常侍》曰:'昔我别秋水,秋月丽秋天。今君客吴坂,春日媚春泉。'子美《哭苏少监》诗曰:'得罪台州去,时违弃硕儒。侈官蓬阁后,谷贵殁潜夫。'此皆隔句对,亦谓之扇对格。"我在《汉语诗律学》也讲到扇面对,举了一些例子。至于《诗词格律》和《诗词格律十讲》,则因扇面对不是常见的情况,所以没有讲。

借对,则是比较常见的,我认为值得提一提。《沧浪诗话》说:"有借对。孟浩然'厨人具鸡黍,稚子摘杨梅',太白'水春云母碓,风扫石楠花',少陵'竹叶于人既无分,菊花从此不须开'是也。"按:借"杨"为"羊"来对"鸡",借"楠"为"男"来对"母",这是借音;"竹叶"是酒名,借"叶"来对"花",这是借意。沈括《梦溪笔谈》卷十五又引了"当时物议朱云小,后代声名白日长"[1],以"朱云"对"白日"也是借对。《四溟诗话》卷四引沈宣王(西屏道人)《寄怀大司马郭公》诗句"九关甲士图功日,三辅丁男习战秋",以为"后联假对干支,妙"。我们并不提倡借对,但是必须承认古代诗人有借对的事实。像刘长卿《长沙过贾谊宅》:"汉文有道恩犹薄,湘水无情吊岂知?"借汉水的"汉"来对"湘"字,决不是偶合的。特别是颜色的借对更为常见。李商隐《锦瑟》"沧海月明珠有泪,蓝田日暖玉生烟",借"沧"为"苍"以对"蓝"。杜甫《赴青城县出成都寄陶王二少尹》"东郭沧江合,西山白雪高",以"沧"对"白",也是这个道理。甚至《秋兴》第五首"一卧沧江惊岁晚,几回青琐点朝班",尾联前半句也用对仗,以"沧"对"青"。

---

[1]　今本《梦溪笔谈》无此例,据《修辞鉴衡》补。

　　讲诗律必须分别三种不同的情况：第一是正格，也就是近体诗的一般作法。正格很重要，特别是对初学的人来说，若不讲求正格也就无从掌握诗律。第二是变格，变格只是变通一下，仍然合律，这是赵执信所谓"拗律"和"变而仍律"。赵氏虽然讲的是平仄，但是对于押韵和对仗，也可以由这个原则类推。第三是例外，不构成格律。具体说来是这样：

　　（1）正格　就平仄说，五言平仄脚、仄仄脚、平平脚的句子第一字不论，仄平脚的句子每字都论；七言平仄脚、仄仄脚、平平脚的句子一、三不论，仄平脚的句子第一字不论。就押韵说，必须严格地依照平水韵。就对仗说，律诗中两联用对仗。

　　（2）变格　就平仄说，可用各种拗救；又仄仄脚可以连用三仄收尾，如果倒数第五字用平声的话。就押韵说，可以起句借韵。就对仗说，可以在颔联和颈联当中只用一个对仗，又可以共用三个对仗（只有尾联不对）。

　　（3）例外　就平仄说，用古体诗的平仄，如"昔闻洞庭水"（"昔"字仄声），"八月湖水平"（仄平脚的律句倒数第四字不能用仄声），等等。就押韵说，用了通韵（实际上是出韵，又叫落韵）。就对仗说，彻首尾用对仗。

　　讲诗律必须区别一般和特殊、正格和变格。如果过于强调特殊，以例外乱正规，那就简直无诗律可言。如果只讲正格，不讲变格，那又不够全面，会引起读者许多疑问。因此，我认为必须把正格和变格同时讲透；例外可以少讲，对初学者来说，甚至可以不讲，以免重点不突出，妨碍掌握格律。

　　　　　　　　　　　　（原载《光明日报》"东风"，1962 年 8 月 6 日）

附录二　诗韵举要

　　所收的字大致以杜甫诗集中所用的字为标准,此外酌收一些杜诗中未出现的常用字。一字收入两韵以上者,注明它在某韵中的意义。如果是同义的,则注"某韵同"。通用字、异体字也择要加括号注明。

(一)上平声

【一东】　东同童僮铜桐峒筒瞳中(中间)衷忠虫冲终忡崇嵩(崧)戎狨弓躬宫融雄熊穹穷冯风枫丰酆充隆空(空虚)公功工攻蒙濛朦幪笼(名词,董韵同,又动词,独用)胧聋栊咙眬洪红虹鸿丛翁忽葱聪骢通樅蓬

【二冬】　冬彤农宗鐘鍾龙舂松衝容溶庸蓉封胸凶汹兇匈雍(和也)浓重(重复,层)从(随从、顺从)逢缝(缝纫)峰锋丰蜂烽纵(纵横)踪茸邛筇慵恭供(供给)

【三江】　江缸窗邦降(降伏)双泷庞舡撞(绛韵同)

【四支】　支枝移为(施为)垂吹(吹嘘)陂碑奇宜仪皮儿离施知驰池规危夷师姿迟龟眉悲之芝时诗棋旗辞词期祠基疑姬丝司葵医帷思(动词)滋持随痴维巵螭麾墀弥慈遗(遗失)肌脂雌披嬉尸狸炊湄篱兹差(参差)疲茨卑亏蕤骑(跨马)歧岐谁斯私窥熙欷疵赀羁彝髭颐

资糜饥衰锥姨蔠衹涯（佳麻韵同）伊追缁箕治（治理，动词）尼而推（灰韵同）縻绥羲嬴其淇麒祁崎骐锤罹罳漓鹂璃骊猕罴貔仳琵枇屍鸤栀匙蚩箈绨鸥跜嗤隋虽睢咨淄鹚瓷萎惟唯厮澌缌逶迤贻裨庳坯嵋郿箍蠡（瓠勺，齐韵同）氂痍猗椅（音漪，木名）

【五微】　微薇晖辉徽挥韦围帏违闱霏菲（芳菲）妃飞非扉肥威祈旂畿机幾（微也，如见幾）稀希衣（衣服）依归苇饥矶欷

【六鱼】　鱼渔初书舒居裾车（麻韵同）渠余予（我也）誉（动词）舆馀胥狙耡（钽、锄）疏（疏密）疎（同疏）蔬梳虚嘘徐猪间庐驴诸除如墟於畬淤妤玙蜍储苴菹沮龃龉据（拮据）鸲蕖歔茹（茅茹）泇摅桐

【七虞】　虞愚娱隅乌无芜巫于衢儒濡襦鬚株蛛诛殊铢瑜榆愉谀腴区驱躯朱珠趋扶凫雏敷夫肤纡输枢厨俱驹模谟蒲胡湖瑚乎壶狐弧孤辜姑孤徒途涂荼图屠奴吾梧吴租卢鲈炉芦苏乌汙（汗秽）枯粗都荼侏狙樗蹰拘呴岖鸲芙苻符郦桴俘须臾襦壖吁溥弧蝴糊鄠醐徝呼沽酤泸舻轳鸬驽挐逋匍葡铺殳酥菟洿诬鸣颥逾（踰）禺萸竽雩渝觎揄瞿

【八齐】　齐黎藜犁梨妻（夫妻）萋凄悽隄低题提蹄啼鸡稽兮倪霓（蜺）西棲犀嘶梯鼙斋赍迷泥（泥土）溪圭闺携畦稊跻瀷脐奚醯蹊鹥蠡（支韵同）醍鹈珪暌。

【九佳】　佳*街鞋牌柴钗差（差使）崖涯*（支麻韵同）偕阶皆谐骸排乖怀淮槐（灰韵同）犲侪埋霾斋娲*蜗*蛙*

　　（有*号的字，词韵属第十部；其余属第五部。）

【十灰】　灰恢魁隈回徘（音裴）徊（音回）槐（音回，佳韵同）梅枚媒煤雷罍隤（颓）催摧堆陪杯醅嵬推（支韵同）迴㟃㟅诙裴培崔巍*开*哀*埃*臺*苔*该*才*材*财*裁*来*莱*栽*哉*灾*猜*孩*骇*腮*

　　（有*号的字，词韵属第五部；其余属第三部）

【十一真】　真因茵辛新薪晨辰臣人仁神亲申身宾滨邻鳞麟珍瞋尘陈春津秦频蘋颦银垠筠巾囷民岷贫莘淳醇纯唇伦纶轮沦匀旬巡驯钧均

榛遵循甄宸郴椿鹑嶙辚磷骐泯（轸韵同）缗邠顿诜驼呻伸绅涽寅黉姻
荀询郇峋氤恂逡嫔皱

【十二文】　文闻纹蚊雲分（分离）纷芬焚坟群裙君军勤斤筋勋熏曛醺
云芹欣芸耘沄氲殷汶阌氛濆汾

【十三元】　元*原*源*鼋*园*猿*垣*烦*蕃*樊*暄*萱*喧*冤*言*
轩*藩*魂袁*沅*援*辕*番*繁*翻*幡*璠*壎*（埙）骞*鸳*蜿*浑温孙
门尊樽（罇）存敦蹲噉豚村屯盆奔论（动词）昏痕根恩吞荪扪

　　（有*号的字，词韵属第七部；其余属第六部）

【十四寒】　寒韩翰（羽翮）丹单安鞍难（艰难）餐檀坛滩弹残干肝竿乾
（乾湿）阑栏澜兰看（翰韵同）丸完桓纨端湍酸团攒官棺观（观看）冠
（衣冠）鸾銮峦欢（骓）宽盘蟠漫（水大貌）叹（翰韵同）邯郸摊玕拦磻
珊狻

【十五删】　删潸关弯湾还环鬟寰班斑蛮颜姦（奸）攀顽山闉艰闲间
（中间）悭患（谏韵同）孱潺

（二）下平声

【一先】　先前千阡笺天坚肩贤絃弦烟燕（国名）莲怜田填年颠巅牵妍
眠渊涓边编悬泉迁仙鲜（新鲜）钱煎然延筵毡氊蝉缠连联篇偏扁（扁
舟）绵全宣镌穿川缘鸢捐旋（回旋）娟船涎鞭铨专圆员乾（乾坤）虔愆
权拳椽传（传授）焉鞯骞搴汧翾铅舷跹鹃躚筌痊诠悛邅鹯斾鳣禅（参
禅，逃禅）婵单（单于）躔颠燃涟琏便（安也）翩梗骈癫阗畋钿（霰韵同）
沿蜓䑱

【二萧】　萧箫挑（挑担）貂刁凋雕彫鹏迢条髫跳苕调（调和）枭浇聊辽
寥撩寮僚尧宵消霄绡销超朝潮嚣骄娇焦燋椒饶桡烧（焚烧）遥徭摇谣
瑶韶昭招镳瓢苗猫腰桥乔妖飘逍潇鸮骁侥桃鹩鹩缭獠嘹夭（夭夭）幺
邀要（要求，要盟）飙姚樵侨颋标飚嫖漂（漂浮）剽徼（徼幸）

【三肴】　肴巢交郊茅嘲钞包胶爻苞梢蛟教（使也）庖匏坳敲胞抛鲛崤啁鸮鞘抄螯咆哮

【四豪】　豪毫操（操持）髦絛刀萄猱褒桃糟旄袍挠（巧韵同）蒿涛皋号（号呼）陶鳌曹遭羔高嘈搔毛滔骚韬缫膏牢醪逃劳（劳苦）濠壕舠饕洮淘叨咷篙熬遨翱嗷臊

【五歌】　歌多罗河戈阿和（平和）波科柯陀娥蛾鹅萝荷（荷花）何过（经过，箇韵同）磨螺禾珂蓑婆坡呵哥轲（孟轲）沱鼍拖驼跎柁（舵，哿韵同）佗（他）颇（偏颇）峨俄摩麽娑莎迦靴痾

【六麻】　麻花霞家茶华沙车（鱼韵同）牙蛇瓜斜邪芽嘉瑕纱鸦遮叉奢涯（支佳韵同）夸巴耶嗟遐加笳赊槎（查）差（差错）楂杈蟆骅虾葭袈裟砂衙枒呀琶杷

【七阳】　阳杨扬香乡光昌堂章张王（帝王）房芳长（长短）塘妆常凉霜藏（收藏）场央莺秧狼床方浆觞梁娘庄黄仓皇装殇襄骧相（互相）湘箱创（创伤）亡忘芒望（观望，漾韵同）尝偿樯坊囊郎唐狂强（刚强）肠康冈苍匡荒逛行（行列）妨棠翔良航疆粮穰将（送也，持也）墙桑刚祥详洋梁量（衡量，动词）羊伤汤彰璋猖商防筐煌凰徨纲茫臧裳昂丧（丧葬）漳嫱阊螿蒋（菇蒋）韁僵羌枪抢（突也）锵疮杭魴肓篁簧惶璜隍攘瀼亢廊阆浪（沧浪）琅梁邛旁滂傍（侧也）骦当（应当）珰糖沧鸧尪飏泱殃敳佯

【八庚】　庚更（更改）羹盲横（纵横）舣彭亨英烹平评京惊荆明盟鸣荣莹（径韵同）兵兄卿生甥笙牲擎鲸迎行（行走）衡耕萌氓甍宏茎罂莺樱泓橙争筝清情晴精睛菁晶旌盈楹瀛嬴赢营婴缨贞成盛（盛受）城诚呈程声征正（正月）轻名令（使令）并（交并）倾萦琼峥撑嵘鹏秔坑铿璎鹦劻

【九青】　青经泾形刑型陉亭庭廷霆蜓停丁仃馨星腥醒（迥韵同）俜灵龄玲伶零听（聆听，径韵同）汀冥溟铭瓶屏萍荧萤荥肩坰鸰蜻砱苓舲聆

鸰瓴翎娉婷宁暝瞑

【十蒸】　蒸烝承丞惩澄（瀓）陵凌绫菱冰膺鹰应（应当）蝇绳渑（音绳，水名）乘（驾乘，动词）昇升胜（胜任）兴（兴起）缯憕凭（径韵同）仍兢矜徵（徵求）称（称赞）登灯（镫）僧增曾憎矰层能朋鹏肱薨腾藤恒棱罾崩縢縢峻嶒姮

【十一尤】　尤邮优忧流旒留骝刘由游遊猷悠攸牛修脩羞秋周州洲舟酬犨柔俦畴筹稠邱抽瘳道收鸠搜（蒐）驺愁休囚求裘仇浮谋牟眸侔矛侯喉猴讴鸥楼陬偷头投钩沟幽蚪缪啾鹜鞦楸蚯赒踌裯惆糇揉耩娄琉疣犹邹兜呦售（宥韵同）

【十二侵】　侵寻浔临林霖针（鍼）箴斟沉砧（碪）深淫心琴禽擒钦衾吟今襟（衿）金音阴岑簪（覃韵同）壬任（负荷）歆森禁（力能胜任）褚裖嶔参（音深，星名，又音岑的阴平，参差）琛涔

【十三覃】　覃潭参（参拜，参考）骖南柟男谙庵含涵函（包函）岚蚕探贪耽龛堪谈甘三（数目）酣柑惭蓝担（动词）簪（侵韵同）

【十四盐】　盐檐（簷）廉帘嫌严占（占卜）髯谦佥纤签瞻蟾炎添兼缣霑（沾）尖潜阎镰幨黏淹箝甜恬拈砭銛詹兼歼黔钤

【十五咸】　咸鹹函（书函）缄岩谗衔帆衫杉监（监察）凡馋芟搀巉镵啣

（三）上声

（注意：许多上声字现在都读成去声）

【一董】　董动孔总笼（名词，东韵同）颂桶洞（颂洞）

【二肿】　肿种（种子）踵宠垄（陇）拥壅冗重（轻重）冢奉捧勇涌（湧）踊（踯）恐拱竦悚耸枞

【三讲】　讲港棒蚌项

【四纸】　纸只咫是靡彼毁燬委诡髓累（积累）妓绮玼此蕊徙尔弭婢侈弛豕紫旨指视美否（臧否，否泰）兕几姊比（比较）水轨止市徵（角徵）

喜己纪跪技蚁(螘)鄙晷子梓矢雉死履被(寝衣)垒癸趾以已似耜祀史使(使令)耳里理裏李起杞趿士仕俟始齿矣耻麂枳址畤玺鲤迩氏仳骓巳滓苢倚七跬

【五尾】　尾荸鬼岂卉(未韵同)几(几多)伟斐菲(菲薄)匪筐

【六语】　语(言语)圉吕侣旅杼伫与(给予)予(赐予)渚煮汝茹(食也)署鼠黍杵处(居住,处理)贮女许拒炬所楚阻俎沮叙绪屿墅巨宁褚础苣举讵榉粔溆禦籯去(除也)

【七麌】　麌雨宇舞府鼓虎古股贾(商贾)蛊土吐(遇韵同)圃庾户树(种植,动词)煦诩努辅组乳弩补鲁橹覩腐数(动词)簿五竖普侮斧聚午伍釜缕部柱矩武苦取抚浦主杜坞祖愈堵扈父甫怒(遇韵同)禹羽腑俯(俛)罟估赌卤姥鹉偻拄莽(养韵同)

【八荠】　荠礼体米启陛洗邸底坻弟坻柢涕(霁韵同)悌济(水名)澧醴蠡(范蠡、彭蠡)祢棨诋舐眯

【九蟹】　蟹解灑楷獬澥枴矮

【十贿】　贿悔改*采*採*彩*綵*海在*(存在)罪宰*醢*馁铠*恺*待*殆*怠*倍乃*每载*(载运)

　　　　(有 * 号的字,词韵属第五部;其余属第三部)

【十一轸】　轸敏允引尹尽忍準隼笋盾(阮韵同)闵悯泯(真韵同)蚓牝殒紧蠢陨愍矧哂朕(朕兆)

【十二吻】　吻粉蕴愤隐谨近(远近)忿(问韵同)

【十三阮】　阮*远*(远近)晚*苑*返*阪*饭*(动词)偃*塞*(铣韵同)鄾*巘*琬*混本反损衮遁(遜,愿韵同)稳盾(轸韵同)

　　　　(有 * 号的字,词韵属第七部;其余属第六部)

【十四旱】　旱暖管琯满短馆(翰韵同)缓盥(翰韵同)盌懒缳(伞)卵(哿韵同)散(散布)伴诞罕瀚(浣)断(断绝)侃算(动词)款但坦袒纂

【十五潸】　潸眼简版琖(盏)产限栈(谏韵同)绾(谏韵同)柬拣板

【十六铣】　铣善(善恶)遣浅典转(自转,不及物动词)衍犬选冕辇免展茧辩辨篆勉翦(剪)卷(同捲)显饯(霰韵同)盷(霰韵同)喘藓软蹇(阮韵同)演兖件腆鲜(少也)跣缅沔渑(音缅,渑池)缱绻觍殄扁(不正圆,又扁额)单(音善,姓也,又单父,县名)

【十七篠】　篠小表鸟了晓少(多少)扰绕遶绍杪沼眇矫皎皦杳窈窕褭(裹)挑(挑引)掉(啸韵同)肇缥缈渺淼茑嫋赵兆旐缴缭朓宨夭(夭折)悄

【十八巧】　巧饱卯狡爪鲍挠(豪韵同)搅绞拗咬炒

【十九皓】　皓宝藻早枣老好(好丑)道稻造(造作)脑恼岛倒(仆也)祷(号韵同)擣(捣)抱讨考燥扫(号韵同)嫂保鸨稿草昊浩镐颢呆缟槁堡皂磠

【二十哿】　哿火舸嚲柁(歌韵同)我娜荷(负荷)可坷左果裹朵锁(鏁)琐堕惰妥坐(坐立)裸跛颇(稍也)夥颗祸卵(旱韵同)

【廿一马】　马下(上下)者野雅瓦寡社写泻(祃韵同)夏(华夏)也把贾(姓贾)假(真假)捨(舍)厦惹冶且

【廿二养】　养像象仰朗桨奖敞氅枉颡强(勉强)盎惘两曩杖响掌党想榜爽广享丈仗(漾韵同)幌莽(麌韵同)纺长(长幼)上(升也)网荡壤赏倣(仿)罔蒋(姓蒋)橡慷漭谠傥往魍魉鞅

【二十三梗】　梗影景井岭境警请饼永骋逞颖顷整静省幸颈郢猛丙炳杏秉耿矿颍鲠领冷靖

【二十四迥】　迥炯挺梃艇醒(青韵同)酩酊并等鼎顶泂肯拯铤

【二十五有】　有酒首口母*後柳友妇*斗狗久负*厚手守右否*(是否)醜受牖偶阜*九后咎薮吼帚(菷)垢亩*舅纽藕朽臼肘韭剖诱牡*缶*酉苟丑灸笱扣(叩)嵝某*莠寿(宥韵同)绶叟

　　(有*号的字,在词韵中兼入麌韵)

【二十六寝】　寝饮(饮食)锦品枕(衾枕)审甚(沁韵同)廪衽(袵)稔

沈凛懔朕(我也)荏

【二十七感】　感览揽胆澹(淡,勘韵同)噉(啖)坎惨(憯)敢颔撼毯黪糁湛

【二十八俭】　俭焰敛(艳韵同)险检脸染掩点簟贬冉苒陕谄忝(艳韵同)俨闪剡琰奄歉芡崭

【二十九豏】　豏槛範减舰犯湛斩黯范

(四)去声

【一送】　送梦凤洞(岩洞)众瓮贡弄冻痛栋仲中(射中,击中)糉讽恸鞚空(空缺)控

【二宋】　宋用颂诵统纵(放纵)讼种(种植)综俸共供(供设,名词)从(仆从)缝(隙也)雍(州名)重(再也)

【三绛】　绛降(升降)巷撞(江韵同)

【四寘】　寘置事地志治(治安,太平)思(名词)泪吏赐自字义利器位戏至次累(连累)伪为(因为)寺瑞智记异致备肆翠骑(车骑,名词)使(使者)试类弃饵媚鼻易(容易)辔坠醉议翅避笥帜粹侍谊帅(将帅)厕寄睡忌贰萃穗二臂嗣吹(鼓吹,名词)遂恣四骥季刺驷泗寐魅积(储蓄)食(以食食人)被芰懿觊冀愧匮馈(魄)庇洎暨塈概质(抵押)豉柜篑痢腻被(覆也)祕比(近也)鸷闷啻示嗜饲伺遗(馈遗)意薏祟值识(音志,记也,又标识)

【五未】　未味气贵费沸尉畏慰蔚魏纬胃渭彙谓讳卉(尾韵同)毅既衣(着衣)蜎

【六御】　御处(处所)去(来去)虑誉(名词)署据驭曙助絮著(显著)豫箸恕与(参与)遽疏(书疏)庶预语(告也)踞蓣饫

【七遇】　遇路辂赂露鹭树(树木)度(制度)渡赋布步固素具数(数量)怒(麌韵同)务雾骛鹜附兔故顾句墓暮慕募注驻祚裕误悟寤住戍库护

屡诉蠹妒惧趣娶铸绔(袴)傅付谕喻妪芋捕哺互孺寓吐(麌韵同)赴洰孺汙(动词)恶(憎恶)忤晤

【八霁】 霁制计势世丽岁济(渡也)第艺惠慧币砌滞际厉涕(荠韵同)契(契约)弊毙帝蔽敝髻锐戾裔袂綮祭卫隶闭逝缀翳製替细桂税壻例誓筮蕙诣砺励瘁噬继脆叡(睿)毳渗曳睨妻(以女妻人)递逮棣蓟屭系系彗嚖芮蜹薜荔唳捩枘泥(拘泥)筐嬖缋篲睥睨

【九泰】 泰*会*带*外*盖*大*(箇韵同)旆濑*赖*籁*蔡*害*最贝霭*蔼*沛艾*丐*奈*奈*绘脍(鲙)荟太*需狈汰*蕞*

　　(有*号的字,词韵属第五部;其余属第三部)

【十卦】 卦*挂*懈廨隘卖画*(图画)派债怪坏诫戒界介芥械薤拜快迈话*败稗晒虿瘵玠

　　(有*号的字,词韵属第十部;其余属第五部)

【十一队】 队内塞*(边塞)爱*辈佩代*退载*(年也)碎态*背秒菜*对废海晦昧碍*戴*贷*配妹喙溃黛*吠概*岱*肺溉*慨*未块在*(所在)耐*糒珮玟(瑋)再*碓乂刈

　　(有*号的字,词韵属第五部;其余属第三部)

【十二震】 震印进润阵镇刃顺慎鬓晋骏闰峻覺(衅)振俊(隽)舜吝烬讯仞迅趁橼搢仅觐信轫浚

【十三问】 问闻(名誉)运晕韵训粪忿(吻韵同)酝郡分(名分)絭汶愠近(动词)

【十四愿】 愿*论(名词)怨*恨万*饭*(名词)献*健*寸困顿遁(阮韵同)建*宪*劝*蔓*券*钝闷逊嫩溷远*(动词)饭*(衍)苑*(阮韵同)

　　(有*号的字,词韵属第七部;其余属第六部)

【十五翰】 翰(翰墨)岸汉难(灾难)断(决断)乱叹(寒韵同)观(楼观)幹斡散(解散)旦算(名词)玩(翫)烂贯半案按炭汗赞讚漫(寒韵同,又副词独用)冠(冠军)灌爨窜幔粲灿换焕唤悍弹(名词)惮段看

（寒韵同）判叛涣绊盥鹳幔畔锻腕惋馆（旱韵同）

【十六谏】　谏雁患（删韵同）涧间（间隔）宦晏慢盼豢栈（潸韵同）惯串绽幻瓣苋卯办绾（潸韵同）

【十七霰】　霰殿面眄（铣韵同）县变箭战扇膳传（传记）见砚院练炼燕谯宴贱馔荐绢彦掾便（便利）眷胁线倦羡奠徧（遍）恋啭眩钏倩卞汴片禅（封禅）谴善（动词）溅饯（铣韵同）转（以力转动，及物动词）卷（书卷）甸钿（先韵同）电嚔旋（已而，副词）

【十八啸】　啸笑照庙窍妙诏召邵要（重要）曜耀（爝）调（音调）钓吊叫少（老少）眺诮料疗潦掉（篠韵同）峤徼（边徼）烧（野火）

【十九效】　效劲教（教训）貌校孝闹豹罩櫂（棹）觉（寤也）较乐（喜爱）

【二十号】　号（号令，名号）帽报导祷（皓韵同）操（所守也）盗噪灶奥告（告诉）诰暴（强暴）好（喜好）到蹈劳（慰劳）傲耗躁造（造就）冒悼倒（颠倒）爆燥扫（皓韵同）

【二十一箇】　箇个贺佐大（泰韵同）饿过（经过，歌韵同，又过失，独用）和（唱和）挫课唾播座坐（行之反，又同座）破卧货涴簸轲（辗轲）

【二十二祃】　祃驾夜下（降也）谢榭罢夏（春秋）霸暇灞嫁赦藉（凭藉）假（借也，又休假）蔗炙（音蔗，炮火，名词）化舍（庐舍）价射骂稼架诈亚麝怕借泻（马韵同）卸帕

【二十三漾】　漾上（上下）望（观望，阳韵同，又名望，独用）相（卿相）将（将帅）状帐浪（波浪）唱让旷壮放向鬺仗（养韵同）畅量（度量，数量，名词）葬匠障瘴谤尚涨饷样藏（库藏）舫访觇嶂当（适当）抗酿妄怆宕怅创（开创）酱况亮傍（依傍）丧（丧失）恙王（王天下，霸王）旺

【二十四敬】　敬命正（正直）令（命令）政性镜盛（多也）行（品行）圣咏姓庆映病柄郑劲竞净竟孟净獍更（更加）併（合併）聘横（横逆）

【二十五径】　径定罄馨应（答应）乘（车乘，名词）赠媵倰称（相称）邓

莹(庚韵同)证孕兴(兴趣)剩(賸)凭(蒸韵同)迳甑听(聆也,青韵同,又听从,独用)胜(胜败)宁

【二十六宥】　宥候就授售(尤韵同)寿(有韵同)秀绣宿(星宿)奏富*兽斗漏陋狩昼寇茂旧胄宙袖(褎)岫柚覆(盖也)救厩臭佑(祐)囿豆窦瘦漱咒究疚谬皱逅嗅遘溜镂逗透骤又幼读(句读)副*

　　(有＊号的字,在词韵中兼入遇韵)

【二十七沁】　沁饮(使饮)禁(禁令,宫禁)任(负担)荫浸僭谶枕(动词)甚(寝韵同)噤

【二十八勘】　勘暗(闇)滥啗(啖)担(名词)憾缆瞰暂三(再三)绀憨澹(感韵同)轗

【二十九艳】　艳剑念验赡壂店忝(俭韵同)占(占据)敛(聚敛,俭韵同)厌焰(俭韵同)垫欠僭酽潋滟玷(俭韵同)

【三十陷】　陷鉴监(同鉴,又中书监)汎梵忏赚蘸嵌

(五)入声

【一屋】　屋木竹目服福禄榖熟谷肉族鹿漉腹菊陆轴逐苜蓿牧伏宿(住宿)夙读(读书)梣渎黩縠复粥肃碌骕鬻育六缩哭幅斛戮仆畜蓄叔淑菽俶倏独卜馥沐速祝麓辘恧镞簇蹙筑穆睦秃縠覆(翻也)辐瀑曝(暴)郁舳掬踘蹴踾袯襆蝮鹘鹏髑

【二沃】　沃俗玉足曲粟烛属录辱狱绿毒局欲束鹄梏告(音梏,忠告)蜀促触续浴酷躅褥旭欲笃督赎勴项蓐渌骒

【三觉】　觉(知觉)角桷榷嶽(岳)乐(礼乐)捉朔数(频数)卓斫啄(啅)琢剥驳(駮)雹璞朴(樸)壳确浊濯攉渥幄握学榷涿

【四质】　质(性质)日笔出室实疾术一乙壹吉秩密率律逸(佚)失漆栗毕恤(卹)蜜橘溢瑟膝匹述慄黜哔弼七叱卒(终也)虱悉戌嫉帅(动词)蒺姪轶踬怵潏蟋蟀笮篥宓必筚秫柿窣飂

【五物】　物佛拂屈郁乞掘(月韵同)讫吃(口吃)绂黻弗黼勿迄不绋

【六月】　月骨髮阙越谒没伐罚卒(士卒)竭窟笏钺歇发突忽袜鹘(黠韵同)厥蹶蕨曰阀筏暍殁橛掘(物韵同)樾捐蠍勃纥齕(屑韵同)孛渤揭(屑韵同)碣(屑韵同)

【七曷】　曷达末阔活钵脱夺褐割沫拔(拔起)葛阏渴拨豁括抹遏挞跋撮泼斡秣掇(屑韵同)怛妲聒栝獭(黠韵同)剌

【八黠】　黠拔(拔擢)鹘(月韵同)八察杀刹轧戛瞎獭(曷韵同)刮刷滑辖镺猾捋

【九屑】　屑节雪绝列烈结穴说血舌洁别缺裂热决铁灭折拙切悦辙诀泄洩咽噎傑彻澈哲鳖设餮劣掣玦截窃孽浙孑桔颉拮襭齧(月韵同)纈襪齧(月韵同)羯碣(月韵同)挈抉褒薛拽(曳)爇冽臬蘗瞥撇迭阅辍掇(曷韵同)

【十药】　药薄恶(善恶)作乐(哀乐)落阁鹤爵弱约脚雀幕洛壑索郭错跃若酌托削铎凿却鹊诺萼度(测度)橐漠钥著(着)虐掠穫泊搏籥锷霍嚼勺谑廓绰霍镬莫箨缚貉瀖各略骆寞膜鄂博昨柝拓

【十一陌】　陌石客白泽伯迹(跡)宅席策册碧籍(典籍)格役帛戟璧驿麦额柏魄积(积聚)脉夕液尺隙逆画(同划)百阖虢赤易(变易)革脊获翮屐適帼戹(厄)隔益窄核覈舄掷啧坼惜癖辟僻掖腋释译峄择摘奕帟迫疫昔赫瘠谪亦硕貊跖(蹠)鹡碛踯绤隻炙(动词)踯斥吓夐𢇍淅鬲骼舶珀

【十二锡】　锡壁历枥击绩笛敌滴镝檄激寂觌析溺觅狄荻幂鹢戚慼涤的喫沥霹雳惕剔砾翟籴倜

【十三职】　职国德食(饮食)蚀色力翼墨极息直得北黑侧贼饰刻则塞(闭塞)式轼域殖植敕(勒)饬棘惑默织匿亿臆特勒劲仄昃稷识(知识)逼(偪)克即弋拭陟测翊侧淢穑鲫鷾(鹓)克巀抑或

【十四缉】　缉辑戢立集邑急入泣湆习给十拾袭及级涩粒揖楫(葉韵

同）汁蛰笠执隰汲吸絷茸挹浥岌裛悒熠

【十五合】　合塔答纳榻阖杂腊蜡匝阖蛤衲沓榼鸽踏飒拉遝盍塌呷

【十六叶】　葉帖贴牒接猎妾蝶叠箧愜涉鬣捷颊楫（槭，缉韵同）摄蹑协侠荚魇睫浃慑浃蹀挟铗靥燮耷摺袺饁踏辄婕靥聂镊渫谍堞疌

【十七洽】　洽狭（陜）峡法甲业邺匣压鸭乏怯劫胁插锸歃押狎袷箑夹恰蛱硖

附录三　词谱举要

　　这是本书第三章第二节的附录。目的在于补充一些词谱，以便读者参考。一词有数体者，只录常见的一体。举例限于古代，特别是宋代以前的词。有些词谱在正文中已经引述过的可以参看，这里不再重出。

　　　　　（1）十六字令　　16字　单调
平。⑧仄仄平平仄仄平。平平仄，⑧仄仄平平。

　　　　　　　　十六字令　　　　　　　　［宋］蔡伸
天。休使圆蟾照客眠。人何在？桂影自婵娟。

　　　　（2）忆江南（望江南、江南好）　　27字　单调
　　　　　　　（参看第79页）

　　　　　（3）渔歌子（渔父）　　27字　单调
⑧仄平平仄仄平，⑨平⑧仄仄平平。平仄仄，仄平平。㊉平⑧仄仄平平。

　　　　　　　　渔父　　　　　　　［五代蜀］李珣
避世垂纶不记年，官高争得似君闲。倾白酒，对青山。笑指柴门待月还。

　　　　　（4）捣练子　　27字　单调
平仄仄，仄平平。⑧仄平平⑧仄平。⑧仄㊉平平仄仄，㊉平⑧

仄仄平平。

捣练子　　　　　　　　　［南唐］李煜

深院静，小庭空。断续寒砧断续风。无奈夜长人不寐，数声和月到帘栊。

（5）忆王孙　　31字　单调

平平仄仄仄平平，仄仄平平仄仄平。仄仄平平仄仄平。仄平平。仄仄平平仄仄平。

忆王孙　　　　　　　　　［宋］李重元

萋萋芳草忆王孙，柳外楼高空断魂。杜宇声声不忍闻。欲黄昏。雨打梨花深闭门。

（6）调笑令　　32字　单调

平仄，平仄（叠句），仄仄仄平平仄。平平仄仄平平，仄仄平平仄平。平仄（颠倒前句末二字），平仄（叠句），仄仄平平仄。
（共用三个韵，两头两个仄韵，中间一个平韵）

调笑令　　　　　　　　　［唐］戴叔伦

边草，边草，边草尽来兵老。山南山北雪晴，千里万里月明。明月，明月，胡笳一声愁绝。

调笑令　　　　　　　　　［唐］韦应物

胡马，胡马，远放燕支山下。跑沙跑雪独嘶，东望西望路迷。迷路，迷路，边草无穷日暮。

调笑令（宫调）　　　　　　　　　［唐］王建

团扇，团扇，美人病来遮面。玉颜憔悴三年，无复商量管弦。弦管，弦管，春草昭阳路断。

（《调笑令》平仄与韵例都比较复杂，所以共举三个例子）

（7）**如梦令**　　　33字　单调

⊘仄⊘平平仄，⊘仄⊘平平仄。⊘仄仄平平，⊘仄⊘平平仄。平仄，平仄（叠句），⊘仄⊘平平仄。

如梦令　　　　　　　　　［宋］秦观

遥夜月明如水，风紧驿亭深闭。梦破鼠窥灯，霜送晓寒侵被。无寐！无寐！门外马嘶人起。

（8）**长相思**　　　36字　双调

‖仄⊘平，仄⊘平（叠后二字），⊘仄平平⊘仄平。⊕平⊘仄平。‖

（前后阕全同。末句不能犯孤平。凡前后阕全同者加‖号为记，下仿此）

长相思　　　　　　　　　［唐］白居易

汴水流，泗水流，流到瓜洲古渡头。吴山点点愁。　　思悠悠，恨悠悠，恨到归时方始休。月明人倚楼。

（9）**生查子**　　　40字　双调

‖⊕平⊘仄平，⊘仄平平仄。⊘仄仄平平，⊘仄平平仄。‖

（第一句不能犯孤平）

生查子(元夕)　　　　　［宋］欧阳修(？)

去年元夜时，花市灯如昼。月上柳梢头，人约黄昏后。　　今年元夜时，月与灯依旧。不见去年人，泪湿春衫袖！

（10）**点绛唇**　　　41字　双调

⊘仄平平，⊕平⊘仄平平仄。仄平平仄。⊘仄平平仄。⊘仄平平，⊘仄平平仄。平平仄。仄平平仄。⊘仄平平仄。

点绛唇　　　　　　　　　［宋］李清照

蹴罢秋千，起来慵整纤纤手。露浓花瘦。薄汗轻衣透。见客人来，袜刬金钗溜。和羞走。倚门回首。却把青梅嗅。

　　（11）**浣溪沙**　　42字　　双调

　　　　（参看第80页）

　　（12）**菩萨蛮**　　44字　　双调

　　　　（参看第82页）

　　（13）**诉衷情**　　44字　　双调

⊕平⊗仄仄平平。⊗仄仄平平。⊕平仄仄平仄，⊗仄仄平平。

平仄仄，仄平平，仄平平。仄平平仄，⊗仄平平，仄仄平平。

　　　　　诉衷情　　　　　　　　［宋］陆游

　　当年万里觅封侯，匹马戍梁州。关河梦断何处？尘暗旧貂裘！胡
未灭，鬓先秋，泪空流。此生谁料，心在天山，身老沧洲！

　　（14）**采桑子(丑奴儿)**　　　44字　　双调

　　　　（参看第83页）

（注意：前后阕第二、三两句不一定要叠句）

　　（15）**卜算子**　　44字　　双调

　　　　（参看第85页）

　　（16）**减字木兰花**　　　44字　　双调

　　　　（参看第86页）

　　（17）**忆秦娥**　　46字　　双调

　　　　（参看第88页）

　　（18）**清平乐**　　46字　　双调

　　　　（参看第90页）

　　（19）**摊破浣溪沙**　　　48字　　双调

⊗仄平平⊗仄平，⊕平⊗仄仄平平。⊗仄⊕平平仄仄，仄平平。

⊗仄⊕平平仄仄，⊕平⊗仄仄平平。⊗仄⊕平平仄仄，仄平平。

（前后阕基本上相同，只是前阕首句平脚押韵，后阕首句仄脚不押韵。

这是把 42 字的《浣溪沙》前后阕末句扩展成为两句,所以叫《摊破浣溪沙》)

摊破浣溪沙　　　　　　[南唐]李璟

菡萏香销翠叶残,西风愁起绿波间。还与韶光共憔悴,不堪看。
细雨梦回鸡塞远,小楼吹彻玉笙寒。多少泪珠何限恨! 倚阑干。

("还与韶光共憔悴"用的是拗句仄仄平平仄平仄,但一般都用仄仄平平平仄仄。)

(20)桃源忆故人　　48 字　双调

‖ 㽞平㽞仄平平仄,㽞仄㽞平平仄。㽞仄㽞平平仄,㽞仄平平仄。‖

桃源忆故人(题华山图)　　　　　　[宋]陆游

中原当日三川震,关辅回头煨烬。泪尽两河征镇,日望中兴运。
秋风霜满青青鬓,老却新丰英俊。云外华山千仞,依旧无人问!

(21)太常引(太清引)　　49 字　双调

㽞平㽞仄仄平平,㽞仄仄平平。㽞仄仄平平。㽞㽞仄、平平仄平。　㽞平㽞仄,㽞平㽞仄,㽞仄仄平平。㽞仄仄平平。㽞㽞仄、平平仄平。

(前后阕基本上相同。前阕首句在后阕拆成两句,并把平脚变为仄脚)

太常引　　　　　　[宋]辛弃疾

一轮秋影转金波,飞镜又重磨。把酒问姮娥。被白发、欺人奈何!
乘风好去,长空万里,直下看山河。斫去桂婆娑。人道是、清光更多。

("被白发"和"人道是"后面有小停顿)

(22)西江月　　50 字　双调

(参看第 91 页)

（23）醉花阴　　52字　双调

‖ ⊘仄⊘平平仄仄，⊘仄平平仄。⊘仄仄平平，⊘仄平平，⊘仄平平仄。‖

醉花阴（重九）　　　　　　　［宋］李清照

薄雾浓云愁永昼，瑞脑销金兽。佳节又重阳，玉枕纱厨，半夜凉初透。　　东篱把酒黄昏后，有暗香盈袖。莫道不消魂，帘卷西风，人比黄花瘦。

（"有暗香盈袖"，句法上一下四；但也可以作上二下三，如前阕的"瑞脑销金兽"）

（24）浪淘沙　　54字　双调

（参看第92页）

（25）鹧鸪天　　55字　双调

⊘仄平平⊘仄平，⊘平⊘仄仄平平。⊘平⊘仄平平仄，⊘仄平平⊘仄平。　　平仄仄，仄平平。⊘平⊘仄仄平平。⊘平⊘仄平平仄，⊘仄平平⊘仄平。

（这词很像两首七绝。前阕完全是七绝形式；后阕只是把首句拆成两个三字句）

鹧鸪天　　　　　　　［宋］赵鼎

客路那知岁序移？忽惊春到小桃枝。天涯海角悲凉地，记得当年全盛时。　　花弄影，月流辉。水精宫殿五云飞。分明一觉华胥梦，回首东风泪满衣。

（26）鹊桥仙　　56字　双调

‖ ⊘平⊘仄，⊘平⊘仄，⊘仄⊘平⊘仄。⊘平⊘仄仄平平，仄⊘仄、平平⊘仄。‖

鹊桥仙　　　　　　　　　　　［宋］秦观

纤云弄巧，飞星传恨，银汉迢迢暗度。金风玉露一相逢，便胜却、人间无数。　　　柔情似水，佳期如梦，忍顾鹊桥归路？两情若是久长时，又岂在、朝朝暮暮？

（"便胜却"和"又岂在"后面有小停顿）

（27）玉楼春　　56字　双调

‖ ⊕平⊛仄平平仄，⊛仄⊕平平仄仄。⊕平⊛仄仄平平，⊛仄⊕平平仄仄。‖

（这等于两首不粘的仄韵七绝）

玉楼春　　　　　　　　　　　［宋］辛弃疾

三三两两谁家女？听取鸣禽枝上语：提壶沽酒已多时，婆饼焦时须早去。　　　醉中忘却来时路，借问行人家住处。只寻古庙那边行，更过溪南乌桕树。

（28）虞美人　　56字　双调

‖ ⊕平⊛仄平平仄，⊛仄平平仄。⊕平⊛仄仄平平，⊛仄⊕平⊛仄仄平平。‖

（共用四个韵。末句是上六下三或上二下七）

虞美人　　　　　　　　　　　［南唐］李煜

春花秋月何时了？往事知多少！小楼昨夜又东风，故国不堪回首月明中。　　　雕阑玉砌应犹在，只是朱颜改。问君能有几多愁？恰似一江春水向东流！

（29）南乡子　　56字　双调

‖ ⊛仄仄平平，⊛仄平平仄仄平。⊛仄⊕平平仄仄，平平。⊛仄平平仄仄平。‖

南乡子　　　　　　　　　　［宋］辛弃疾

何处望神州？满眼风光北固楼。千古兴亡多少事？悠悠。不尽长江滚滚流。　　年少万兜鍪，坐断东南战未休。天下英雄谁敌手？曹刘！生子当如孙仲谋。

（30）踏莎行　　58字　　双调

‖ ⊗仄平平，⊗平⊗仄，⊗平⊗仄平平仄。⊗平⊗仄仄平平，⊗平⊗仄平平仄。‖

踏莎行　　　　　　　　　　［宋］姜夔

燕燕轻盈，莺莺娇软，分明又向华胥见。夜长争得薄情知？春初早被相思染。　　别后书辞，别时针线，离魂暗逐郎行远。淮南皓月冷千山，冥冥归去无人管。

（31）临江仙　　60字　　双调

‖ ⊗仄⊗平平仄仄，⊗平⊗仄平平。⊗平⊗仄仄平平。⊗平平仄仄，⊗仄仄平平。‖

临江仙　　　　　　　　　　［宋］秦观

千里潇湘挼蓝浦，兰桡昔日曾经。月高风定露华清。微波澄不动，冷浸一天星。　　独倚危楼情悄悄，遥闻妃瑟泠泠。新声含尽古今情。曲终人不见，江上数峰青。

（“千里潇湘挼蓝浦”用⊗仄平平仄平仄是拗句，但一般都用⊗仄⊗平平仄仄）

（32）蝶恋花（鹊踏枝）　　六十字　　双调

（参看第94页）

（33）破阵子　　62字　　双调

‖ ⊗仄⊗平⊗仄，⊗平⊗仄平平。⊗仄⊗平平仄仄，⊗仄平平

⊗仄平。⊗平⊕仄平。‖

　　　　破阵子（为陈同甫赋壮词以寄）　　［宋］辛弃疾

醉里挑灯看剑，梦回吹角连营。八百里分麾下炙，五十弦翻塞外声。沙场秋点兵。　　马作的卢飞快，弓如霹雳弦惊。了却君王天下事，赢得生前身后名。可怜白发生！

（34）渔家傲　　62字　　双调

（参看第95页）

（35）谢池春（卖花声）　　66字　　双调

⊗仄平平，⊗仄⊗平平仄。仄平平，平平仄仄。平平平仄，仄平平平仄(上三下二)。仄平平、仄平平仄。　　平平⊗仄，仄仄⊗平平仄。仄平平，平平仄仄。平平平仄，仄平平平仄(上三下二)。仄平平、仄平平仄。

（前后阕基本上相同，只有前阕首句与后阕首句稍异。此调平仄较严）

　　　　　　　谢池春　　　　　　　［宋］陆游

壮岁从戎，曾是气吞残虏。阵云高，狼烟夜举。朱颜青鬓，拥雕戈西戍。笑儒冠、自来多误。　　功名梦断，却泛扁舟吴楚。漫悲歌，伤怀吊古。烟波无际，望秦关何处？叹流年、又成虚度。

（"笑儒冠"与"叹流年"后面有小停顿）

（36）青玉案　　67字　　双调

⊕平⊗仄平平仄，仄⊗仄平平仄(上三下三)。⊗仄⊕平平仄仄。⊗平平仄，⊗平平仄，⊗仄平平仄。　　⊕平⊗仄平平仄，⊗仄⊕平平仄仄。⊗仄⊗平平仄仄。⊗平平仄，⊗平平仄，⊗仄平平仄。

　　　　　　青玉案（春暮）　　　　［宋］贺铸

凌波不过横塘路，但目送芳尘去。锦瑟年华谁与度？月楼花院，绮窗朱户，惟有春知处。　　碧云冉冉蘅皋暮，彩笔空题断肠句。试问闲愁知几许？一川烟草,满城风絮,梅子黄时雨。

(“彩笔空题断肠句”是拗句,宋人一般都用⊗仄平平仄平仄,不用⊗仄㊉平平仄仄)

(37)江城子　70字　双调

‖㊉平⊗仄仄平平。仄平平,仄平平。⊗仄平平,仄仄仄平平。⊗仄㊉平平仄仄,平仄仄,仄平平。‖

(本是单调三十五字,宋人改为双调)

江城子(密州出猎)　　　　　　[宋]苏轼

老夫聊发少年狂,左牵黄,右擎苍。锦帽貂裘,千骑卷平岗。为报倾城随太守,亲射虎,看孙郎。　　酒酣胸胆尚开张,鬓微霜,又何妨？持节云中,何日遣冯唐？会挽雕弓如满月,西北望,射天狼。

(38)满江红　93字　双调

(参看第97页)

(39)水调歌头　95字　双调

(参看第99页)

(40)念奴娇(百字令)　100字　双调

(参看第104页)

(41)桂枝香　101字　双调

平平仄仄。仄仄仄㊉平(上一下四),⊗㊉平仄。⊗仄平平⊗仄,仄平平仄。㊉平⊗仄平平仄,仄平平、⊗平平仄。仄平平仄,⊗平㊉仄,仄平平仄。　　仄⊗仄平平仄仄(上三下四)。仄㊉仄平平(上一下四),⊗平平仄。⊗仄平平⊗仄,仄平平仄。㊉平⊗仄平平仄,仄平平、⊗㊉平仄。仄平平仄,⊗平平仄,仄平平仄。

桂枝香（金陵怀古）　　　　〔宋〕王安石

登临送目。正故国晚秋，天气初肃。千里澄江似练，翠峰如簇。归帆去棹残阳里，背西风、酒旗斜矗。彩舟云淡，星河鹭起，画图难足。

念自昔豪华竞逐。叹门外楼头，悲恨相续。千古凭高对此，谩嗟荣辱。六朝旧事随流水，但寒烟、衰草凝绿。至今商女，时时犹唱，后庭遗曲。

（"背西风"和"但寒烟"后面有小停顿。）

(42) 水龙吟　102 字　双调

⊕平⊕仄仄平平，⊕平⊕仄平平仄△。⊕平仄仄，⊕平仄仄，⊕平⊕仄△。⊕仄平平，⊕平⊕仄，⊕平⊕仄△。仄⊕平⊕仄(上一下四)，⊕平⊕仄，平平仄，平平仄△。　　⊕仄平平⊕仄△。仄平平、⊕平⊕仄△。⊕平⊕仄，⊕平⊕仄，⊕平⊕仄△。⊕仄平平，⊕平⊕仄，⊕平平仄△。仄平平、仄仄平平仄仄，仄平平仄△。

（后阕最后 13 字也可以改成 12 字，成为：仄平平、仄仄平平仄，仄平平仄△。这样，全词共是 101 字）

水龙吟（寿韩南涧）　　　　〔宋〕辛弃疾

渡江天马南来，几人真是经纶手？长安父老，新亭风景，可怜依旧。夷甫诸人，神州沉陆，几曾回首？算平戎万里，功名本是，真儒事，君知否？　　况有文章山斗。对桐阴、满庭清昼。当年堕地，而今试看，风云奔走。绿野风烟，平泉草木，东山歌酒。待他年、整顿乾坤事了，为先生寿。

（"对桐阴、待他年"后面有小停顿）

(43) 石州慢　102 字　双调

⊕仄平平，⊕平平仄(或平仄仄平)，仄平平仄△。平平⊕仄平平，仄仄⊕平平仄△。⊕平⊕仄，⊕平⊕仄⊕仄平平，平平⊕仄平平仄△。仄仄仄平平,仄平平平仄(上一下四或上三下二)。　　平仄。仄平平仄,仄仄平平,仄平平仄。仄仄平平,仄仄仄平平仄。平平仄,平平仄仄平平,平平仄仄平平仄。仄仄仄平平,仄平平平仄(上一下四或上三下二)。

(此调常用入声韵)

　　　　　　石州慢(己酉秋,吴兴舟中)　　〔宋〕张元幹

　　雨急云飞,瞥然惊散,暮天凉月。谁家疏柳低迷,几点流萤明灭。夜帆风驶,满湖烟水苍茫,菰蒲零乱秋声咽。梦断酒醒时,倚危樯清绝。　　心折。长庚光怒,群盗纵横,逆胡猖獗。欲挽天河,一洗中原膏血。两宫何处? 塞垣只隔长江,唾壶空击悲歌缺。万里想龙沙,泣孤臣吴越。

(44)雨霖铃　103 字　双调

平平平仄,仄平平仄、仄仄平仄。平平仄仄平仄,平平仄仄、平平仄。仄仄平平、仄仄仄平仄平仄。仄仄仄、平仄平平,仄仄平平仄平仄。　　平平仄仄平平仄。仄平平、仄仄平平仄。平平仄仄平仄,平仄仄,仄仄平平仄。仄仄平平,仄仄平仄平平仄。仄仄仄、仄仄平平,仄仄平平仄。

(此调多用拗句,而且常用入声韵)

　　　　　　　雨霖铃　　　　　〔宋〕柳永

　　寒蝉凄切,对长亭晚、骤雨初歇。都门帐饮无绪,方留恋处、兰舟催发。执手相看、泪眼竟无语凝噎。念去去、千里烟波,暮霭沉沉楚天阔。　　多情自古伤离别。更那堪、冷落清秋节。今宵酒醒何处,杨柳岸、晓风残月。此去经年,应是良辰好景虚设。便纵有、千种风情,更与何人说?

(45)永遇乐　104字　双调

⊙仄平平,⊙平⊙仄,⊙⊙平仄。⊙仄平平,⊙平⊙仄,⊙仄平平仄。⊙平⊙仄,⊙平⊙仄,⊙仄仄平平仄。⊙平⊙,平平⊙仄,⊙仄⊙平仄。　　⊙平⊙仄,⊙平平仄,仄仄⊙平⊙仄。⊙仄平平,⊙平⊙仄,⊙仄平平仄。⊙平⊙仄,⊙平⊙仄,仄仄⊙平⊙仄。⊙平仄、平平仄仄,仄平仄仄。

永遇乐(京口北固亭怀古)　　　　［宋］辛弃疾

千古江山,英雄无觅,孙仲谋处。舞榭歌台,风流总被,雨打风吹去。斜阳草树,寻常巷陌,人道寄奴曾住。想当年,金戈铁马,气吞万里如虎。　　元嘉草草,封狼居胥,赢得仓皇北顾。四十三年,望中犹记,烽火扬州路。可堪回首,佛狸祠下,一片神鸦社鼓。凭谁问:廉颇老矣,尚能饭否?

(46)望海潮　107字　双调

⊙平平仄,⊙平平仄,⊙平⊙仄平平。平仄仄平,平平仄仄,⊙平⊙仄平平。⊙仄仄平平。仄⊙平仄仄(上一下四),⊙仄仄平平。⊙仄平平,⊙平⊙仄仄平平。　　平平仄仄平平。仄⊙平⊙仄(上一下四),⊙仄平平。平仄仄平,平平仄仄,⊙平⊙仄平平。⊙仄仄平平。仄⊙平仄仄(上一下四),⊙仄平平。⊙仄平平,⊙平⊙仄仄平平。

(最后两句可换成仄仄平平仄仄,⊙仄仄平平)

望海潮(洛阳怀古)　　　　［宋］秦观

梅英疏淡,冰澌溶泄,东风暗换年华。金谷俊游,铜驼巷陌,新晴细履平沙。长记误随车。正絮翻蝶舞,芳思交加。柳下桃蹊,乱分春色到人家。　　西园夜饮鸣笳。有华灯碍月,飞盖妨花。兰苑未空,行人渐老,重来是事堪嗟。烟暝酒旗斜。但倚楼极目,时见栖鸦。无奈归心,暗随流水到天涯。

(47)沁园春　114 字　双调

（参看第 108 页）

(48)贺新郎(金缕曲)　116 字　双调

⊗仄平平仄。仄平平、⊕平仄仄,仄平平仄。⊗仄⊕平平⊗仄,⊗仄平平仄仄。⊗仄仄、平平仄仄。⊗仄⊕平平⊗仄,仄平平、⊗仄平平仄。平仄仄,仄平仄。　　⊕平⊗仄平平仄。仄平平、⊕平平仄,仄平平仄。⊗仄⊕平平⊗仄,⊗仄平平⊗仄。⊗仄仄、平平仄仄。⊗仄⊕平平⊗仄,仄平平、仄平平仄仄。平仄仄,仄平仄。

贺新郎(送陈真州子华)　　　　［宋］刘克庄

北望神州路。试平章、这场公事,怎生分付。记得太行山百万,曾入宗爷驾驭。今把作、握蛇骑虎。君去京东豪杰喜,想投戈、下拜真吾父。谈笑里,定齐鲁。　　两河萧瑟惟狐兔。问当年、祖生去后,有人来否? 多少新亭挥泪客,谁梦中原块土? 算事业、须由人做。应笑书生心胆怯,向车中、闭置如新妇。空目送,塞鸿去!

("试平章、今把作、想投戈、问当年、算事业、向车中"后面都有小停顿)

(49)摸鱼儿　116 字　双调

仄平平、仄平平仄,⊕平平仄平仄。⊕平⊗仄平平仄,⊗仄仄平平仄。平仄仄。⊗仄仄、平平⊗仄平平仄。平仄仄仄。仄⊗仄平平(上一下四),⊕平⊗仄,⊗仄仄平仄。　　平平仄,⊗仄平平仄仄。⊕平平仄平仄。平平⊗仄平平仄,⊗仄仄平平仄。平仄仄。平平、平平⊗仄平平仄。平平仄仄。仄⊗仄平平(上一下四),⊕平⊗仄,⊗仄仄平仄。

摸鱼儿　　　　　　　[宋]辛弃疾

更能消、几番风雨？匆匆春又归去。惜春长怕花开早，何况落红无数！春且住！见说道、天涯芳草无归路。怨春不语。算只有殷勤，画檐蛛网，尽日惹飞絮。　　　长门事，准拟佳期又误。蛾眉曾有人妒。千金纵买相如赋，脉脉此情谁诉？君莫舞！君不见、玉环飞燕皆尘土。闲愁最苦。休去倚危栏，斜阳正在，烟柳断肠处！

（"休去倚危栏"是上二下三，但一般都作上一下四，辛弃疾另有两首也是上一下四）

（50）六州歌头　143字　双调

平平⊙仄，⊛仄仄平平。平⊛仄，平平仄，仄平平。仄平平。⊛仄平平仄，⊕平仄，平平仄。⊕⊛仄，平⊕仄，仄平平。⊛仄⊛平，仄仄平平仄，⊛仄仄平平。仄⊕平⊛仄（上一下四），⊛仄仄平平。⊛仄平平。仄平平。　　　仄平平仄（上一下三），⊕平仄，平⊕仄，仄平平。平⊕仄，平平仄，仄平平。仄平平。⊛仄平平仄，⊛⊛仄，仄平平。平⊕仄，⊛⊛仄，仄平平。平仄⊛平⊛仄，⊕平平、⊛仄平平。仄⊕平⊛仄（上一下四），⊛仄仄平平。⊛仄平平。

六州歌头　　　　　　　[宋]张孝祥

长淮望断，关塞莽然平。征尘暗，霜风劲，悄边声。黯销凝。追想当年事，殆天数，非人力；洙泗上，弦歌地，亦膻腥。隔水毡乡，落日牛羊下，区脱纵横。看名王宵猎，骑火一川明。笳鼓悲鸣。遣人惊。

念腰间箭，匣中剑，空埃蠹，竟何成！时易失，心徒壮，岁将零。渺神京。干羽方怀远，静烽燧，且休兵。冠盖使，纷驰骛，若为情？闻道中原遗老，常南望、翠葆霓旌。使行人到此，忠愤气填膺。有泪如倾。

（"常南望"后面有小停顿）

诗词格律概要

目 录

卷上 诗

卷上　诗

第一章　诗的种类和字数

唐代以后,诗分为两大类:(一)古体诗;(二)今体诗。古体诗是继承汉魏六朝的诗体;今体诗是唐代新兴的诗体。今体诗在字数、韵脚、声调、对仗各方面都有许多讲究,与古体诗截然不同。我们讲格律,主要是讲今体诗的格律。

古体诗分为两类:(一)五言古诗,简称五古;(二)七言古诗,简称七古。

五言古诗每句五个字,全诗字数不拘多少,例如:

渭川田家

王　维

斜光照墟落,穷巷牛羊归。

野老念牧童,倚杖候荆扉。

雉雊麦苗秀,蚕眠桑叶稀。

田夫荷锄至,相见语依依。

即此羡闲逸,怅然吟式微。

月下独酌

李　白

花间一壶酒,独酌无相亲。

举杯邀明月,对影成三人。

月既不解饮,影徒随我身。

暂伴月将影,行乐须及春。

我歌月徘徊,我舞影零乱。

醒时同交欢,醉后各分散。

永结无情游,相期邈云汉。

七言古诗每句七个字,全诗字数不拘多少,例如:

白雪歌

岑　参

北风卷地白草折,

胡天八月即飞雪。

忽如一夜春风来,

千树万树梨花开。

散入珠帘湿罗幕,

狐裘不暖锦衾薄。

将军角弓不得控,

都护铁衣冷难着。

瀚海阑干百丈冰,

愁云惨淡万里凝。

中军置酒饮归客,

胡琴琵琶与羌笛。

纷纷暮雪下辕门,

风掣红旗冻不翻。

轮台东门送君去,

去时雪满天山路。

山回路转不见君,

雪上空留马行处。

此外还有一种杂言诗,诗中参杂着五字句和七字句,甚至有三字句、四字句、六字句、八字句、九字句。但是,一般都把杂言诗归入七言古诗一类,例如:

梦游天姥吟留别

李　白

海客谈瀛洲,

烟涛微茫信难求。

越人语天姥,

云霞明灭或可睹。

天姥连天向天横,

势拔五岳掩赤城。

天台一万八千丈,

对此欲倒东南倾。

我欲因之梦吴越,

一夜飞度镜湖月。

湖月照我影,

送我至剡溪。

谢公宿处今尚在,

绿水荡漾清猿啼。

脚著谢公屐,

身登青云梯。

半壁见海日,

空中闻天鸡。

千岩万转路不定，

迷花倚石忽已暝。

熊咆龙吟殷岩泉，

栗深林兮惊层巅。

云青青兮欲雨，

水澹澹兮生烟。

列缺霹雳，

丘峦崩摧。

洞天石扉，

訇然中开。

青冥浩荡不见底，

日月照耀金银台。

霓为衣兮风为马，

云之君兮纷纷而来下。

虎鼓瑟兮鸾回车，

仙之人兮列如麻。

忽魂悸以魄动，

怳惊起而长嗟。

惟觉时之枕席，

失向来之烟霞。

世间行乐亦如此，

古来万事东流水。

别君去兮何时还？

且放白鹿青崖间，

须行即骑访名山。

安能摧眉折腰事权贵，

使我不得开心颜！

今体诗分为两类：（一）律诗；（二）绝句。

律诗又分两类：（一）五言律诗，简称五律；（二）七言律诗，简称七律。

五言律诗每句五个字，共八句，全诗40个字，例如：

春　望

杜　甫

　　国破山河在，城春草木深。

　　感时花溅泪，恨别鸟惊心。

　　烽火连三月，家书抵万金。

　　白头搔更短，浑欲不胜簪。

（"胜"读 shēng，"簪"读 zēn）

有一种五言长律（又叫五言排律），每句五个字，全诗共十二句，或更多，例如：

守睢阳诗

张　巡

　　接战春来苦，孤城日渐危。

　　合围侔月晕，分守若鱼丽。

　　屡厌黄尘起，时将白羽麾。

　　裹疮犹出阵，饮血更登陴。

　　忠信应难敌，坚贞谅不移。

　　无人报天子，心计欲何施？

（"丽"读 lí）

七言律诗每句七个字，共八句，56个字，例如：

登　高

杜　甫

　　风急天高猿啸哀，渚清沙白鸟飞回。

　　　无边落木萧萧下,不尽长江滚滚来。

　　　万里悲秋常作客,百年多病独登台。

　　　艰难苦恨繁霜鬓,潦倒新停浊酒杯。

　　绝句又分为两类:(一)五言绝句,简称五绝;(二)七言绝句,简称
七绝。

　　五言绝句每句五个字,全诗四句,共20个字,例如:

逢雪宿芙蓉山主人

刘长卿

　　　日暮苍山远,天寒白屋贫。

　　　柴门闻犬吠,风雪夜归人。

　　七言绝句每句七个字,全诗四句,共28个字,例如:

嫦　娥

李商隐

　　　云母屏风烛影深,长河渐落晓星沉。

　　　嫦娥应悔偷灵药,碧海青天夜夜心。

第二章　诗　韵

第一节　平水韵

现存最早的一部诗韵是《广韵》。《广韵》的前身是《唐韵》,《唐韵》的前身是《切韵》。《广韵》共有 206 韵,《唐韵》《切韵》应该也是 206 韵①。韵分得太细,写诗很受拘束。唐初许敬宗等奏议,把 206 韵中邻近的韵合并来用。宋淳祐年间,江北平水人刘渊著《壬子新刊礼部韵略》,合并 206 韵为 107 韵。清代改称平水韵为佩文诗韵,又合并为 106 韵。因为平水韵是根据唐初许敬宗奏议合并的韵,所以,唐人用韵,实际上用的是平水韵。

平水韵 106 韵如下:

上平声②

一东	二冬	三江	四支
五微	六鱼	七虞	八齐
九佳	十灰	十一真	十二文

---

① 今人考证,《切韵》原来只有 193 韵。

② 平声字多,分为两卷。"上平声"是平声上卷的意思,"下平声"是平声下卷的意思。

十三元　　十四寒　　十五删

下平声

一先　　二萧　　三肴　　四豪

五歌　　六麻　　七阳　　八庚

九青　　十蒸　　十一尤　　十二侵

十三覃　　十四盐　　十五咸

上声

一董　　二肿　　三讲　　四纸

五尾　　六语　　七麌　　八荠

九蟹　　十贿　　十一轸　　十二吻

十三阮　　十四旱　　十五潸　　十六铣

十七篠　　十八巧　　十九皓　　二十哿

廿一马　　廿二养　　廿三梗　　廿四迥

廿五有　　廿六寝　　廿七感　　廿八琰

廿九豏

去声

一送　　二宋　　三绛　　四寘

五未　　六御　　七遇　　八霁

九泰　　十卦　　十一队　　十二震

十三问　　十四愿　　十五翰　　十六谏

十七霰　　十八啸　　十九效　　二十号

廿一箇　　廿二祃　　廿三漾　　廿四敬

廿五径　　廿六宥　　廿七沁　　廿八勘

廿九艳　　三十陷

入声

一屋　　二沃　　三觉　　四质

五物	六月	七曷	八黠
九屑	十药	十一陌	十二锡
十三职	十四缉	十五合	十六葉
十七洽			

第二节　今体诗的用韵

今体诗(律诗、绝句)用韵都依照平水韵,而且限用平声韵,例如:

月夜忆舍弟

杜　甫

戍鼓断人行,边秋一雁声①。

露从今夜白,月是故乡明。

有弟皆分散,无家问死生。

寄书长不达,况乃未休兵!

(八庚)

湘灵鼓瑟

钱　起

善鼓云和瑟,常闻帝子灵。

冯夷空自舞,楚客不堪听。

苦调凄金石,清音入杳冥。

苍梧来怨慕,白芷动芳馨。

流水传湘浦,悲风过洞庭。

---

① 　△号表示韵脚。下同。

曲终人不见,江上数峰青。

(九青)

从军行

王昌龄

秦时明月汉时关,万里长征人未还。

但使龙城飞将在,不教胡马度阴山。

(十五删。"教"读 jiāo)

塞下曲

李　白

五月天山雪,无花只有寒。

笛中闻折柳,春色未曾看。

晓战随金鼓,宵眠抱玉鞍。

愿将腰下剑,直为斩楼兰。

(十四寒。"看"读 kān)

左迁至蓝关示侄孙湘

韩　愈

一封朝奏九重天,夕贬潮阳路八千。

欲为圣明除弊事,肯将衰朽惜残年?

云横秦岭家何在?雪拥蓝关马不前。

知汝远来应有意,好收吾骨瘴江边。

(一先)

辋川闲居

王 维

一从归白社,不复到青门。
时倚檐前树,远看原上村。
青菰临水拔,白鸟向山翻。
寂寞於陵子,桔槔方灌园。

(十三元。"看"读 kān)

第三节 古体诗的用韵

古体诗用韵较宽,可以用平水韵,也可以用更宽的韵,即以邻韵合用,例如:

樵父词

储光羲

山北饶朽木,山南多枯枝。(四支)
枯枝作采薪,爨室私自知。(四支)
诘朝砺斧寻,视暮行歌归。(五微)
先雪隐薜荔,迎暄卧茅茨。(四支)
清涧日濯足,乔木时曝衣。(五微)
终年登险阻,不复忧安危。(四支)
荡漾与神游,莫知是与非。(五微)

伤 宅

白居易

谁家起甲第,朱门大道边?(一先)
丰屋中栉比,高墙外回环。(十五删)

累累六七堂,檐宇相连延。(一先)

一堂费百万,郁郁起青烟。(一先)

洞房温且清,寒暑不能干。(十四寒)

高堂虚且迥,坐卧见南山。(十五删)

绕廊紫藤架,夹砌红药栏。(十四寒)

攀枝摘樱桃,带花移牡丹。(十四寒)

主人此中坐,十载为大官。(十四寒)

厨有臭败肉,库有贯朽钱。(一先)

谁能将我语,问尔骨肉间。(十五删)

岂无穷贱者,忍不救饥寒?(十四寒)

如何奉一身,直欲保千年!(一先)

不见马家宅,今作奉诚园!(十三元)

古体诗用韵,可以用平声韵,也可以用上、去声韵(上、去声可以通押),也可以用入声韵,例如:

用平声韵的:

赠卫八处士

杜　甫

人生不相见,动如参与商。

今夕复何夕? 共此灯烛光。

少壮能几时? 鬓发各已苍。

访旧半为鬼,惊呼热中肠。

焉知二十载,重上君子堂!

昔别君未婚,儿女忽成行。

怡然敬父执,问我来何方。

问答未及已,儿女罗酒浆。

夜雨剪春韭,新炊间黄粱。

主称会面难,一举累十觞。

十觞亦不醉,感子故意长。

明日隔山岳,世事两茫茫!

（七阳）

用上声韵的:

夏日南亭怀辛大

孟浩然

山光忽西落,池月渐东上。

散发乘夕凉,开轩卧闲敞。

荷风送香气,竹露滴清响。

欲取鸣琴弹,恨无知音赏。

感此怀故人,中宵劳梦想。

（廿二养）

用去声韵的:

羌　村

杜　甫

峥嵘赤云西,日脚下平地。（四寘）

柴门鸟雀噪,归客千里至。（四寘）

妻孥怪我在,惊定还拭泪。（四寘）

世乱遭飘荡,生还偶然遂。（四寘）

邻人满墙头,感叹亦歔欷。（五未）

夜阑更秉烛,相对如梦寐。（四寘）

用入声韵的：

佳　人

杜　甫

绝代有佳人，幽居在空谷。（一屋）

自云良家子，零落依草木。（一屋）

关中昔丧乱，兄弟遭杀戮。（一屋）

官高何足论？不得收骨肉。（一屋）

世情恶衰歇，万事随转烛。（二沃）

夫婿轻薄儿，新人美如玉。（二沃）

合昏尚知时，鸳鸯不独宿。（一屋）

但见新人笑，那闻旧人哭！（一屋）

在山泉水清，出山泉水浊。（三觉）

侍婢卖珠回，牵萝补茅屋。（一屋）

摘花不插发，采柏动盈掬。（一屋）

天寒翠袖薄，日暮倚修竹。（一屋）

第四节　一韵到底和换韵

今体诗都是一韵到底的。古体诗可以一韵到底，也可以换韵，乃至换几次韵，例如：

雁门太守行

李　贺

黑云压城城欲摧，

甲光向日金麟开。（十灰）

角声满天秋色里，

塞上燕脂凝夜紫。

半卷红旗临易水，

霜重鼓寒声不起。（四纸）

报君黄金台上意①,（四寘）

提携玉龙为君死。（四纸）

兵车行

杜　甫

车辚辚,马萧萧,行人弓箭各在腰。

耶娘妻子走相送,尘埃不见咸阳桥。

牵衣顿足拦道哭,哭声直上干云霄。（二萧）

道旁过者问行人,行人但云点行频。（十一真）

或从十五北防河,便至四十西营田。

去时里正与裹头,归来头白还戍边。（一先）

边庭流血成海水,武皇开边意未已。

君不闻汉家山东二百州,千村万落生荆杞!（四纸）

纵有健妇把锄犁,禾生陇亩无东西。

况复秦兵耐苦战,被驱不异犬与鸡!（八齐）

长者虽有问,役夫敢申恨?（十三问、十四愿合韵）

且如今年冬,未休关西卒。

县官急索租,租税从何出?（四质、六月合韵）

信知生男恶,反是生女好。

生女犹得嫁比邻,生男埋没随百草。（十九皓）

---

① "意"字去声,也可以认为韵脚,上、去通押。

君不见青海头,古来白骨无人收。

新鬼烦冤旧鬼哭,天阴雨湿声啾啾。(十一尤)

第五节　首句用邻韵,出韵

上面说过,今体诗要用平水韵。但是,诗的首句本来是可以不用韵的,如果用韵,就不一定要用本韵,而可以用邻韵,例如:

访戴天山道士不遇

李　白

犬吠水声中,(一东)桃花带露浓。(二冬)

树深时见鹿,溪午不闻钟。(二冬)

野竹分青霭,飞泉挂碧峰。(二冬)

无人知所去,愁倚两三松。(二冬)

秋　野

杜　甫

秋野日疏芜,(七虞)寒江动碧虚。(六鱼)

系舟蛮井络,卜宅楚村墟。(六鱼)

枣熟从人打,葵荒欲自锄。(六鱼)

盘飧老夫食,分减及溪鱼。(六鱼)

盛唐时期,首句用邻韵很少见。到了晚唐及宋代,首句用邻韵的情况非常多。现在举几个例子:

田　家

欧阳修

绿桑高下映平川,(一先)赛罢田神笑语喧。(十三元)

林外鸣鸠春雨歇,屋头初日杏花繁。(十三元)

题西林壁

苏 轼

横看成岭侧成峰,(二冬)远近高低各不同。(一东)

不识庐山真面目,只缘身在此山中。(一东)

山园小梅

林 逋

众芳摇落独暄妍,(一先)占尽风情向小园。(十三元)

疏影横斜水清浅,暗香浮动月黄昏。(十三元)

霜禽欲下先偷眼,粉蝶如知合断魂。(十三元)

幸有微吟可相狎,不须檀板共金樽。(十三元)

今体诗如果不是在首句,而是在其他地方用邻韵,叫做出韵。在唐宋诗中,出韵的情况非常罕见。这里举两个例子:

少 年

李商隐

外戚平羌第一功,(一东)生年二十有重封。(二冬)

宜登宣室虮头上,横过甘泉豹尾中。(一东)

别馆觉来云雨梦,后门归去蕙兰丛。(一东)

灞陵夜猎随田窦,不识寒郊自转蓬。(一东)

茂 陵

李商隐

汉家天马出蒲梢,(三肴)苜蓿榴花遍近郊。(三肴)

内苑只知含凤觜,属车无复插鸡翘。(二萧)

玉桃偷得怜方朔,金屋修成贮阿娇。(二萧)

谁料苏卿老归国,茂陵松柏雨萧萧。(二萧)

第六节　柏梁体

七言古诗有句句用韵的,叫做柏梁体。汉武帝作柏梁台,和群臣共赋七言诗(联句),句句用韵(平声韵)。后人把句句用韵的七言诗称为柏梁体,例如:

饮中八仙歌

杜　甫

知章骑马似乘船,眼花落井水底眠。
汝阳三斗始朝天,道逢麹车口流涎,
恨不移封向酒泉!
左相日兴费万钱,饮如长鲸吸百川。
衔杯乐圣称避贤。
宗之潇洒美少年,举觞白眼望青天,
皎如玉树临风前。
苏晋长斋绣佛前,醉中往往爱逃禅。
李白一斗诗百篇,长安市上酒家眠,
天子呼来不上船,自称臣是酒中仙。
张旭三杯草圣传,脱帽露顶王公前,
挥毫落纸如云烟。
焦遂五斗方卓然,高谈雄辩惊四筵。

第三章　诗的平仄

第一节　四声和平仄

古代汉语有四个声调:(一)平声;(二)上声;(三)去声;(四)入声。现代汉语有许多方言(吴语、粤语、闽语、湘语、客家话等)都还保存着这个四声①。但是,北方许多方言(包括北京话)和西南方言里,入声已经消失,平声分为阴阳,成为新四声,即(一)阴平;(二)阳平;(三)上声;(四)去声。

唐宋以后的诗词是讲究声调的。在用韵时,平声不和上、去、入声押韵,上、去声也不和入声押韵。律诗、绝句还要讲究平仄。所谓平,指的是平声(包括今之阴平、阳平);所谓仄,指的是上、去、入三声。仄就是不平的意思。在诗词的写作上,让这两类声调互相交错,就能使声调多样化,而不至于单调。这样就造成诗词的节奏美。平仄的规则非常重要。可以说,没有平仄就没有诗词格律。

现在北方人和西南地区的人讲究平仄遇到很大的困难,就因为不能辨别入声字。在普通话里,入声字转入了阴平、阳平、上声、去声。

---

① 有些地方,四声各分阴阳,即阴平、阳平;阴上、阳上;阴去、阳去;阴入、阳入。

在西南话里,入声字一律转入了阳平。要解决这个问题,只有记住一些常用的入声字。下面列举一些常用的入声字,以供参考。

一　屋

屋木竹目服福禄谷熟縠肉族速鹿腹菊陆轴逐牧伏宿读犊毂复粥肃育六缩哭幅斛戮仆畜蓄叔淑独卜沐祝麓筑穆覆秃郁夙朴矗①

二　沃

沃俗玉足曲粟烛属录绿辱狱毒局欲束鹄②蜀促触续督赎笃浴酷褥旭

三　觉

觉角③岳乐捉朔卓琢剥驳雹确浊擢握学镯

四　质

质日笔出室实疾术一乙壹吉秩密率律逸栗七虱悉戌必侄聿苾漆膝

五　物

物佛拂弗屈郁乞讫勿熨

六　月

月骨④髪发阙越谒没伐罚卒竭忽窟铖歇突袜勃筏掘核曰蝎

七　曷

曷达末阔活钵脱夺褐割沫葛渴拨豁括遏掇喝撮咄

八　黠

黠辖札拔猾滑八察杀刹⑤刷

---

① ＊号表示今普通话读阴平,×号表示今普通话读阳平,懂普通话的人只要记住这些就行了,其他转入上、去声的字用不着记,因为上、去声和入声同属仄声。
② “鹄”读阳平(hú),指天鹅;又读上声(gǔ),指箭靶子。
③ “角”读阳平(jué),指竞争、演员;又读上声(jiǎo),指犄角。
④ “骨”读阳平(gú),指骨头;又读上声(gǔ),指骨气、品质(傲骨、媚骨)。
⑤ “刹”读去声(chà),指佛寺。

<h3 style="text-align:center">九　屑</h3>

屑节雪绝列烈结穴说血洁别缺裂热决铁灭折拙切悦辙诀泄咽杰彻哲鳖设啮劣掣截窃蔑跌辍揭桀薛噎碣

<h3 style="text-align:center">十　药</h3>

药薄恶略作乐落阁鹤爵雀弱约脚幕洛壑索郭错跃若缚酌托削铎灼凿①却鹊诺漠钥着虐掠泊获莫铄锷鄂勺谑廓霍烁镬嚼拓各桌搏礴昨

<h3 style="text-align:center">十一　陌</h3>

陌石客白泽伯迹宅席策碧籍格役帛戟璧驿麦额柏魄积脉夕液册尺隙逆划百辟赤易革脊获适隔益掷②责惜僻辟腋掖释择摘斥奕迫疫赫炙藉译骼翮瘠昔硕

<h3 style="text-align:center">十二　锡</h3>

锡壁历枥击绩笛敌滴镝檄激寂翟析溺觅狄获霹砾剔踢的涤戚

<h3 style="text-align:center">十三　职</h3>

职国德食蚀色力翼墨极息直得北黑侧饰贼刻则塞式轼域殖植值敕饬棘惑默织匿亿忆臆特勒仄稷识肋即逼克蜮拭弋陟测抑恻弫忒穑或

<h3 style="text-align:center">十四　缉</h3>

缉③辑立集邑急入泣湿习给十拾什袭及级涩粒揖汁蛰笠执汲挹茸吸楫

<h3 style="text-align:center">十五　合</h3>

合塔答杂腊纳榻蜡匝阖沓榼踏鸽飒盍拉

<h3 style="text-align:center">十六　叶</h3>

叶帖贴接牒蝶猎妾叠箧涉捷颊摄协谍挟箧燮辄

---

① "凿"读阳平(záo),指穿孔;又读去声(zuò),指穿凿(文言)。
② "掷"读阴平(zhī),指撒下(色子);又读阳平(zhí),指蹢躅;又读去声(zhì),指扔,投。
③ "缉"读jī(阴平),指缉拿;又读qī(阴平),指一种缝纫方法。

十七　洽

洽狭峡法甲业匣压鸭乏怯劫胁插押狎恰柙夹浃侠

第二节　今体诗的平仄

今体诗(律诗、绝句)的平仄,指的是句子的平仄格式。五言律诗共有四个句型,即:

(一)ⓧ仄平平仄

(二)平平仄仄平

(三)Ⓟ平平仄仄

(四)ⓧ仄仄平平(字外加圈表示可平可仄。下同)

四个句型错综变化,成为五言律诗的四种平仄格式,如下:

(一)首句仄起仄收式

　　ⓧ仄平平仄,平平仄仄平。

　　Ⓟ平平仄仄,ⓧ仄仄平平。

　　ⓧ仄平平仄,平平仄仄平。

　　Ⓟ平平仄仄,ⓧ仄仄平平。

春夜喜雨

杜　甫

　　好雨知时节,当春乃发生。
　　随风潜入夜,润物细无声。
　　野径云俱黑,江船火独明。

晓看红湿处,花重锦官城。①

(“俱”读 jū,“看”读 kān)

旅夜书怀

杜　甫

细草微风岸,危樯独夜舟。

星垂平野阔,月涌大江流。

名岂文章著? 官应老病休。

飘飘何所似,天地一沙鸥。

秦州杂诗

杜　甫

南使宜天马,由来万匹强。

浮云连阵没,秋草遍山长。

闻说真龙种,仍残老骕骦。

哀鸣思战斗,迥立向苍苍。

这种平仄格式最为常见。

(二)首句仄起平收式

　　㊠仄仄平平,平平仄仄平。

　　㊊平平仄仄,㊠仄仄平平。

　　㊠仄平平仄,平平仄仄平。

　　㊊平平仄仄,㊠仄仄平平。

---

① 字的下面加着重号(·),表示入声。下仿此。

终南山

王　维

太乙近天都,连山到海隅。

白云回望合,青霭入看无。

分野中峰变,阴晴众壑殊。

欲投人处宿,隔水问樵夫。

(三)首句平起仄收式

㊉平平仄仄,㋑仄仄平平。

㋑仄平平仄,平平仄仄平。

㊉平平仄仄,㋑仄仄平平。

㋑仄平平仄,平平仄仄平。

山居秋暝

王　维

空山新雨后,天气晚来秋。

明月松间照,清泉石上流。

竹喧归浣女,莲动下渔舟。

随意春芳歇,王孙自可留。

(四)首句平起平收式

平平仄仄平,㋑仄仄平平。

㋑仄平平仄,平平仄仄平。

㊉平平仄仄,㋑仄仄平平。

㋑仄平平仄,平平仄仄平。

晚　晴

李商隐

深居俯夹城, 春去夏犹清。
天意怜幽草, 人间重晚晴。
并添高阁迥, 微注小窗明。
越鸟巢干后, 归飞体更轻。

五言绝句是五言律诗的一半, 所以也有四种平仄格式, 如下:
(一) 首句仄起仄收式

　　㉃仄平平仄, 平平仄仄平。

　　㉄平平仄仄, ㉃仄仄平平。

相　思

王　维

红豆生南国, 春来发几枝?
愿君多采撷, 此物最相思。

登鹳雀楼

王之涣

白日依山尽, 黄河入海流。
欲穷千里目, 更上一层楼。

问刘十九

白居易

绿蚁新醅酒, 红泥小火炉。
晚来天欲雪, 能饮一杯无?

这种平仄格式最为常见。

（二）首句仄起平收式

　　⊛仄仄平平，平平仄仄平。

　　㊍平平仄仄，⊛仄仄平平。

哥舒歌

西鄙人

　　　　北斗七星高，哥舒夜带刀。
　　　　至今窥牧马，不敢过临洮。

（三）首句平起仄收式

　　㊍平平仄仄，⊛仄仄平平。

　　⊛仄平平仄，平平仄仄平。

听　筝

李　端

　　　　鸣筝金粟柱，素手玉房前。
　　　　欲得周郎顾，时时误拂弦。

（四）首句平起平收式

　　平平仄仄平，⊛仄仄平平。

　　⊛仄平平仄，平平仄仄平。

闺人赠远

王　涯

　　　　花明绮陌春，柳拂御沟新。
　　　　为报辽阳客，流光不待人。

这种平仄格式罕见。

七言律诗也有四个句型，即：

　　（一）㊍平⊛仄平平仄

(二) 㕢仄平平仄仄平

(三) 㕢仄㘚平平仄仄

(四) 㘚平㕢仄仄平平

四个句型错综变化,成为七言律诗的四种平仄格式,如下:

(一)首句平起平收式

㘚平㕢仄仄平平,㕢仄平平仄仄平。

㕢仄㘚平平仄仄,㘚平㕢仄仄平平。

㘚平㕢仄仄平平,㕢仄平平仄仄平。

㕢仄㘚平平仄仄,㘚平㕢仄仄平平。

望蓟门

祖　咏

燕台一去客心惊,笳鼓喧喧汉将营。

万里寒光生积雪,三边曙色动危旌。

沙场烽火侵胡月,海畔云山拥蓟城。

少小虽非投笔吏,论功还欲请长缨。

长沙过贾谊宅

刘长卿

三年谪宦此栖迟,万古唯留楚客悲。

秋草独寻人去后,寒林空见日斜时。

汉文有道恩犹薄,湘水无情吊岂知?

寂寂江山摇落处,怜君何事到天涯?

("涯"读 yí)

隋　宫

李商隐

紫泉宫殿锁烟霞，欲取芜城作帝家。
玉玺不缘归日角，锦帆应是到天涯。
于今腐草无萤火，终古垂杨有暮鸦。
地下若逢陈后主，岂宜重问后庭花？

（"涯"读 yá）

秋　兴（选三首）

杜　甫

瞿唐峡口曲江头，万里风烟接素秋。
花萼夹城通御气，芙蓉小苑入边愁。
珠帘绣柱围黄鹄，锦缆牙樯起白鸥。
回首可怜歌舞地，秦中自古帝王州。

昆明池水汉时功，武帝旌旗在眼中。
织女机丝虚夜月，石鲸鳞甲动秋风。
波漂菰米沉云黑，露冷莲房坠粉红。
关塞极天惟鸟道，江湖满地一渔翁。

昆吾御宿自逶迤，紫阁峰阴入渼陂。
香稻啄余鹦鹉粒，碧梧栖老凤凰枝。
佳人拾翠春相问，仙侣同舟晚更移。
采笔昔曾干气象，白头吟望苦低垂。

这种格式最为常见。

（二）首句平起仄收式

⊙平⊙仄平平仄，⊙仄平平仄仄平。

⊙仄⊙平平仄仄，⊙平⊙仄仄平平。

⊙平⊙仄平平仄，⊙仄平平仄仄平。

⊙仄⊙平平仄仄，⊙平⊙仄仄平平。

客　至

杜　甫

舍南舍北皆春水，但见群鸥日日来。

花径不曾缘客扫，蓬门今始为君开。

盘飧市远无兼味，樽酒家贫只旧醅。

肯与邻翁相对饮，隔篱呼取尽余杯。

遣悲怀

元　稹

谢公最小偏怜女，自嫁黔娄百事乖。

顾我无衣搜荩箧，泥他沽酒拔金钗。

野蔬充膳甘长藿，落叶添薪仰古槐。

今日俸钱过十万，与君营奠复营斋。

（"过"读 guō）

酬乐天扬州初逢席上见赠

刘禹锡

巴山楚水凄凉地，二十三年弃置身。

怀旧空吟闻笛赋，到乡翻似烂柯人。

沉舟侧畔千帆过，病树前头万木春。

今日听君歌一曲，暂凭杯酒长精神。

（三）首句仄起平收式

⑭仄平平仄仄平，⑭平⑭仄仄平平。

⑭平⑭仄平平仄，⑭仄平平仄仄平。

⑭仄⑭平平仄仄，⑭平⑭仄仄平平。

⑭平⑭仄平平仄，⑭仄平平仄仄平。

秋　兴

杜　甫

闻道长安似弈棋，百年世事不胜悲。

王侯第宅皆新主，文武衣冠异昔时。

直北关山金鼓震，征西车马羽书驰。

鱼龙寂寞秋江冷，故国平居有所思。

（“胜”读 shēng）

登柳州城楼寄漳汀封连四州

柳宗元

城上高楼接大荒，海天愁思正茫茫。

惊风乱飐芙蓉水，密雨斜侵薜荔墙。

岭树重遮千里目，江流曲似九回肠。

共来百越文身地，犹自音书滞一乡。

（“思”读 sì）

自河南经乱，关内阻饥，兄弟离散，各在一方，因望月有感，聊书所怀

白居易

时难年荒世业空，弟兄羁旅各西东。

田园寥落干戈后，骨肉流离道路中。

吊影分为千里雁，辞根散作九秋蓬。

共看明月应垂泪，一夜乡心五处同。

（"难"读 nàn，"看"读 kān）

村居初夏

陆　游

天遣为农老故乡，山园三亩镜湖旁。

嫩莎经雨如秧绿，小蝶穿花似茧黄。

斗酒只鸡人笑乐，十风五雨岁丰穰。

相逢但喜桑麻长，欲话穷通已两忘。

（"忘"读 wáng）

这种格式也很常见。

（四）首句仄起仄收式

　　仄仄平平平仄仄，平平仄仄仄平平。

　　平平仄仄平平仄，仄仄平平仄仄平。

　　仄仄平平平仄仄，平平仄仄仄平平。

　　平平仄仄平平仄，仄仄平平仄仄平。

闻官军收河南河北

杜　甫

剑外忽传收蓟北，初闻涕泪满衣裳。

却看妻子愁何在？漫卷诗书喜欲狂。

白日放歌须纵酒，青春作伴好还乡。

即从巴峡穿巫峡，便下襄阳向洛阳。

（"裳"读 cháng，"看"读 kān）

再授连州至衡阳酬柳柳州赠别

刘禹锡

去国十年同赴召，渡湘千里又分歧。

重临事异黄丞相，三黜名惭柳士师。

归目并随回雁尽，愁肠正遇断猿时。

桂江东过连山下，相望长吟有所思。

七言绝句是七言律诗的一半，所以也有四种平仄格式，如下：

（一）首句平起平收式

㊄平㊄仄仄平平，㊄仄平平仄仄平。

㊄仄㊄平平仄仄，㊄平㊄仄仄平平。

凉州词

王　翰

葡萄美酒夜光杯，欲饮琵琶马上催。

醉卧沙场君莫笑，古来征战几人回？

早发白帝城

李　白

朝辞白帝彩云间，千里江陵一日还。

两岸猿声啼不住，轻舟已过万重山。

将赴吴兴登乐游原

杜　牧

清时有味是无能，闲爱孤云静爱僧。

欲把一麾江海去，乐游原上望昭陵。

泊秦淮

杜 牧

烟笼寒水月笼沙,夜泊秦淮近酒家。
商女不知亡国恨,隔江犹唱后庭花。

从军行

王昌龄

秦时明月汉时关,万里长征人未还。
但使龙城飞将在,不教胡马度阴山。

("教"读 jiāo)

军城早秋

严 武

昨夜秋风入汉关,朔云边月满西山。
更催飞将追骄虏,莫遣沙场匹马还。

这种格式最为常见。

(二)首句平起仄收式

㊝平㊉仄平平仄,㊉仄平平仄仄平。

㊉仄㊝平平仄仄,㊝平㊉仄仄平平。

大林寺桃花①

白居易

人间四月芳菲尽,山寺桃花始盛开。
长恨春归无觅处,不知转入此中来。

———————

① 编者注:文集本此为刘禹锡的《赏牡丹》。

忆江柳

白居易

曾栽杨柳江南岸，一别江南两度春。
遥忆青青江岸上，不知攀折是何人。

（三）首句仄起平收式

⊘仄平平仄仄平，⊕平⊗仄仄平平。
⊕平⊗仄平平仄，⊘仄平平仄仄平。

芙蓉楼送辛渐

王昌龄

寒雨连江夜入吴，平明送客楚山孤。
洛阳亲友如相问，一片冰心在玉壶。

赤　壁

杜　牧

折戟沉沙铁未销，自将磨洗认前朝。
东风不与周郎便，铜雀春深锁二乔。

秋　夕

杜　牧

银烛秋光冷画屏，轻罗小扇扑流萤。
天阶夜色凉如水，卧①看牵牛织女星。

江村即事

司空曙

钓罢归来不系船，江村月落正堪眠。

---

① 卧，一作"坐"。

纵然一夜风吹去,只在芦花浅水边。

山 行

杜 牧

远上寒山石径斜,白云深处有人家。
停车坐爱枫林晚,霜叶红于二月花。

贾 生

李商隐

宣室求贤访逐臣,贾生才调更无伦。
可怜夜半虚前席,不问苍生问鬼神。

夜雨寄北

李商隐

君问归期未有期,巴山夜雨涨秋池。
何当共剪西窗烛,却话巴山夜雨时。

这种格式也很常见。

(四)首句仄起仄收式

㊣仄㊤平平仄仄,㊤㊤仄仄仄平平。
㊤平㊣仄平平仄,㊣仄平平仄仄平。

九月九日忆山东兄弟

王 维

独在异乡为异客,每逢佳节倍思亲。
遥知兄弟登高处,遍插茱萸少一人。

赠刘景文

苏 轼

荷尽已无擎雨盖,菊残犹有傲霜枝。

一年好景君须记，最是橙黄橘绿时。

第三节　平仄的变格

关于七言律诗、绝句的平仄，前人有个口诀，说的是："一三五不论，二四六分明。"意思是说，在七字句中，第一、三、五字的平仄可以不拘，第二、四、六字的平仄必须分别清楚，该平的不能仄，该仄的不能平。由此类推，在五字句中，应该是"一三不论，二四分明"。这个口诀是不全面的，引起许多人的误解。在本节里，我们讨论"一三五不论"的问题。

上文说过，五律、五绝、七律、七绝都有四个句型，即：

（一）平仄脚（五言⑪仄平平仄，七言⑭平⑪仄平平仄）；

（二）仄仄脚（五言⑭平平仄仄，七言⑪仄⑭平平仄仄）；

（三）平平脚（五言⑪仄仄平平，七言⑭平⑪仄仄平平）；

（四）仄平脚（五言平平仄仄平，七言⑪仄平平仄仄平）。

这四个句型有不同情况，四种句型第五字（五言第三字）的平仄以论为常格，不论为变格；第四种（仄平脚）句型第三字（五言第一字）必须用平声，否则叫做犯孤平①。

下面分别举例说明四种句型的平仄变格。

（一）平仄脚句型，五言第三字、七言第五字，以平声为正格，仄声为变格，例如：

---

① "孤平"是个旧术语，指七字句仄仄仄平仄仄平。除韵脚外，只有一个平声字，所以叫做孤平。这个术语容易误解，以为别的句型也有孤平（如五言仄仄平平平）。这里沿用旧术语，只是为了证明这种格律是传统的。科举时代，试帖诗犯孤平就算不及格。

送友人

李 白

青山横北郭,白水绕东城。

此地一为别,孤蓬万里征。

浮云游子意,落日故人情。

挥手自兹去,萧萧班马鸣。

("一、自"字宜平而仄)

辋川闲居赠裴秀才迪

王 维

寒山转苍翠,秋水日潺湲。

倚杖柴门外,临风听暮蝉。

渡头余落日,墟里上孤烟。

复值接舆醉,狂歌五柳前。

("接"字宜平而仄)

这种变格相当少见。如果出现的话,往往在下句同一位置上用一个平声字作为补偿,见下文第七节"拗救"。

(二)仄仄脚句型,五言第三字、七言第五字,以平声为正格,仄声为变格,例如:

次北固山下

王 湾

客路青山外,行舟绿水前。

潮平两岸阔,风正一帆悬。

海日生残夜,江春入旧年。

乡书何处达?归雁洛阳边。

("两"字宜平而仄)

破山寺后禅院

常　建

清晨入古寺，初日照高林。
曲径通幽处，禅房花木深。
山光悦鸟性，潭影空人心。
万籁此俱寂，惟闻钟磬音。

（"入、悦"宜平而仄）

蜀先主庙

刘禹锡

天地英雄气，千秋尚凛然。
势分三足鼎，业复五铢钱。
得相能开国，生儿不象贤。
凄凉蜀故妓，来舞魏宫前。

（"蜀"字宜平而仄）

八阵图

杜　甫

功盖三分国，名成八阵图。
江流石不转，遗恨失吞吴。

（"石"字宜平而仄）

南　邻

杜　甫

锦里先生乌角巾，园收芋栗未全贫。
惯看宾客儿童喜，得食阶除鸟雀驯。
秋水才深四五尺，野航恰受两三人。

白沙翠竹江村暮,相送柴门月色新。

("看"读 kān,"四"字宜平而仄)

咏怀古迹(其二)

杜 甫

摇落深知宋玉悲,风流儒雅亦吾师。
怅望千秋一洒泪,萧条异代不同时。
江山故宅空文藻,云雨荒台岂梦思?
最是楚宫俱泯灭,舟人指点到今疑。

("俱"读 jū,"一"字宜平而仄)

这种变格相当常见,但是有一个条件,就是五言第一字必平,七言第三字必平。

(三)平平脚句型,五言第三字、七言第五字,原则上要用仄声,用平声的是罕见的例外,例如:

终南望余雪①

祖 咏

终南阴岭秀,积雪浮云端。
林表明霁色,城中增暮寒。

("浮"字宜仄而平)

锦 瑟

李商隐

锦瑟无端五十弦,一弦一柱思华年②。

---

① 这首诗也可以认为是古绝(见下文),那么就没有变格的问题。
② "思"字有平、去两读,这里的"思"字也可以认为义从平声,字读去声,那么也就没有变格的问题。

庄生晓梦迷蝴蝶,望帝春心托杜鹃。

沧海月明珠有泪,蓝田日暖玉生烟。

此情可待成追忆? 只是当时已惘然。

（"思"字宜仄而平）

（四）仄平脚句型,五言第三字、七言第五字,以仄声为正格,平声为变格,例如：

谷口书斋寄杨补阙

钱　起

泉壑带茅茨,云霞生薜帷。

竹怜新雨后,山爱夕阳时。

闲鹭栖常早,秋花落更迟。

家童扫萝径,昨与故人期。

（"生"字宜仄而平）

登　楼

杜　甫

花近高楼伤客心,万方多难此登临。

锦江春色来天地,玉垒浮云变古今。

北极朝廷终不改,西山寇盗莫相侵。

可怜后主还祠庙,日暮聊为梁父吟。

（"难"读 nàn,"伤、梁"字宜仄而平）

秋　兴（选二首）

杜　甫

玉露凋伤枫树林,巫山巫峡气萧森。

江间波浪兼天涌,塞上风云接地阴。

丛菊两开他日泪，孤舟一系故园心。

寒衣处处催刀尺，白帝城高急暮砧。

（"枫"字宜仄而平）

夔府孤城落日斜，每依北斗望京华。

听猿实下三声泪，奉使虚随八月槎。

画省香炉违伏枕，山楼粉堞隐悲笳。

请看石上藤萝月，已映洲前芦荻花。

（"看"读 kān，"芦"字宜仄而平）

在四个句型中，这种变格最为常见。

在上述四种平仄变格之外，还有一种特定的变格，那就是把仄仄脚句型，五言第三、四两字平仄对调，七言第五、六两字平仄对调，即五言成为平平仄平仄，七言成为（仄）仄平平仄平仄，例如：

见于第一句者：

天末怀李白

杜　甫

凉风起天末，君子意如何？

鸿雁几时到，江湖秋水多。

文章憎命达，魑魅喜人过。

应共冤魂语，投诗赠汨罗。

别房太尉墓

杜　甫

他乡复行役，驻马别孤坟。

近泪无干土，低空有断云。

对棋陪谢傅，把酒觅徐君。

唯见林花落,莺啼送客闻。

咏怀古迹

杜　甫

蜀主征吴幸三峡,崩年亦在永安宫。
翠华想象空山里,玉殿虚无野寺中。
古庙杉松巢水鹤,岁时伏腊走村翁。
武侯祠屋长邻近,一体君臣祭祀同。

见于第一、五句者:

过故人庄

孟浩然

故人具鸡黍,邀我至田家。
绿树村边合,青山郭外斜。
开轩面场圃,把酒话桑麻。
待到重阳日,还来就菊花。

见于第三句者:

秋　兴(其五)

杜　甫

蓬莱宫阙对南山,承露金茎霄汉间。
西望瑶池降王母,东来紫气满函关。
云移雉尾开宫扇,日绕龙鳞识圣颜。
一卧沧江惊岁晚,几回青琐点朝班。

("降"读 jiàng)

见于第三、七句者：

夜泊牛渚怀古

李　白

牛渚西江夜，青天无片云。
登舟望秋月，空忆谢将军。
余亦能高咏，斯人不可闻。
明朝挂帆去，枫叶落纷纷。

月　夜

杜　甫

今夜鄜州月，闺中只独看。
遥怜小儿女，未解忆长安。
香雾云鬟湿，清辉玉臂寒。
何时倚虚幌，双照泪痕干？

（"看"读 kān）

见于第五句者：

咏怀古迹（其五）

杜　甫

诸葛大名垂宇宙，宗臣遗像肃清高。
三分割据纡筹策，万古云霄一羽毛。
伯仲之间见伊吕，指挥若定失萧曹。
运移汉祚终难复，志决身歼军务劳。

这种变格以出现于第七句为常（绝句出现于第三句），一直沿用到现代，例如：

观　猎

王　维

风劲角弓鸣，将军猎渭城。
草枯鹰眼疾，雪尽马蹄轻。
忽过新丰市，还归细柳营。
回看射雕处，千里暮云平。

（"看"读 kān）

渡荆门送别

李　白

渡远荆门外，来从楚国游。
山随平野尽，江入大荒流。
月下飞天镜，云生结海楼。
仍怜故乡水，万里送行舟。

汉江临眺

王　维

楚塞三湘接，荆门九派通。
江流天地外，山色有无中。
郡邑浮前浦，波澜动远空。
襄阳好风日，留醉与山翁。

宿　府

杜　甫

清秋幕府井梧寒，独宿江城蜡炬残。
永夜角声悲自语，中天月色好谁看？
风尘荏苒音书绝，关塞萧条行路难。

已忍伶俜十年事，强移栖息一枝安。

（“看”读 kān）

咏怀古迹（其一）

杜　甫

支离东北风尘际，漂泊西南天地间。
三峡楼台淹日月，五溪衣服共云山。
羯胡事主终无赖，词客哀时且未还。
庾信平生最萧瑟，暮年诗赋动江关。

咏怀古迹（其三）

杜　甫

群山万壑赴荆门，生长明妃尚有村。
一去紫台连朔漠，独留青冢向黄昏。
画图省识春风面，环佩空归月夜魂。
千载琵琶作胡语，分明怨恨曲中论。

（“论”读 lún）

无　题

李商隐

重帏深下莫愁堂，卧后清宵细细长。
神女生涯原是梦，小姑居处本无郎。
风波不信菱枝弱，月露谁教桂叶香？
直道相思了无益，未妨惆怅是清狂。

（“教”读 jiāo）

江南逢李龟年

杜　甫

岐王宅里寻常见，崔九堂前几度闻。

正是江南好风景，落花时节又逢君。

寄令狐郎中

李商隐

嵩云秦树久离居，双鲤迢迢一纸书。

休问梁园旧宾客，茂陵秋雨病相如。

金谷园

杜　牧

繁华事散逐香尘，流水无情草自春。

日暮东风怨啼鸟，落花犹似坠楼人。

　　这种特定的变格和上述仄仄脚的变格一样，有一个条件，就是五言第一字、七言第三字必须用平声①。

第四节　对和粘

　　律诗八句，分为四联。第一联叫做首联，第二联叫做颔联，第三联叫做颈联，第四联叫做尾联。每联的上句叫做出句，下句叫做对句。上句和下句的平仄关系，叫做对；前联和后联的平仄关系，叫做粘（nián）。

　　下句的平仄和上句的平仄相反，即相对立，所以叫做对。后联出

_____

① 第一句有个别例外，如孟浩然《过故人庄》："故人具鸡黍，邀我至田家。"杜甫《登岳阳楼》："昔闻洞庭水，今上岳阳楼。"

句的平仄和前联对句的平仄相同，所以叫做粘。由于出句末字是仄声，对句末字是平声，后联的平仄不可能与前联的平仄完全相同，所以只能以后联出句第二字的平仄与前联对句第二字的平仄相同作为粘的标准。当然，如果是七言，第四字也要粘，例如：

旅夜书怀

杜　甫

细草微风岸，	危樯独夜舟。
⊙仄平平仄，	平平仄仄平。（对）
星垂平野阔，	月涌大江流。
⊙平平仄仄，（粘）	⊙仄仄平平。（对）
名岂文章著？	官应老病休。
⊙仄平平仄，（粘）	平平仄仄平。（对）
飘飘何所似？	天地一沙鸥。
⊙平平仄仄，（粘）	⊙仄仄平平。（对）

无　题

李商隐

相见时难别亦难，	东风无力百花残。
⊙仄平平仄仄平，	⊙平⊙仄仄平平。（对）
春蚕到死丝方尽，	蜡炬成灰泪始干。
⊙平⊙仄平平仄，（粘）	⊙仄平平仄仄平。（对）
晓镜但愁云鬓改，	夜吟应觉月光寒。
⊙仄⊙平平仄仄，（粘）	⊙平⊙仄仄平平。（对）
蓬山此去无多路，	青鸟殷勤为探看。
⊙平⊙仄平平仄，（粘）	仄仄平平仄仄平。（对）

　　绝句是律诗的一半,所以绝句的对和粘也与律诗的对和粘相同,例如:

塞下曲

卢　纶

　　月黑雁飞高,　　单于夜遁逃。

　　⊗仄仄平平,　　平平仄仄平。(对)

　　欲将轻骑逐,　　大雪满弓刀。

　　⊕平平仄仄,(粘)⊗仄仄平平。(对)

赠　别

杜　牧

　　多情却似总无情,　　唯觉尊前笑不成。

　　⊕平⊗仄仄平平,　　⊗仄平平仄仄平。(对)

　　蜡烛有心还惜别,　　替人垂泪到天明。

　　⊗仄⊕平平仄仄,(粘)⊗平⊗仄仄平平。(对)

　　长律的平仄也是依照对和粘的格律。即使长达一百韵(一百联),只要我们知道首句第二字的平仄,全诗的平仄都可以推知。

　　律诗绝句不合对和粘的格律者,叫做失对、失粘。在唐宋五言律绝中,失对的情况非常罕见,现在只举一个例子:

忆　弟

杜　甫

　　且喜河南定,　　不问邺城围。

　　⊗仄平平仄,　　仄仄仄仄平平。(失对)

　　百战今谁在?　　三年望汝归。

　　⊗仄平平仄,(粘)平平仄仄平。(对)

　　　故园花自发，　　春日鸟还飞。

　　　平平平仄仄，(粘)仄仄仄平平。(对)

　　　断绝人烟久，　　东西消息稀。

　　　⊕仄平平仄，(粘)平平平仄平。(对)

七言律绝中，甚至是没有。

　　失粘的情况，初唐、盛唐有一些，例如：

送著作佐郎崔融等从梁王东征

陈子昂

　　　金天方肃杀，　　白露始专征。

　　　平平平仄仄，　　仄仄仄平平。(对)

　　　王师非乐战，　　之子慎佳兵。

　　　⊕平平仄仄，(失粘)⊕仄仄平平。(对)

　　　海气侵南郡，　　边风扫北平。

　　　⊕仄平平仄，(粘)　平平仄仄平。(对)

　　　莫卖卢龙塞，　　归邀麟阁名。

　　　⊕仄平平仄，(失粘)平平仄仄平。(对)

出　塞

王　维

　　　居延城外猎天骄，　白草连山野火烧。

　　　⊕平⊕仄仄平平，　⊕仄平平仄仄平。(对)

　　　暮云空碛时驱马，　秋日平原好射雕。

　　　⊕平⊕仄平平仄，(失粘)⊕仄平平仄仄平。(对)

　　　护羌校尉朝乘障，　破虏将军夜渡辽。

　　　⊕平⊕仄平平仄，(失粘)⊕仄平平仄仄平。(对)

玉靶角弓珠勒马， 汉家将赐霍嫖姚。

仄仄平平平仄仄，(粘) 平平仄仄仄平平。(对)

送元二使安西

王　维

渭城朝雨浥轻尘， 客舍青青柳色新。

平平仄仄仄平平， 仄仄平平仄仄平。(对)

劝君更尽一杯酒， 西出阳关无故人。

平平仄仄仄平仄，(失粘)仄仄平平平仄平。(对)

滁州西涧

韦应物

独怜幽草涧边生， 上有黄鹂深树鸣。

平平仄仄仄平平， 仄仄平平平仄平。(对)

春潮带雨晚来急， 野渡无人舟自横。

平平仄仄平平仄，(失粘)仄仄平平平仄平。(对)

中唐以后渐少，乃至于没有了。

第五节　拗句和拗体

古人把律诗中不合平仄的句子称为拗句。初唐、盛唐某些诗人的律绝中出现一些拗句，例如：

望洞庭湖赠张丞相

孟浩然

八月湖水平， 涵虚混太清。("湖、水"二字拗)

仄仄仄平平， 平平仄仄平。

气蒸云梦泽，　波撼岳阳城。

⊕平平仄仄，　⊗仄仄平平。

欲济无舟楫，　端居耻圣明。

⊗仄平平仄，　平平仄仄平。

坐观垂钓者，　徒有羡鱼情。

⊕平平仄仄，　⊗仄仄平平。

黄鹤楼

崔　颢

昔人已乘黄鹤去，　此地空余黄鹤楼。（"乘、鹤"二字拗）

⊕平⊗仄平平仄，　⊗仄平平平仄平。

黄鹤一去不复返，　白云千载空悠悠。（"去、不"二字拗）

⊗仄⊕平平平仄，　⊕平⊗仄仄平平。

晴川历历汉阳树，　芳草萋萋鹦鹉洲①。

⊕平⊗仄平平仄，　⊗仄平平平仄平。

日暮乡关何处是，　烟波江上使人愁。

⊗仄⊕平平平仄，　⊕平⊗仄仄平平。

　　全诗用拗句或大部分用拗句，叫做拗体。杜甫、苏轼等诗人都写过拗体律诗，例如：

崔氏东山草堂

杜　甫

爱汝玉山草堂静，　高秋爽气相鲜新②。（"草、堂"二字拗）

---

① 严格地说，第二句"黄"字、第四句"空"字、第五句"汉"字、第六句"鹦"字都算拗，但"汉"与"鹦"是拗救，参看下节。

② 严格地说，"相"字也算拗。

Ⓒ仄Ⓟ平平仄仄，　　Ⓟ平Ⓒ仄仄平平。

有时自发钟磬响，　落日更见渔樵人。("磬、更见渔樵"拗)

Ⓟ平Ⓒ仄平平仄，　Ⓒ仄平平仄仄平。

盘剥白鸦谷口栗，　饭煮青泥坊底芹①。("谷"字拗)

Ⓒ仄Ⓟ平仄仄平，　Ⓒ仄平平仄仄平(失对)。

何为西庄王给事，　柴门空闭锁松筠。

Ⓒ仄Ⓟ平平仄仄，　Ⓟ平Ⓒ仄仄平平。

寿星院寒碧轩

苏　轼

清风肃肃摇窗扉，　窗前修竹一尺围。("摇、尺"拗)

Ⓟ平Ⓒ仄仄平平，　Ⓟ平Ⓒ仄仄平平。(失对)

纷纷苍雪落夏簟，　冉冉绿雾沾人衣。("落夏、绿雾沾人"拗)

Ⓟ平Ⓒ仄平平仄，　Ⓒ仄平平仄仄平。

日高山蝉抱叶响，　人静翠羽穿林飞。("蝉抱叶、翠羽穿林"拗)

Ⓟ平Ⓒ仄平平仄，(失粘)Ⓒ仄平平仄仄平。

道人绝粒对寒碧，　为问鹤骨何缘肥。("对、鹤骨何缘"拗)

Ⓟ平Ⓒ仄平平仄，(失粘)Ⓒ仄平平仄仄平。

第六节　拗　救

　　律诗中虽然出现了拗句，但诗人有补救的办法，这就是拗救。所谓拗救，就是前面该用平声的地方用了仄声字，就在后面适当的地方用一个

---

① 严格地说，"坊"字也算拗。

平声字作为补偿。拗救有两种:第一种是本句自救,第二种是对句相救。

(一)本句自救,就是孤平拗救。前面说过,在律诗、绝句中,仄平脚的句型,五言第一字、七言第三字必须用平声,否则叫做犯孤平。但是,如果在五言第三字、七言第五字用个平声字作为补偿,也就没有毛病了。这叫做孤平拗救,例如:

寄江滔求孟六遗文

刘眘虚

南望襄阳路,思君情转亲。
偏知汉水广,应与孟家邻。
在日贪为善,昨来闻更贫。(拗救)
相如有遗草,一为问家人。

宿五松山下荀媪家

李　白

我宿五松下,寂寥无所欢。(拗救)
田家秋作苦,邻女夜春寒。
跪进雕胡饭,月光明素盘。(拗救)
令人惭漂母,三谢不能餐。

夜宿山寺

李　白

危楼高百尺,手可摘星辰。
不敢高声语,恐惊天上人。(拗救)

遣悲怀

元　稹

闲坐悲君亦自悲,百年多是几多时?

邓攸无子寻知命,潘岳悼亡犹费词。(拗救)

同穴窅冥何所望? 他生缘会更难期。

唯将终夜常开眼,报答平生未展眉。

(二)对句相救又分两种: (甲)大拗必救;(乙)小拗可救可不救。

(甲)大拗必救,指的是出句平仄脚句型,五言第四字拗、七言第六字拗,必须在对句的五言第三字、七言第五字用一个平声字作为补偿,例如:

奉济驿重送严公

杜　甫

远送从此别,青山空复情。(拗救)

几时杯重把?昨夜月同行。

列郡讴歌惜,三朝出入荣。

江村独归去,寂寞养残生。

("重"字,义从平声,字读上声)

孤　雁

杜　甫

孤雁不饮啄,飞鸣声念群。(拗救)

谁怜一片影,相失万重云。

望尽似犹见,哀多如更闻。

野鸦无意绪,鸣噪自纷纷。

草

白居易

离离原上草,一岁一枯荣。

野火烧不尽,春风吹又生。(拗救)

远芳侵古道,晴翠接荒城。

又送王孙去,萋萋满别情。

登乐游原

李商隐

向晚意不适,驱车登古原。(拗救)

夕阳无限好,只是近黄昏。

（乙）小拗可救可不救,指的是出句平仄脚句型,五言第三字拗、七言第五字拗,可以在对句五言第三字、七言第五字用一个平声字作为补偿。这种小拗可以不救（见上节"平仄的变格"）;但是,诗人往往在这种地方用救,例如:

赠孟浩然

李　白

吾爱孟夫子,风流天下闻。(拗救)

红颜弃轩冕,白首卧松云。

醉月频中圣,迷花不事君。

高山安可仰? 从此揖清芬。

祖　席

韩　愈

淮南悲木落,而我亦伤秋。

况与故人别,那堪羁宦愁。(拗救)

荣华今异路,风雨昔同忧。

莫以宜春远,江山多胜游。

（"那"读 nuó）

送友人

李　白

青山横北郭,白水绕东城。

此地一为别,孤蓬万里征。(未救)

浮云游子意,落日故人情。

挥手自兹去,萧萧班马鸣。(拗救)

留别王维

孟浩然

寂寂竟何待? 朝朝空自归。(拗救)

欲寻芳草去,惜与故人违。

当路谁相假? 知音世所稀。

祇应守寂寞,还掩故园扉。

在许多情况下,本句自救(孤平拗救)是和对句相救同时并用的,例如:

(甲)大拗和孤平拗救并用:

与诸子登岘山

孟浩然

人事有代谢,往来成古今。(大拗,孤平救)

江山留胜迹,我辈复登临。

水落鱼梁浅,天寒梦泽深。

羊公碑尚在,读罢泪沾襟。

除夜有怀

崔　涂

迢递三巴路,羁危万里身。

乱山残雪夜，孤独异乡人。

渐与骨肉远，转于僮仆亲。（大拗，孤平救）

那堪正漂泊，明日岁华新。

（"那"读 nuó）

落　花

李商隐

高阁客竟去，小园花乱飞。（大拗，孤平救）

参差连曲陌，迢递送斜晖。

肠断未忍扫，眼穿仍欲归。（大拗，孤平救）

芳心向春尽，所得是沾衣。

夜泊水村

陆　游

腰间羽箭久凋零，太息燕然未勒铭。

老子犹堪绝大漠，诸君何至泣新亭？

一身报国有万死，双鬓向人无再青。（大拗，孤平救）

记取江湖泊船处，卧闻新雁落寒汀。

（"燕"读 yān）

（乙）小拗和孤平拗救并用：

早寒有怀

孟浩然

木落雁南渡，北风江上寒。（小拗，孤平救）

我家襄水曲，遥隔楚云端。

乡泪客中尽，孤帆天际看。（小拗救）

迷津欲有问，平海夕漫漫。

（"看"读 kān，"漫"读 mán）

送人东游

温庭筠

荒戍落黄叶,浩然离故关。(小拗,孤平救)

高风汉阳渡,初日郢门山。

江上几人在,天涯孤棹还。(小拗救)

何当重相见,樽酒慰离颜。

("重"读 zhòng)

喜外弟卢纶见宿

司空曙

静夜四无邻,荒居旧业贫。

雨中黄叶树,灯下白头人。

以我独沉久,愧君相见频。(小拗,孤平救)

平生自有分,况是霍家亲!

("分"读 fèn)

咸阳城东楼

许　浑

一上高城万里愁,蒹葭杨柳似汀洲。

溪云初起日沉阁,山雨欲来风满楼。(小拗,孤平救)

鸟下绿芜秦苑夕,蝉鸣黄叶汉宫秋。

行人莫问当年事,故国东来渭水流。

新城道中(选一)

苏　轼

东风知我欲山行,吹断檐间滴雨声。

岭上晴云披絮帽,树头初日挂铜钲。

野桃含笑竹篱短，溪柳自摇沙水清。（小拗，孤平救）

西崦①人家应最乐，煮葵烧笋饷春耕。

回乡偶书

贺知章

少小离家老大回，乡音无改鬓毛摧②。

儿童相见不相识，笑问客从何处来。（小拗，孤平救）

（丙）小拗、大拗、孤平拗救同时并用：

蕃　剑

杜　甫

致此自僻远，又非珠玉装。（小拗，大拗，孤平救）

如何有奇怪，每夜吐光芒。

虎气必腾上，龙身宁久藏。（小拗救）

风尘苦未息，持汝奉明王。

唐人善用拗救的格律，拗救的情况相当常见。宋代以后，除苏轼、陆游几个大家外，就很罕见了。

第七节　古体诗的平仄

从前人们以为古体诗是不讲究平仄的。后来清代赵执信著《声调谱》，证明古体诗也有平仄的讲究，不过古体诗的平仄和今体诗的平仄大不相同。就五言、七言的三字脚来说，就有下列的四种格式：

仄平仄；

---

① 崦，读如"掩"（yǎn），上声。

② 摧，各本作"衰"，今依沈德潜《唐诗别裁》作"摧"。

仄仄仄；

平仄平；

平平平。

例如：

下终南山过斛斯山人宿置酒

李　白

暮从碧山下，（仄平仄）

山月随人归。（平平平）

却顾所来径，（仄平仄）

苍苍横翠微。（平仄平）

相携及田家，

童稚开荆扉。（平平平）

绿竹入幽径，（仄平仄）

青萝拂行衣。

欢言得所憩，（仄仄仄）

美酒聊共挥。（平仄平）

长歌吟松风，（平平平）

曲尽河星稀。（平平平）

我醉君复乐，

陶然共忘机。　　　　　（"忘"读 wáng）

梦李白

杜　甫

死别已吞声，

生别长恻恻。

江南瘴疠地，（仄仄仄）

逐客无消息。

故人入我梦，（仄仄仄）

明我长相忆。

君今在罗网，（仄平仄）

何以有羽翼。（仄仄仄）

恐非平生魂，（平平平）

路远不可测。（仄仄仄）

魂来枫林青，（平平平）

魂返关塞黑。

落月满屋梁，

犹疑照颜色。（仄平仄）

水深波浪阔，

无使蛟龙得。

韩　碑

李商隐

元和天子神武姿，　（平仄平）

彼何人哉轩与羲。　（平仄平）

誓将上雪列圣耻，　（仄仄仄）

坐法宫中朝四夷。　（平仄平）

淮西有贼五十载，　（仄仄仄）

封狼生貙貙生罴。　（平平平）

不据山河据平地，　（仄平仄）

长戈利矛日可麾。

帝得圣相相曰度，　（仄仄仄）

贼斫不死神扶持。　（平平平）

腰悬相印作都统，（仄平仄）
阴风惨澹天王旗。（平平平）
愬武古通作牙爪，（仄平仄）
仪曹外郎载笔随。
行军司马智且勇，（仄仄仄）
十四万众犹虎貔。（平仄平）
入蔡缚贼献太庙，（仄仄仄）
功无与让恩不訾[①]。（平仄平）
帝曰"汝度功第一，
汝从事愈宜为辞"。（平平平）
愈拜稽首蹈且舞，（仄仄仄）
"金石刻画臣能为。（平平平）
古者世称大手笔，（仄仄仄）
此事不系于职司。（平仄平）
当仁自古有不让"，（仄仄仄）
言讫屡颔天子颐。（平仄平）
公退斋戒坐小阁，（仄仄仄）
濡染大笔何淋漓。（平平平）
点窜尧典舜典字，（仄仄仄）
涂改清庙生民诗。（平平平）
文成破体书在纸，
清晨再拜铺丹墀。（平平平）
表曰"臣愈昧死上"，（仄仄仄）
咏神圣功书之碑。（平平平）

---

① 訾，读如"资"（zī），平声。

碑高三丈字如斗，　　（仄平仄）

负以灵鳌蟠以螭。　　（平仄平）

句奇语重喻者少，　　（仄仄仄）

谗之天子言其私。　　（平平平）

长绳百尺拽碑倒，　　（仄平仄）

粗沙大石相磨治①。（平平平）

公之斯文若元气，　　（仄平仄）

先时已入人肝脾。　　（平平平）

汤盘孔鼎有述作，　　（仄仄仄）

今无其器存其辞。　　（平平平）

呜呼圣皇及圣相，　　（仄仄仄）

相与炬赫流淳熙。　　（平平平）

公之斯文不示后，　　（仄仄仄）

曷与三五相攀追？（平平平）

愿书万本诵万遍，　　（仄仄仄）

口角流沫右手胝。

传之七十有二代，　　（仄仄仄）

以为封禅玉检明堂基。（平平平）

　　在四种三字脚当中，最常见的是平平平，叫做三平调。三平调是古体诗的典型。上面所举李白诗中的"随人归、开荆扉、吟松风、河星稀"，杜甫诗中的"平生魂、枫林青"，李商隐诗中的"豿生黑、神扶持、天王旗、宜为辞、臣能为、何淋漓、生民诗、铺丹墀、书之碑、言其私、相磨治、人肝脾、存其辞、流淳熙、相攀追、明堂基"等，都是三平调，可见不是偶然的。

---

①　治，读如"持"（chí），平声。

　　拗句是古体诗的特点①。上面所举李白诗中的"暮从碧山下、相携及田家、青萝拂行衣、美酒聊共挥、长歌吟松风、我醉君复乐、陶然共忘机",杜甫诗中的"生别长恻恻、何以有羽翼、恐非平生魂、路远不可测、魂来枫林青、魂返关塞黑、落月满屋梁",李商隐诗中的"元和天子神武姿、彼何人哉轩与羲、誓将上雪列圣耻、淮西有贼五十载、封狼生貙貙生罴、长戈利矛日可麾"等等,都是拗句。

　　凡诗,如果全篇用拗句,或者大部分用拗句同时运用仄韵,即使句数、字数与律诗相同(五言40字,七言56字),也应该认为是古体诗,例如:

望　岳

杜　甫

岱宗夫如何,(拗)　　齐鲁青未了。(拗)

造化钟神秀,　　　　阴阳割昏晓。

荡胸生层云,(拗)　　决眦入归鸟。

会当凌绝顶,　　　　一览众山小。

　　有些古体诗也讲究对和粘。当然,古体诗的对和粘,只能以每句的第二字为准,因为有许多拗句,第四字(七言还有第六字)就不能有对和粘了,例如上面所举杜甫《望岳》,"鲁"与"宗"是对,"化"与"鲁"是粘,"阳"与"化"是对,"胸"与"阳"是粘,"眦"与"胸"是对,"览"与"当"是对。但这种对和粘不是硬性规定的,例如杜甫《望岳》第七句的"当"(平声)和第六句的"眦"(仄声)就不粘。下面举出一首完全粘对的古体诗。

宿业师山房待丁大不至

孟浩然

夕阳度西岭,　　　　群壑倏已暝。(对)

---

① 古体诗无所谓拗句。这里所谓拗句,指非律句。

松月生夜凉,(粘)　风泉满清听。(对)

樵人归欲尽,(粘)　烟鸟栖初定。(对)

之子期宿来,(粘)　孤琴候萝径。(对)

总的说来,古体诗不讲粘对的较多。讲粘对的古体诗,大约是受今体诗格律的影响。

第八节　入律的古风

上文说过,古体诗的平仄和今体诗的平仄不同。但是,有一种古体诗用的今体诗的平仄,叫做入律的古风。入律的古风有三个特点:

(一)全诗用律句或基本上用律句(通常是七言);

(二)换韵,而且往往是平仄韵交替;

(三)往往是四句一换韵,换韵后第一句入韵,全诗好像是许多首七绝的组合,例如:

桃源行

王　维

渔舟逐水爱山春,(律)　两岸桃花夹古津。(律)

坐看红树不知远,(律)　行尽青溪忽值人。(律)

山口潜行始隈隩①,(律)　山开旷望旋平陆。(律)

遥看一处攒云树,(律)　近入千家散花竹。(律)

樵客初传汉姓名,(律)　居人未改秦衣服。(律)

居人共住武陵源,(律)　还从物外起田园。(律)

---

① “山口”句、“近入”句、“竞引”句、“峡里”句、“出洞”句为特定变格仄仄平平仄平仄,也算律句。

月明松下房栊静,(律)　日出云中鸡犬喧。(律)

惊闻俗客争来集,(律)　竞引还家问都邑。(律)

平明间巷扫花开,(律)　薄暮渔樵乘水入。(律)

初因避地去人间,(律)　及至成仙遂不还。(律)

峡里谁知有人事,(律)　世中遥望空云山。(律)

不疑灵境难闻见,(律)　尘心未尽思乡县。(律)

出洞无论隔山水,(律)　辞家终拟长游衍。(律)

自谓经过旧不迷,(律)　安知峰壑今来变。(律)

当时只记入山深,(律)　青溪几度到云林。(律)

春来遍是桃花水,(律)　不辨仙源何处寻。(律)

（"看"读 kān，"论"读 lún，"过"读 guō。）

白居易的《长恨歌》《琵琶行》,元稹《连昌宫词》等,属于入律的古风一类。这里为篇幅所限,不具引。

第九节　古　绝

绝句起源于律诗之前。唐以前的绝句不讲平仄,也可以押仄韵。唐以后,诗人们也写这种绝句。后人把今体的绝句称为律绝,古体的绝句称为古绝。古绝多用拗句,有些古绝还用仄韵,例如:

（一）平韵古绝:

静夜思

李　白

床前明月光,　　疑是地上霜。(拗)

举头望明月,(失粘) 低头思故乡。(失对)

怨　情

李　白

美人卷珠帘,(拗)　　深坐颦蛾眉。(三平调)

但见泪痕湿,　　　　不知心恨谁。

(二)仄韵古绝:

送崔九

裴　迪

归山深浅去,　　须尽邱壑美。(拗)

莫学武陵人,　　暂游桃源里。(拗)

喜　雨

孟　郊

朝见一片云,(拗)　　暮成千里雨。

凄清湿高枝,(拗)　　散漫沾荒土。

有些绝句,用的是仄韵,但是全诗用律句,或者用律诗容许的变格和拗救。这种绝句的性质在古绝和律绝之间,例如:

鹿　柴

王　维

空山不见人,(律)　　但闻人语响。(律)

返景入深林,(律)　　复照青苔上。(律)

春　晓

孟浩然

春眠不觉晓,(律变)　　处处闻啼鸟。(律)

夜来风雨声,(孤平拗救)花落知多少?(律)

江　雪

柳宗元

千山鸟飞绝,(律变)　万径人踪灭。(律)

孤舟蓑笠翁,(律变)　独钓寒江雪。(律)

由此看来,古绝和律绝的界限是不很清楚的。

第四章　对　仗

第一节　今体诗的对仗

对仗,指的是出句和对句的词义成为对偶,如"天"对"地"、"风"对"雨"、"长"对"短"、"来"对"去",等等。拿今天的语法术语来说,就是名词对名词,代词对代词,形容词对形容词,动词对动词①,副词对副词。

律诗的对仗,一般用在中两联,即颔联和颈联,例如:

秋日赴阙题潼关驿楼

许　浑

红叶晚萧萧,长亭酒一瓢。

残云归太华,疏雨过中条。

树色随关迥,河声入海遥。

帝乡明日到,犹自梦渔樵。

("华"读 huà)

---

① 有时候,动词(特别是不及物动词)可以对形容词。

残、疏,形容词;云、雨,名词;归、过,动词;太华、中条,专名;树、河,名词;色、声,名词;随、入,动词;关、海,名词;迥、遥,形容词。

无　题

李商隐

飒飒东风细雨来,芙蓉塘外有轻雷。

金蟾啮锁烧香入,玉虎牵丝汲井回。

贾氏窥帘韩掾少,宓妃留枕魏王才。

春心莫共花争发,一寸相思一寸灰。

金蟾、玉虎,香、井,名词;啮、牵,烧、汲、入、回,动词;贾氏、宓妃,韩掾、魏王,帘、枕,名词;窥、留,动词;少、才,形容词。

对仗可以多到三联,即首联、颔联、颈联都用对仗,例如:

登岳阳楼

杜　甫

昔闻洞庭水,　今上岳阳楼。

吴楚东南坼,　乾坤日夜浮。

亲朋无一字,　老病有孤舟。

戎马关山北,　凭轩涕泗流。

黄　州

陆　游

局促常悲类楚囚,迁流还叹学齐优。

江声不尽英雄恨,天意无私草木秋。

万里羁愁添白发,一帆寒日过黄州。

君看赤壁终陈迹,生子何须似仲谋?

("看"读 kān)

也可以少到一联,即颔联不用对仗,只在颈联用对仗。这种情况比较罕见。另有一种情况,即在首联、颈联都用对仗,而在颔联不用,例如:

送杜少府之任蜀州

王 勃

城阙辅三秦, 风烟望五津。
与君离别意, 同是宦游人。
海内存知己, 天涯若比邻。
无为在歧路, 儿女共沾巾。

尾联一般不用对仗,只有少数例外,例如:

闻官军收河南河北

杜 甫

剑外忽传收蓟北,初闻涕泪满衣裳。
却看妻子愁何在? 漫卷诗书喜欲狂。
白日放歌须纵酒,青春作伴好还乡。
即从巴峡穿巫峡,便下襄阳向洛阳。

绝句可以不用对仗。如果用,就用在首联,例如:

何满子

张 祜

故国三千里, 深宫二十年。
一声何满子, 双泪落君前。

夜上受降城闻笛

李 益

回乐峰前沙似雪,受降城外月如霜。

不知何处吹芦管，一夜征人尽望乡。

也有首尾两联都用对仗，不过比较少见，例如：

登鹳雀楼

王之涣

白日依山尽，　黄河入海流。
欲穷千里目，　更上一层楼。

绝　句

杜　甫

两个黄鹂鸣翠柳，一行白鹭上青天。
窗含西岭千秋雪，门泊东吴万里船。

长律（常见的是五言长律）除首尾两联不用对仗以外，其余各联都用对仗。由于联联排比，所以长律又称排律。上文第一章所举张巡的《守睢阳诗》，第二章第一节所举钱起的《湘灵鼓瑟》，都是长律的例子。这里不另举例了。

律诗有三种特殊的对仗，值得注意：第一种是数目对；第二种是颜色对；第三种是方位对。分别举例如下：

（一）数目对，例如：

楚塞三湘接，荆门九派通。（王维《汉江临眺》）

城阙辅三秦，风烟望五津。（王勃《送杜少府之任蜀州》）

潮平两岸阔，风正一帆悬。（王湾《次北固山下》）

烽火连三月，家书抵万金。（杜甫《春望》）

势分三足鼎，业复五铢钱。（刘禹锡《蜀先主庙》）

五更疏欲断，一树碧无情。（李商隐《蝉》）

万里悲秋常作客，百年多病独登台。（杜甫《登高》）

三峡楼台淹日月,五溪衣服共云山。(杜甫《咏怀古迹》)

千寻铁锁沉江底,一片降幡出石头。(刘禹锡《西塞山怀古》)

吊影分为千里雁,辞根散作九秋蓬。(白居易《自河南经乱,

关内阻饥,兄弟离散,各在一方,因望月有感,聊书所怀》)

万里寒光生积雪,三边曙色动危旌。(祖咏《望蓟门》)

(二)颜色对,例如:

客路青山外,行舟绿水前。(王湾《次北固山下》)

红颜弃轩冕,白首卧松云。(李白《赠孟浩然》)

白云回望合,青霭入看无。(王维《终南山》)

绿树村边合,青山郭外斜。(孟浩然《过故人庄》)

白日放歌须纵酒,青春作伴好还乡。(杜甫《闻官军收河南河北》)

一去紫台连朔漠,独留青冢向黄昏。(杜甫《咏怀古迹》)

(三)方位对,例如:

青山横北郭,白水绕东城。(李白《送友人》)

北极朝廷终不改,西山寇盗莫相侵。(杜甫《登楼》)

直北关山金鼓震,征西车马羽书驰。(杜甫《秋兴》八首)

西望瑶池降王母,东来紫气满函关。(杜甫《秋兴》八首)

名词又可以分为若干类,凡同类相对者,叫做工对,例如:

(一)天文类:

月下飞天镜,云生结海楼。(李白《渡荆门送别》)

浮云游子意,落日故人情。(李白《送友人》)

星临万户动,月傍九霄多。(杜甫《春宿左省》)

露从今夜白,月是故乡明。(杜甫《月夜忆舍弟》)

星垂平野阔,月涌大江流。(杜甫《旅夜书怀》)

惊风乱飐芙蓉水,密雨斜侵薜荔墙。(柳宗元《登柳州城楼寄

漳汀封连四州》)

玉玺不缘归日角,锦帆应是到天涯。(李商隐《隋宫》)

(二)地理类,例如:

分野中峰变,阴晴众壑殊。(王维《终南山》)

海日生残夜,江春入旧年。(王湾《次北固山下》)

山随平野尽,江入大荒流。(李白《渡荆门送别》)

树色随关迥,河声入海遥。(许浑《秋日赴阙题潼关驿楼》)

锦江春色来天地,玉垒浮云变古今。(杜甫《登楼》)

沧海月明珠有泪,蓝田日暖玉生烟。(李商隐《锦瑟》)

岭树重遮千里目,江流曲似九回肠。(柳宗元《登柳州城楼寄

漳汀封连四州》)

(三)时令类,例如:

晓战随金鼓,宵眠抱玉鞍。(李白《塞下曲》)

几时杯重把,昨夜月同行。(杜甫《奉济驿重送严公四韵》)

画图省识春风面,环佩空归夜月魂。(杜甫《咏怀古迹》。

按:"夜月"多作"月夜")

晓镜但愁云鬓改,夜吟应觉月光寒。(李商隐《无题》)

(四)动物类,例如:

草枯鹰眼疾,雪尽马蹄轻。(王维《观猎》)

云移雉尾开宫扇,日绕龙鳞识圣颜。(杜甫《秋兴》八首)

金蟾啮锁烧香入,玉虎牵丝汲井回。(李商隐《无题》)

庄生晓梦迷蝴蝶,望帝春心托杜鹃。(李商隐《锦瑟》)

(五)植物类,例如:

退朝花底散,归院柳边迷。(杜甫《晚出左掖》)

秋草独寻人去后,寒林空见日斜时。(刘长卿《长沙过贾谊宅》)

风波不信菱枝弱,月露谁教桂叶香。(李商隐《无题》)

野桃含笑竹篱短,溪柳自摇沙水清。(苏轼《新城道中》)

此外还有人伦类、身体类、宫室类、服饰类、器用类,等等,不一一
举例了。

名词不同类而相对,叫做宽对,例如:

青菰临水拔,白鸟向山翻。(王维《辋川闲居》)

"菰"对"鸟",植物对动物。

树深时见鹿,溪午不闻钟。(李白《访戴天山道士不遇》)

"树"对"溪",植物对地理;"鹿"对"钟",动物对器用。

玉桃偷得怜方朔,金屋修成贮阿娇。(李商隐《茂陵》)

"桃"对"屋",植物对宫室。

岭上晴云披絮帽,树头初日挂铜钲。(苏轼《新城道中》)

"岭"对"树",地理对植物;"帽"对"钲",服饰对器用。

有一种对仗,一个词有两个不同的意义,诗人在诗中用的是甲义,
但实际是借用乙义与另一词成为工对,这叫做借对,例如:

少年曾任侠,晚节更为儒。(王维《崔录事》)

年节的"节"借为节操的"节"。

飘零为客久,衰老羡君还。(杜甫《涪江泛舟送韦班归京》)

君臣的"君"借为代名词的"君"。

白法调狂象,玄言问老龙。(王维《黎拾遗昕裴迪见过秋夜对雨
之作》)

黑色的"玄"借为玄妙的"玄"。

另一种借对是借音,例如:

野日荒荒白,春流泯泯清。(杜甫《漫成》)

借"清"为"青"。

寄身且喜沧洲近,顾影无如白发何。(刘长卿《江州重别薛六》)

借"沧"为"苍"。

对仗,一般是上联一句,下联一句,各自独立的。但是,也有一种对仗,是上下联合成一句,上联不能独立成句的,叫做流水对,例如:

　　海内存知己,天涯若比邻。(王勃《送杜少府之任蜀州》)

　　玉玺不缘归日角,锦帆应是到天涯。(李商隐《隋宫》)

　　即从巴峡穿巫峡,便下襄阳向洛阳。(杜甫《闻官军收河南河北》)

写诗不应该片面地要求工对,因为过于纤巧,反而束缚思想。一般地说,宋诗不及唐诗,其中一个原因,就是宋诗往往比唐诗纤巧。

第二节　古体诗的对仗

古体诗可以完全不用对仗。有时候,为了修辞的需要,可以用一些对仗。对仗用在什么地方都可以,例如:

前出塞(其六)

杜　甫

　　挽弓当挽强,　用箭当用长。
　　射人先射马,　擒贼先擒王。
　　杀人亦有限,　立国自有疆。
　　苟能制侵陵,　岂在多杀伤?

凶　宅

白居易

　　长安多大宅,　列在街西东。
　　往往朱门内,　房廊相对空。
　　枭鸣松桂枝,　狐藏兰菊丛。
　　苍苔黄叶地,　日暮多旋风。

前主为将相， 得罪窜巴庸。

后主为公卿， 寝疾殁其中。

连延四五主， 殃祸叠相重。

自从十年来， 不利主人翁。

风雨坏檐隙， 蛇鼠穿墙墉。

人疑不敢买， 日毁土木功。

嗟嗟俗人心， 甚矣其愚蒙！

但恐灾将至， 不思祸所从。

我今题此诗， 欲悟迷者胸。

凡为大官人， 年禄多高崇。

权重持难久， 位高势易穷。

骄者势之盈， 老者数之终。

四者如寇盗， 日夜来相攻。

假使居吉土， 孰能保其躬？

因小以明大， 借家可喻邦。

周秦宅崤函， 其宅非不同。

一兴八百年， 一死望夷宫。

寄语家与国， 人凶非宅凶。

田　家

聂夷中

父耕原上田， 子劚山下荒。

六月禾未秀， 官家已修仓。

二月卖新丝， 五月粜新谷。

医得眼前疮， 剜却心头肉。

　　　　　我愿君王心，　化作光明烛。
　　　　　不照绮罗筵，　只照逃亡屋。

宣州谢朓楼饯别校书叔云

李　白

　　　　弃我去者昨日之日不可留，
　　　　乱我心者今日之日多烦忧①。
　　　　长风万里送秋雁，对此可以酣高楼。
　　　　蓬莱文章建安骨，中间小谢又清发。
　　　　俱怀逸兴壮思飞，欲上青天览明月。
　　　　抽刀断水水更流，举杯销愁愁更愁。
　　　　人生在世不称意，明朝散发弄扁舟。

　　古体诗的对仗和今体诗不同：第一，今体诗（律诗）的对仗，出句与对句不能同字；古体诗的对仗，出句与对句可以（而且常常）同字，例如上文所举杜甫的"挽弓当挽强，用箭当用长"｜"射人先射马，擒贼先擒王"，白居易的"骄者势之盈，老者数之终"，聂夷中的"二月卖新丝，五月粜新谷"｜"不照绮罗筵，只照逃亡屋"，李白的"抽刀断水水更流，举杯销愁愁更愁"。第二，今体诗的对仗必须是平对仄，仄对平，否则是失对；古体诗可以是平对平，仄对仄，例如上文所举白居易的"枭鸣松桂枝，狐藏兰菊丛"｜"风雨坏檐隙，蛇鼠穿墙墉"，聂夷中的"医得眼前疮，剜却心头肉"。总之，古体诗的对仗是很自由的。

----

① 　此联是半对半不对。

卷下　词

第一章　词牌和词谱

词起源于唐代,盛行于宋代。词是从诗发展来的,所以又叫做诗余。词的特点是长短句,所以有人把词叫做长短句。

按照字数多少,词可以分为三大类:(一)58字以内为小令,59字至90字为中调,91字以上为长调。

按照词的段落,词可以分为四类:(一)不分段,称为单调,往往是小令;(二)分为前后两段,又叫前阕、后阕,称为双调;(三)分为三段,称为三叠;(四)分为四段,叫做四叠。双调最为常见,其次是小令;三叠、四叠罕用。

词有词牌,如《菩萨蛮》《忆秦娥》等。词牌并不就是题目①,它们只表示某词的平仄、字数、句数、韵脚等。后人把每一词牌的平仄、字数、句数、韵脚标示出来,成为词谱。按照词谱写词,叫做填词。

现在把常见的一些词牌和词谱列举于后:

---

① 可能最初是题目,但后来填词的人只把它当作词谱看待,不再是题目了。

1. 菩萨蛮(双调44字)

李　白(?)

⊕平⊗仄平平仄,(仄韵)

平林漠漠烟如织,

⊕平⊗仄平平仄。(协)

寒山一带伤心碧。

⊗仄仄平平,(换平韵)

暝色入高楼,

⊗平平仄平①。(协)

有人楼上愁。

⊕平平平仄仄,(三换仄韵)

玉阶空伫立,

⊗仄平平仄。(协)

宿鸟归飞急。

⊗仄仄平平,(四换平韵)

何处是归程?

⊗平平仄平,(协)

长亭连短亭。

2. 忆秦娥(双调46字)

李　白(?)

平⊕仄,

箫声咽,

---

① 注意:第三字必平,后阕末句同。近代有人用律句平平仄仄平。

⊕平⊛仄平平仄。

秦娥梦断秦楼月。

平平仄,(叠三字)

秦楼月,

⊕平⊛仄,

年年柳色,

仄平平仄。(协)

灞陵伤别。

⊕平⊛仄平平仄,

乐游原上清秋节,

⊕平⊛仄平平仄。

咸阳古道音尘绝。

平平仄,(叠三字)

音尘绝,

⊕平⊛仄,

西风残照,

仄平平仄。

汉家陵阙。(此调多用入声韵)

3. 忆江南(单调,27 字。又名望江南、江南好)

　　　　　　　　　　　　　　　　　　　李　煜

平⊛仄,

多少恨,

⊛仄仄平平。

昨夜月明中。

㋳仄㋠平平仄仄，

还似旧时游上苑，

㋠平㋳仄仄平平。

车如流水马如龙。

㋳仄仄平平。

花月正春风。

4. 浪淘沙（双调 54 字）

李　煜

㋳仄仄平平，

帘外雨潺潺，

㋳仄平平。

春意阑珊。

㋠平㋳仄仄平平。

罗衾不耐五更寒。

㋳仄㋠平平仄仄，

梦里不知身是客，

㋳仄平平。

一晌贪欢。

㋳仄仄平平，

独自莫凭栏，

㋳仄平平。

无限江山。

㋠平㋳仄仄平平。

别时容易见时难。

(仄)仄(平)平平仄仄，

流水落花春去也，

(仄)仄平平。

天上人间。（前后阕同）

5. **渔家傲**（双调62字）

范仲淹

(仄)仄(平)平平仄仄，

塞下秋来风景异，

(平)平(仄)仄平平仄。

衡阳雁去无留意。

(仄)仄(平)平平仄仄。

四面边声连角起。

平(仄)仄，

千嶂里，

(平)平(仄)仄平平仄。

长烟落日孤城闭。

(仄)仄(平)平平仄仄，

浊酒一杯家万里，

(平)平(仄)仄平平仄。

燕然未勒归无计。

(仄)仄(平)平平仄仄。

羌管悠悠霜满地。

平⊘仄，

人不寐，

⊕平⊘仄平平仄。

将军白发征夫泪。(前后阕同)

6. 浣溪沙(双调42字)

晏　殊

⊘仄平平仄仄平，

一曲新词酒一杯，

⊕平⊘仄仄平平，

去年天气旧亭台。

⊕平⊘仄仄平平。

夕阳西下几时回？

⊘仄⊕平平仄仄，

无可奈何花落去，

⊕平⊘仄仄平平。

似曾相识燕归来。

⊕平⊘仄仄平平。

小园香径独徘徊。(后阕头两句常用对仗)

7. 临江仙(双调60字)

夜归临皋

苏　轼

⊘仄⊕平平仄仄，

夜饮东坡醒复醉，

Ⓟ平Ⓐ仄平平。

归来仿佛三更。

Ⓟ平Ⓐ仄仄平平。

家童鼻息已雷鸣。

Ⓟ平平仄仄,

敲门都不应,

Ⓐ仄仄平平。

倚杖听江声。

Ⓐ仄Ⓟ平平仄仄,

长恨此身非我有,

Ⓟ平Ⓐ仄平平。

何时忘却营营?

Ⓟ平Ⓐ仄仄平平。

夜阑风静縠纹平。

Ⓟ平平仄仄,

小舟从此逝,

Ⓐ仄仄平平。

江海寄余生。(前后阕同)

8. 念奴娇(双调 100 字)

赤壁怀古

苏　轼

Ⓐ仄平平仄,

大江东去,

仄平仄、平仄平平平仄。

浪淘尽、千古风流人物。

仄仄平平平仄仄,

故垒西边人道是,

仄仄平平仄仄。

三国周郎赤壁。

仄仄平平,

乱石穿空,

平平仄仄,

惊涛拍岸,

仄仄平平仄。

卷起千堆雪。

仄平平仄,

江山如画,

仄平平仄平仄。

一时多少豪杰?

平仄平仄平平(或平平仄仄平平),

遥想公瑾当年,

仄平平仄仄,

小乔初嫁了,

Ⓐ平平仄①。

雄姿英发。

Ⓐ仄Ⓟ平平仄仄，

羽扇纶巾谈笑处②，

Ⓐ仄Ⓟ平平仄。

樯橹灰飞烟灭。

Ⓐ仄平平，

故国神游，

Ⓟ平Ⓐ仄，

多情应笑，

Ⓐ仄平平仄。

我早生华发。

Ⓐ平平仄，

人生如梦，

Ⓐ平平仄平仄。

一樽还酹江月。（此调一般用入声韵）

9. 桂枝香（双调 101 字）

金陵怀古

王安石

平平仄仄。

登临送目。

---

① 这两句，一般作前四后五，即：平平Ⓐ仄，Ⓐ仄平平仄仄，如陈亮《念奴娇·登多景楼》："登高怀远，也学英雄涕。"

② 一本作"羽扇纶巾，谈笑间"，今依《词律》。

仄仄仄⊙平，

正故国晚秋，

⊙⊙平仄。

天气初肃。

⊙仄平平⊙仄，

千里澄江似练，

仄平平仄。

翠峰如簇。

⊙平⊙仄平平仄，

征帆去棹残阳里，

仄平平、⊙平平仄。

背西风、酒旗斜矗。

仄平平仄，

彩舟云淡，

⊙平⊙仄，

星河鹭起，

仄平平仄。

画图难足。

仄⊙仄、平平仄仄。

念往昔、繁华竞逐。

仄⊙仄平平，

叹门外楼头，

⊙⊙平仄。

悲恨相续。

⊘仄平平⊘仄,

千古凭高对此,

仄平平仄。

谩嗟荣辱。

⊕平⊘仄平平仄,

六朝旧事随流水,

仄平平、⊕仄平仄。

但寒烟、衰草凝绿。

仄平平仄,

至今商女,

⊕平⊘仄,

时时犹唱,

仄平平仄。

后庭遗曲。

10. 蝶恋花（双调60字,又名鹊踏枝）

冯延巳(?)

⊘仄⊕平平仄仄。

六曲阑干偎碧树。

⊘仄平平,

杨柳风轻,

⊘仄平平仄。

展尽黄金缕。

⊘仄平平平仄仄,

谁把钿筝移玉柱?

㊝平⊗仄平平仄。

穿帘燕子双飞去^①。

⊗仄㊝平平仄仄。

满眼游丝兼落絮。

⊗仄平平，

红杏开时，

⊗仄平平仄，

一霎清明雨。

⊗仄㊝平平仄仄，

浓睡觉来莺乱语，

㊝平⊗仄平平仄。

惊残好梦无寻处。（前后阕同）

11. 卜算子（双调 44 字）

咏　梅

陆　游

⊗仄仄平平，

驿外断桥边，

⊗仄平平仄。

寂寞开无主。

⊗仄平平仄仄平，

已是黄昏独自愁，

---

① 　燕子，一作"海燕"。

⊘仄平平仄。
△

更著风和雨。
　　　△

⊘仄仄平平，

无意苦争春，

⊘仄平平仄。
　　　△

一任群芳妒。
·　　　△

⊘仄平平仄仄平，

零落成泥碾作尘，

⊘仄平平仄。
　　　△

只有香如故。（前后阕同）

12. 水调歌头（双调95字）

苏　轼

丙辰中秋，欢饮达旦，大醉，作此篇，兼怀子由。

⊘仄⊕平仄，
·

明月几时有？
·

⊘仄仄平平。
　　　△

把酒问青天。
　　　△

⊕平⊘仄⊕仄⊘仄仄平平①。
　　　　　　　　　　△

不知天上宫阙今夕是何年。
·　　　　　·　　　　△

⊘仄⊕平⊕仄，
·

我欲乘风归去，
·

---

①　此句可以是上六下五，如这里的"不知天上宫阙，今夕是何年"。也可以是上四下七，如陈亮《水调歌头》的"当场只手，毕竟还我万夫雄"。

⊗仄平平⊕仄，

又恐琼楼玉宇①，

⊗仄仄平平。

高处不胜寒。

⊗仄⊕平仄，

起舞弄清影，

⊗仄仄平平。

何似在人间？

⊕平⊗

转朱阁，

⊕平仄，

低绮户，

仄平平。

照无眠。

⊕平⊗仄，

不应有恨，

⊕仄⊗仄仄平平②。

何事常向别时圆？

⊗仄⊕平⊕仄，

人有悲欢离合，

---

① 万树《词律》说，这里"玉"字读作平声。他的意见是对的。
② 这两句也可以作⊗仄⊕平仄仄，⊗仄仄平平。

◯仄平平◯仄，

月有阴晴圆缺，

◯仄仄平平。

此事古难全。

◯仄◯平仄，

但愿人长久，

◯仄仄平平。

千里共婵娟。

13. 西江月（双调 50 字）

夜行黄沙道中

辛弃疾

◯仄◯平◯仄，

明月别枝惊鹊，

◯平◯仄平平。

清风半夜鸣蝉。

◯平◯仄仄平平，

稻花香里说丰年，

◯仄◯平◯仄。（换仄协）①

听取蛙声一片。

◯仄◯平◯仄，

七八个星天外，

---

① 所谓换仄协，是说和前面韵脚的韵母相同，只是从平声韵改为仄声韵。

⊕平⊗仄平平。

两三点雨山前。

⊕平⊗仄仄平平,

旧时茅店社林边,

⊗仄⊕平⊗仄。(换仄协)

路转溪桥忽见①。(前后阕同。前后阕头两句用对仗)

14. 鹧鸪天(双调 55 字)

秦　观

⊗仄平平⊗仄平,

枕上流莺和泪闻,

⊕平⊗仄仄平平。

新啼痕间旧啼痕。

⊕平⊗仄平平仄,

一春鱼鸟无消息,

⊗仄平平⊗仄平。

千里关山劳梦魂。

平仄仄,

无一语,

仄平平。

对芳樽。

⊕平⊗仄仄平平。

安排肠断到黄昏。

---

① 桥,一作"头"。

⊕平⊘仄平平仄，

甫能炙得灯儿了，

⊘仄平平⊘仄平。

雨打梨花深闭门。

15. 清平乐（双调46字）

村　居

辛弃疾

⊘仄平⊕仄，

茅檐低小，

⊘仄平平仄。

溪上青青草。

⊘仄⊕平平仄仄，

醉里吴音相媚好，

⊘仄⊕平⊕仄。

白发谁家翁媪。

⊕平⊘仄平平，

大儿锄豆溪东，

⊕平⊘仄平平，

中儿正织鸡笼；

⊘仄⊕平⊘仄，

最喜小儿无赖，

⊕平⊘仄平平。

溪头卧剥莲蓬。（后阕换平声韵）

16. 如梦令（单调 33 字）

李清照

仄仄仄平平仄，
昨夜雨疏风骤，
仄仄仄平平仄，
浓睡不消残酒。
仄仄仄平平，
试问卷帘人，
仄仄仄平平仄。
却道"海棠依旧"。
平仄，
知否？
平仄。（叠句）
知否？
仄仄仄平平仄。
应是绿肥红瘦。

17. 诉衷情（双调 44 字）

陆　游

平平仄仄仄平平，
当年万里觅封侯，
仄仄仄平平。
匹马戍梁州。
平平仄仄平仄，
关河梦断何处？

⊘仄仄平平①。

尘暗旧貂裘。

平仄仄，

胡未灭，

仄平平，

鬓先秋，

仄平平。

泪空流。

⊘平平仄，

此生谁料，

⊘仄平平，

心在天山，

⊘仄平平。

身老沧洲。

18. 十六字令（单调 16 字）

　　　　　　　　　　　　　　　　蔡　伸

平，

天，

⊘仄平平仄仄平。

休使圆蟾照客眠！

平平仄，

人何在？

---

① 另一体作六字句，即⊘仄仄、仄平平。

⊛仄仄平平。

桂影自婵娟。

19. 减字木兰花(双调44字)

吕渭老

⊛平⊛仄,

雨帘高卷,

⊛仄⊛平平仄仄。

芳树阴阴连别馆。

⊛仄平平,(换平韵)

凉气侵楼,

⊛仄平平⊛仄平。

蕉叶荷枝各自秋。

⊛平⊛仄,(三换仄韵)

前溪夜舞,

⊛仄⊛平平仄仄。

化作惊鸿留不住。

⊛仄平平,(四换平韵)

愁损腰肢,

⊛仄平平⊛仄平。

一桁香销旧舞衣。(每两句一换韵)

20. 贺新郎（双调116字，又名金缕曲）

寄李伯纪丞相

张元干

○仄仄平平仄，

曳杖危楼去，

仄平平、○平平仄仄，

斗垂天、沧波万顷，

仄平平仄。

月流烟渚。

○仄○平平平仄仄，

扫尽浮云风不定，

○仄平平仄仄。

未放扁舟夜渡。

○仄仄、平平平仄。

宿雁落、寒芦深处。

○仄○平平平仄仄，

怅望关河空吊影，

仄平平、○仄平平仄。

正人间、鼻息鸣鼍鼓。

平仄仄、仄平仄。

谁伴我、醉中舞？

○平○仄平平仄，

十年一梦扬州路，

仄平平、㊉平仄仄，

倚高寒、愁生故国，

仄平平仄。

气吞骄虏。

㊊仄㊉平平仄仄，

要斩楼兰三尺剑，

㊊仄平平㊊仄。

遗恨琵琶旧语。

㊊仄仄、平平平仄。

谩暗涩、铜华尘土。

㊊仄㊉平平㊊仄，

唤取谪仙平章看，

仄平平、㊊仄平平仄。

过茗溪、尚许垂纶否？

平仄仄、仄平仄。

风浩荡、欲轻举。

21. 齐天乐(双调102字)

蝉

王沂孙

仄平平仄平平仄，

一襟余恨宫魂断，

平平仄平平仄。

年年翠阴庭树。

㊊仄平平，

乍咽凉柯，

○平○仄,

还移暗叶,

○仄平平○仄。

重把离愁深诉。

○平○仄。

西窗过雨。

仄○仄平平,

怪瑶佩流空,

仄平平仄。

玉筝调柱。

○仄平平,

镜暗妆残,

仄平平仄仄平仄。

为谁娇鬓尚如许?

○平平仄平仄,

铜仙铅泪如洗,

仄○平仄仄,

叹移盘去远,

平仄平仄。

难贮零露。

○仄平平,

病翼惊秋,

○平○仄,

枯形阅世,

仄仄平平仄仄。
消得斜阳几度?
平平仄仄。
余音更苦。
仄仄仄平平,
甚独抱清商,
仄平平仄。
顿成凄楚。
仄仄平平,
谩想熏风,
平平平仄仄。
柳丝千万缕。

22. 沁园春（双调114字）

有　感

陆　游

仄仄平平,
孤鹤归飞,
仄仄平平,
再过辽天,
仄仄仄平。
换尽旧人。
仄平平仄仄,
念累累枯冢,

⊕平⊗仄,

茫茫梦境,

⊕平⊗仄,

王侯蝼蚁,

⊗仄平平。

毕竟成尘。

⊗仄平平,

载酒园林,

⊕平⊗仄,

寻花巷陌,

⊗仄平平⊗仄平。

当日何曾轻负春?

平平仄,

流年改,

仄⊕平⊗仄,

叹围腰带剩,

⊗仄平平。

点鬓霜新。

平平⊗仄平平。

交亲散落如云①。

---

① 《词律》分为两句,即"交亲,散落如云"。认为"亲"字入韵。但是辛弃疾等人的《沁园春》都是六字句,第二字不押韵。所以这里不从《词律》。

仄仄仄、平平仄仄平。

又岂料、如今余此身！

仄仄平平仄，

幸眼明身健，

平平仄仄，

茶甘饭软，

平平仄仄，

非惟我老，

仄仄平平。

更有人贫。

仄仄平平，

躲尽危机，

平平仄仄，

消残壮志，

仄仄平平仄仄平。

短艇湖中闲采莼。

平平仄，

吾何恨？

仄平平仄仄，

有渔翁共醉，

仄仄平平。

溪友为邻。

23. 风入松（双调76字）

春　园

吴文英

㊉平⊗仄仄平平，
听风听雨过清明，
㊉仄仄平平。
愁草瘗花铭。
㊉平仄仄平平仄，
楼前绿暗分携路，
仄平㊉、仄仄平平。
一丝柳、一寸柔情。
㊋仄平平㊉仄，
料峭春寒中酒，
㊉平㊋仄平平。
交加晓梦啼莺。

㊉平⊗仄仄平平，
西园日日扫林亭，
㊉仄仄平平。
依旧赏新晴。
㊉平㊉仄平平仄，
黄蜂频扑秋千索，
仄平㊉、㊉仄平平。
有当时、纤手香凝。

㊢仄平平㊣仄，

惆怅双鸳不到，

㊢平㊣仄平平。

幽阶一夜苔生。

24. 一剪梅（双调60字）

舟过吴江

蒋　捷

㊣仄平平㊣仄平。

一片春愁带酒浇①。

㊣仄平平，

江上舟摇，

㊣仄平平。

㊢平㊣仄仄平平。

秋娘容与泰娘娇②。

㊣仄平平，

风又飘飘，

㊣仄平平。

雨又潇潇③。

---

① 一作"待酒浇"。
② 一作"秋娘渡与泰娘桥"。
③ 一作"萧萧"。

仄⃝仄平平仄⃝仄平。

何日云帆卸浦桥①?

仄⃝仄平平,

银字筝调,

仄⃝仄平平。

心字香烧。

平⃝平仄⃝仄仄平平。

流光容易把人抛。

仄⃝仄平平,

红了樱桃,

仄⃝仄平平。

绿了芭蕉②!(前后阕同)

25. 满江红(双调93字)

岳　飞

仄⃝仄平平,

怒发冲冠,

平⃝平⃝仄、平⃝平仄⃝仄。

凭阑处、潇潇雨歇。

平⃝仄⃝仄,仄⃝平平仄,

抬望眼,仰天长啸,

---

①　一作"何日归家洗客袍"。
②　此调四处用对仗,在每一对仗中,第二字相同。

⊘平平仄。

壮怀激烈①。

⊘仄㊉平平仄仄，

三十功名尘与土，

㊉平⊘仄平平仄。

八千里路云和月。

仄⊘平、仄仄仄平平，

莫等闲、白了少年头，

平平仄。

空悲切。

仄㊉仄，

靖康耻，

平⊘仄。

犹未雪；

平⊘仄，

臣子恨，

平平仄。

何时灭？

⊘㊉平仄仄、仄平平仄。

驾长车踏破、贺兰山缺。

---

① "激"字入声作平声。

Ⓐ仄Ⓟ平平仄仄，

壮志饥餐胡虏肉，

Ⓟ平Ⓐ仄平平仄。

笑谈渴饮匈奴血。

仄Ⓟ平、Ⓐ仄仄平平，

待从头、收拾旧山河，

平平仄。

朝天阙。（此词一般用入声韵）

26. 采桑子（双调44字，又名丑奴儿）

别　情

吕本中

Ⓟ平Ⓐ仄平平仄，

恨君不似江楼月，

Ⓐ仄平平。

南北东西。

Ⓐ仄平平，（叠句）

南北东西，

Ⓐ仄平平Ⓐ仄平。

只有相随无别离。

Ⓟ平Ⓐ仄平平仄，

恨君却似江楼月，

Ⓐ仄平平。

暂满还亏。

⊙仄平平,(叠句)①

暂满还亏,

⊙仄平平⊙仄平。

待到团圆是几时?(前后阕同)

27. 生查子(双调40字)

元　夕

朱淑真②

⊙平⊙仄平③,

去年元夜时,

⊙仄平平仄。

花市灯如昼。

⊙仄仄平平,

月上柳梢头,

⊙仄平平仄。

人约黄昏后。

⊙平⊙仄平,

今年元夜时,

⊙仄平平仄。

月与灯依旧。

---

① 此词前后阕都用叠句,也可以不叠。毛主席《采桑子·重阳》前阕"岁岁重阳,今又重阳",叠二字;后阕"不似春光,胜似春光",叠三字,也是一种变化。

② 一说此词为欧阳修所作。

③ 第一句不能犯孤平。如果第三字用仄,则第一字必平。后阕第一句同。

（仄）仄仄平平，

不见去年人，

（仄）仄平平仄。

泪湿春衫袖。（前后阕同）

28. **点绛唇**（双调41字）

李清照

（仄）仄平平，

蹴罢秋千，

（平）平（仄）仄平平仄。

起来慵整纤纤手。

仄平平仄，

露浓花瘦，

（仄）仄平平仄。

薄汗轻衣透。

（仄）仄平平，

见有人来，

（仄）仄平平仄。

袜刬金钗溜。

平平仄，

和羞走，

仄平平仄，

倚门回首，

⊗仄平平仄。
　　却把青梅嗅。

29. 永遇乐 (双调104字)

京口北固亭怀古

辛弃疾

⊗仄平平，
　　千古江山，
㊀平⊗仄、
　　英雄无觅①、
平仄平仄②。
　　孙仲谋处。
⊗仄平平，
　　舞榭歌台，
㊀平⊗仄，
　　风流总被、
⊗仄平平仄。
　　雨打风吹去。
㊀平⊗仄，
　　斜阳草树，
㊀平⊗仄，
　　寻常巷陌，

---

① 依语法，这里不该断句；依词谱，这里该断句。下面"风流总被"句同。别人的词，这些地方都是断句的。

② 万树《词律》说第一字可仄，第二字可平，误。

⊘仄仄平平仄。

人道寄奴曾住。

⊘平⊘、⊘平⊘仄，

想当年、金戈铁马，

⊘⊘仄⊘平仄。

气吞万里如虎。

⊘平⊘仄，

元嘉草草，

⊘平平仄，

封狼居胥①，

⊘仄平平⊘仄。

赢得仓皇北顾。

⊘仄平平，

四十三年，

⊘平⊘仄，

望中犹记，

⊘仄平平仄。

烽火扬州路。

⊘平⊘仄，

可堪回首，

---

① "胥"字读上声。

⊘平⊘仄，

佛狸祠下，

⊘仄平平⊘仄。

一片神鸦社鼓！

⊘平⊘、平平仄仄，

凭谁问：廉颇老矣，

仄平仄仄。

尚能饭否？

30. 望海潮（双调107字）

柳　永

⊘平平仄，

东南形胜，

⊘平平仄，

江吴都会，

⊘平⊘仄平平。

钱塘自古繁华。

⊘仄⊘平，

烟柳画桥，

⊘平⊘仄，

风帘翠幕，

⊘平⊘仄平平。

参差十万人家。

⊘仄仄平平。

云树绕堤沙。

仄平仄平仄①，

怒涛卷霜雪，

⊗仄平平。

天堑无涯。

⊗仄平平，

市列珠玑，

仄平平仄，

户盈罗绮，

仄平平②。

竞豪奢。

⊕平⊗仄平平。

重湖叠巘清嘉。

仄⊕平⊗仄，

有三秋桂子，

⊗仄平平。

十里荷花。

⊗仄平平，

羌管弄晴，

⊕平⊗仄，

菱歌泛夜，

---

① 这句，一般作仄⊕平⊗仄，上一下四，如秦观《望海潮》："正絮翻蝶舞。"
② 这句，一般与上句合为一句，即⊕平⊗仄仄平平。

㊀平㊀仄平平。

嬉嬉钓叟莲娃。

㊀仄仄平平。

千骑拥高牙。

仄仄平平仄，

乘醉听箫鼓①，

㊀仄平平。

吟赏烟霞。

㊀仄平平㊀仄，

异日图将好景，

㊀仄仄平平。

归去凤池夸②。

31. 长相思（双调36字）

白居易

㊀㊀平，

汴水流，

㊀㊀平③，

泗水流，

㊀仄平平㊀仄平。

流到瓜州古渡头。

---

① 这句一般作上一下四，如秦观《望海潮》"但倚楼极目"（仄㊀平㊀仄）。

② 这两句一般作㊀仄平平，㊀平㊀仄仄平平，如秦观《望海潮》："无奈归心，暗随流水到天涯。"

③ 这两句叠后二字，可作仄仄平平或平仄平平，但不能作平平平平。后阕同。

(平)平(仄)仄平。

吴山点点愁① 。

(仄)(平)平,

思悠悠② ,

(仄)(平)平,

恨悠悠,

(仄)仄平平(仄)仄平。

恨到归时方始休。

(平)平(仄)仄平。

月明人倚楼。(前后阕同)

32. 乌夜啼(双调36字,一名相见欢)

李　煜

(平)平(仄)仄平平。

无言独上西楼。

仄平平。

月如钩。

(仄)仄(仄)平平仄,

寂寞梧桐深院,

仄平平。

锁清秋。

---

① 这句可作平平仄仄平或平平平仄平,但不能作仄平仄仄平(孤平)。后阕末句同。

② 思,读 sì。

⦿⦿仄，（换仄韵，不同韵）

剪不断，

⦿㉩仄，

理还乱，

仄平平。（二换平韵，回到原韵）

是离愁。

⦿仄⦿平平仄，

别是一般滋味，

仄平平。

在心头。

33. 桂殿秋（单调27字）

向子諲

平仄仄，

秋色里，

仄平平。

月明中。

㉩平⦿仄仄平平。

红旌翠节下蓬宫。

㉩平⦿仄平平仄，

蟠桃已结瑶池露，

⦿仄平平仄仄平。

桂子初开玉殿风。

34. 破阵子（双调62字）

为陈同甫赋壮词以寄之

辛弃疾

⊘仄平平⊘仄，

醉里挑灯看剑，

⊕平⊘仄平平。

梦回吹角连营。

⊘仄⊕平平仄仄，

八百里分麾下炙，

⊘仄平平仄仄平。

五十弦翻塞外声。

⊘平平仄平。

沙场秋点兵。

⊘仄平平⊘仄，

马作的卢飞快，

⊕平⊘仄平平。

弓如霹雳弦惊。

⊘仄⊕平平仄仄，

了却君王天下事，

⊘仄平平仄仄平。

赢得生前身后名。

⊘平平仄平。

可怜白发生①。(前后阕同)

35. 唐多令(双调60字)

重过武昌

刘　过

(平)仄仄平平，
芦叶满汀洲，
(平)平(仄)仄平②。
寒沙带浅流。
仄平平、(平)仄平平。
二十年、重过南楼③。
(仄)仄(平)平平仄仄，
柳下系船犹未稳，
平(仄)仄，
能几日，
仄平平。
又中秋？

(平)仄仄平平，
黄鹤断矶头，
(平)平(仄)仄平。
故人曾到不④?

---

① "白"字作平声。

② 这句可以是平平平仄平或仄平平仄平,但不能是仄平仄仄平(孤平)。

③ 这句"十"字读作平声。

④ 这句可以作平平仄仄平、平平平仄平,但不能作仄平仄仄平(孤平)。不,读fóu。

仄平平、平仄平平。

旧江山、浑是新愁。

仄仄仄平平仄仄，

欲买桂花同载酒，

平仄仄，

终不似，

仄平平。

少年游！（前后阕同）

36. 阮郎归（双调47字）

晏几道

平平平仄仄平平，

天边金掌露成霜，

平平仄仄平①。

云随雁字长。

仄平平仄仄平平，

绿杯红袖趁重阳，

平平仄仄平。

人情似故乡。

平仄仄，

兰佩紫，

仄平平。

菊簪黄。

---

① 这句可作平平平仄平、仄平平仄平，但不能作仄平仄仄平（孤平）。下面第四句，后阕第三、五句同。

⊕平⊗仄平。

殷勤理旧狂。

⊗平⊕仄仄平平，

欲将沉醉换悲凉，

⊕平⊗仄平。

清歌莫断肠！

37. **江城子**(双调70字)

密州出猎

苏　轼

⊕平⊗仄仄平平。

老夫聊发少年狂。

仄平平，

左牵黄，

仄平平。

右擎苍。

⊗仄平平①，

锦帽貂裘，

⊗仄仄平平。

千骑卷平冈②。

⊗仄⊕平平仄仄，

为报倾城随太守，

---

① 一作⊗⊕⊕仄。

② 骑,读 jì。

平仄仄，

亲射虎，

仄平平。

看孙郎。

㊢平㊠仄仄平平。

酒酣胸胆尚开张。

仄平平，

鬓微霜，

仄平平。

又何妨？

㊠仄平平，

持节云中，

㊠仄仄平平。

何日遣冯唐？

㊠仄㊢平平仄仄，

会挽雕弓如满月，

平仄仄，

西北望，

仄平平。

射天狼。（前后阕同）

38. 太常引（双调49字，又作太清引）

建康中秋夜为吕叔潜赋

辛弃疾

㊢平㊠仄仄平平，

一轮秋影转金波，

◯仄仄平平。

飞镜又重磨。

◯仄仄平平。

把酒问姮娥：

◯平◯仄、平平仄平。

被白发、欺人奈何！

◯平◯仄，

乘风好去，

◯平◯仄，

长空万里，

◯仄仄平平。

直下看山河。

◯仄仄平平，

斫去桂婆娑，

◯平◯仄、平平仄平。

人道是、清光更多！

39. 苏幕遮（双调62字）

范仲淹

仄平平，

碧云天，

平仄仄。

黄叶地。

◯仄平平，

秋色连波，

⑧仄平平仄。

波上寒烟翠。

⑧仄平平平仄仄。

山映斜阳天接水。

⑧仄平平,

芳草无情,

⑧仄平平仄。

更在斜阳外。

仄平平,

黯乡魂,

平仄仄。

追旅思①。

⑧仄平平,

夜夜除非,

⑧仄平平仄。

好梦留人睡。

⑧仄平平平仄仄。

明月楼高休独倚。

⑧仄平平,

酒入愁肠,

⑧仄平平仄。

化作相思泪!

---

① 思读 sì,去声。

40. 最高楼(双调 81 字)

刘克庄

平(平)仄，

周郎后，

(仄)仄仄平平。

直数到清真。

(仄)仄仄平平。

君莫是前身。

(平)平(仄)仄平平仄，

八音相应谐韶乐，

(平)平(仄)仄仄平平。

一声未了落梁尘。

仄平平，

笑而今，

平仄仄，

轻郢客，

仄平平。

重巴人。

(仄)(仄)仄、(仄)平平仄仄；(换仄韵,不同韵)

只少个、绿珠横玉笛；

(仄)(仄)仄、(平)平平仄仄。

更少个、雪儿弹锦瑟。

平仄仄，

欺贺晏，

仄平平。（换平韵，回到原韵）

压黄秦。

(平)平(仄)仄平平仄，

可怜樵唱并菱曲①，

(平)平(仄)仄仄平平。

不逢御手与龙巾。

仄平平，

且酣眠，

平仄仄，

篷底月，

仄平平。

瓮间春。

41. 扬州慢②（双调98字）

姜　夔

淳熙丙申至日，予过维扬。夜雪初霁，荠麦弥望。入其城则四顾萧条，寒水自碧，暮色渐起，戍角悲吟。予怀怆然，感慨今昔。因自度此曲。千岩老人以为有"黍离"之悲也。

(仄)仄平平，

淮左名都，

(仄)平平仄，

竹西佳处，

---

① 并，读 bīng。

② 凡慢调都是比较长的词调。

（平）平仄仄平平。

解鞍少驻初程。

仄（平）平（仄）仄，

过春风十里，

（仄）仄仄平平。

尽荠麦青青。

仄平仄、（平）平（仄）仄，

自胡马、窥江去后，

仄平平仄，

废池乔木，

（仄）仄平平。

犹厌言兵。

仄（平）平（仄）仄，

渐黄昏清角，

（平）平（仄）仄平平。

吹寒都在空城。

（平）平（仄）仄，

杜郎俊赏，

仄平平、（仄）仄平平。

算而今、重到须惊。

仄（仄）仄平平，

纵豆蔻词工，

⊕平⊗仄，

青楼梦好，

⊗仄平平。

难赋深情。

⊗仄仄平平仄，

二十四桥仍在，

平平仄、⊗仄平平。

波心荡、冷月无声。

仄⊕平⊗仄，

念桥边红药，

⊕平⊗仄平平。

年年知为谁生？

42. 石州慢（双调102字，一名石州引）

贺　铸

⊗仄⊗仄平平，

薄雨收寒，

平仄仄平①，

斜照弄晴，

平仄平仄②。

春意空阔。

⊕平⊗仄平平，

长亭柳色才黄，

---

① 一作仄平平仄。

② 一作仄平平仄。

仄仄仄平平仄。

远客一枝先折。

平平仄仄，

烟横水际，

仄仄仄仄平平①，

映带几点归鸦，

平平仄仄平平仄。

东风消尽龙沙雪。

仄仄仄平平，

还记出门时，

仄平平平仄。

恰而今时节。

平仄。

将发。

仄平平仄，

画楼芳酒，

仄仄平平，

红泪清歌，

仄平平仄。

顿成轻别。

仄仄平平，

已是经年，

---

① 一作仄平平仄平平。

⊗仄⊕平平仄。
△

杳杳音尘都绝。
△

⊕平⊗仄，

欲知方寸，
·

⊗⊗⊗仄平平，

共有几许清愁，

⊕平⊗仄平平仄。
△

芭蕉不展丁香结。
·　　　　△

⊗仄仄平平，

枉望断天涯，

仄平平平仄。
△

两厌厌风月。（此调一般用入声韵）
△

43. 摸鱼儿（双调116字）

辛弃疾

淳熙己亥，自湖北漕移湖南，同官王正之置酒小山亭，为赋。

仄平平、仄平平仄。
△

更能消、几番风雨？

⊕平平仄平仄。
△

匆匆春又归去。
△

⊕平⊗仄平平仄，

惜春长怕花开早，

⊗仄仄平平仄。
△

何况落红无数！
·　　　△

平仄仄！

春且住！

(仄)仄仄、平平(仄)仄平平仄。

见说道、天涯芳草无归路。

(平)平(仄)仄。

怨春不语。

仄(仄)仄平平，

算只有殷勤，

(仄)平平仄，

画檐蛛网，

(仄)仄仄平仄。

尽日惹飞絮。

平平仄，

长门事，

(仄)仄平平(仄)仄。

准拟佳期又误。

平平平仄平仄。

蛾眉曾有人妒。

(平)平(仄)仄平平仄，

千金纵买相如赋①，

----

① 这句可以不押韵。

㊅仄仄平平仄。

脉脉此情谁诉?

平仄仄。

君莫舞。

㊉仄仄、㊅平㊉仄平平仄。

君不见、玉环飞燕皆尘土!

㊉平㊅仄。

闲愁最苦。

㊅仄仄平平,

休去倚危栏,

㊉平㊅仄,

斜阳正在,

㊅仄仄平仄。

烟柳断肠处!

44. 六州歌头(双调143字)

张孝祥

㊉平㊅仄,

长淮望断,

㊅仄仄平平。

关塞莽然平。

平㊉仄,

征尘暗,

平平仄,

霜风劲,

仄平平。

悄边声。

仄平平。

黯销凝。

⊗仄平平仄，

追想当年事，

⊗平仄，

殆天数，

平⊕仄，

非人力，

⊕⊗仄，

洙泗上，

平⊕仄，

弦歌地，

仄平平。

亦膻腥！

⊗仄平平，

隔水毡乡，

仄仄平平仄，

落日牛羊下，

⊗仄平平。

区脱纵横①。

---

① 纵，读 zōng。

仄平平仄，

看名王宵猎，

仄仄仄平平。

骑火一川明。

仄仄平平。

笳鼓悲鸣。

仄平平。

遣人惊。

仄平平仄，

念腰间箭，

仄平仄，

匣中剑，

平平仄，

空埃蠹，

仄平平。

竟何成？

平仄仄，

时易失，

平平仄，

心徒壮，

仄平平。

岁将零。

仄平平。

渺神京。

⊗仄平平仄，

干羽方怀远，

⊗⊕仄，

静烽燧，

仄平平。

且休兵。

⊕仄仄，

冠盖使，

⊕⊕仄，

纷驰骛，

仄平平。

若为情！

⊗仄⊕平⊗仄，

闻道中原遗老，

⊕平仄、⊗仄平平。

常南望、翠葆霓旌。

仄⊕平⊗仄，

使行人到此，

⊕仄仄平平。

忠愤气填膺。

⊗仄平平。

有泪如倾！

第二章 词 韵

第一节 词韵是诗韵的合并

词韵可以完全依照平水韵。但是,一般用韵较宽,往往把邻近的韵合并为一个韵部。依照戈载的《词林正韵》,词韵可以分为十九部(平、上、去声十四部,入声五部),如下:

第一部:平声东冬;上声董肿;去声送宋。

第二部:平声江阳;上声讲养;去声绛漾。

第三部:平声支微齐,又灰※("回雷"等字);上声纸尾荠,又贿※("悔罪"等字);去声寘未霁,又泰※("会最"等字)、队※("内佩"等字)。

第四部:平声鱼虞;上声语麌;去声御遇。

第五部:平声佳※("街钗"等字)、灰※("来台"等字);上声蟹,又贿※("海在"等字);去声泰※("盖外"等字)、卦※("拜快"等字)、队※("塞代"等字)。

第六部:平声真文,又元※("魂痕"等字);上声轸吻,又阮※("本损"等字);去声震问,又愿※("闷困"等字)。

第七部:平声寒删,又元※("言烦"等字);上声旱潸铣,又阮※("远晚"等字）；去声翰谏霰，又愿半（"怨健"等字）。

　　第八部：平声萧肴豪；上声篠巧皓；去声啸效号。

　　第九部：平声歌；上声哿；去声箇。

　　第十部：平声麻；上声马；去声祃，又卦半（"话画"等字）。

　　第十一部：平声庚青蒸；上声梗迥；去声敬径。

　　第十二部：平声尤；上声有；去声宥。

　　第十三部：平声侵；上声寝；去声沁。

　　第十四部：平声覃盐咸；上声感俭豏；去声勘艳陷。

　　第十五部：入声屋沃。

　　第十六部：入声觉药。

　　第十七部：入声质陌锡职缉。

　　第十八部：入声物月曷黠屑叶。

　　第十九部：入声合洽。

　　有时候，词人用韵比这个更宽，例如辛弃疾《永遇乐》押"处去住虎顾路鼓否"，"处去住虎顾路鼓"属第四部，"否"属第十二部。范仲淹《苏幕遮》押"地翠水外思睡倚泪"，"地翠水思睡倚泪"属第三部，"外"属第五部。苏轼《念奴娇》押"物壁雪杰发灭髪月"，"物雪杰发灭髪月"属第十七部，"壁"属第十八部。总之，词人用韵是很宽的。

第二节　上、去通押

　　在唐人古体诗中，已有上、去通押的情况。在宋词中，上、去通押更加常见，例如范仲淹的《渔家傲》押"异意起裹闭里计地寐泪"，"起裹里"属上声，"异意计地寐泪"属去声。冯延巳《蝶恋花》押"树缕柱去絮雨语处","缕柱雨语"属上声①,"树去絮处"属去声。陆游《卜算子》押"主雨妒故","主雨"属上声,"妒故"属去声。李清照《如梦令》押"骤酒旧否瘦","酒否"属上声,"骤旧瘦"属去声。吕渭老《减字木兰花》押"卷馆",又押"舞住","卷舞"属上声,"馆住"属去声②。张元干《贺新郎》押"去渚渡处鼓舞路房语去否举","渚鼓舞房语否举"属上声,"去渡处路"属去声。王沂孙《齐天乐》押"树诉雨柱许露度苦楚缕","雨柱许苦楚缕"属上声,"树诉露度"属去声。李清照《点绛唇》押"手瘦透溜走首嗅","手走首"属上声,"瘦透溜嗅"属去声。李煜《乌夜啼》押"断乱","断"属上声③,"乱"属去声。范仲淹《苏幕遮》押"地翠水外思睡倚泪","水倚"属上声,"地翠外思睡泪"属去声。辛弃疾《永遇乐》押"处去住虎顾路鼓否","虎鼓否"属上声,"处去住顾路"属去声;《摸鱼儿》押"雨去数住路语絮误妒赋诉舞土苦处","雨语舞土苦"属上声,"去数住路絮误妒赋诉处"属去声。由此可见,上、去通押的情况是不胜枚举的。

第三节　换　韵

换韵,一般是平仄互换。或先用平韵,后用仄韵;或先用仄韵,后换平韵,或连换几次韵,都是词谱所规定的。

换韵有三种情况,现在分别加以叙述:

第一种情况是换韵不换部,元音相同,只是声调不同,就是平仄互换。这里所谓仄,指的是上声和去声,不是入声,例如:

---

① 今普通话"柱"读去声。
② 今普通话"馆"读上声。
③ "断"字,今普通话读去声。

西江月（黄陵庙）

张孝祥

满载一船明月，

平铺千里秋江。（平韵）

波神留我看斜阳，（协平韵）

唤起鳞鳞细浪。（换仄协）

明日风回更好，

今朝露宿何妨？（换平协）

水晶宫里奏《霓裳》，（协平韵）

准拟岳阳楼上。（换仄协）

这首词用的词韵是第二部江阳，平仄互换，是换韵不换部。

第二种情况是换韵又换部，例如：

清平乐（独宿博山王氏庵）

辛弃疾

绕床饥鼠，（仄韵）

蝙蝠翻灯舞。（协仄韵）

屋上松风吹急雨，（协仄韵）

破纸窗间自语。（协仄韵）

平生塞北江南①，（换平韵）

归来华发苍颜。（协平韵）

布被秋宵梦觉，

眼前万里江山。（协平韵）

_____

① “南”属第十四部，这里与第七部通押。

第三种情况是换韵后又回到原韵上,例如:

相见欢

朱敦儒

金陵城上西楼,(平韵)

倚清秋。(协平韵)

万里夕阳垂地,

大江流。(协平韵)

中原乱,(换仄韵)

簪缨散,(协仄韵)

几时收?(回到原平韵)

试倩悲风吹泪,

过扬州。(协平韵)

词以一韵到底为最常见,换韵比较少见。

第三章　词的平仄

第一节　律　句

　　词虽是长短句,但基本上用的是律句。非但五字句、七字句绝大多数是律句,连三字句、四字句、六字句也绝大多数是律句。三字句可以认为是七言律句的末三字,四字句可以认为是七言律句的前四字,六字句可以认为是七言律句的前六字。

　　现在先谈七言律句和五言律句。有些词是完全由七言律句构成的,例如:

浣溪沙

苏　轼

麻叶层层檾叶光。
谁家煮茧一村香?
隔篱娇语络丝娘。

垂白杖藜抬醉眼,
捋青捣炒软饥肠。
问言豆叶几时黄?

有些词是完全由五言律句构成的,例如:

生查子(题京口郡治尘表亭)

辛弃疾

悠悠万世功,
矻矻当年苦①。
鱼自入深渊,
人自居平土。

红日又西沉,
白浪长东去。
不是望金山,
我自思量禹。

有些词是五言律句与七言律句合成的,例如:

卜算子

朱敦儒

旅雁向南飞,
风雨群相失。
饥渴辛勤两翅垂,
独下寒汀立。

鸥鹭苦难亲,
矰缴忧相逼。
云海茫茫无处归,
谁听哀鸣急?

----

① "矻"读 wù,入声。

词的律句比诗的律句更为严格,不容许有变格。这就是说:

(一)平仄脚,五言第三字必平,七言第五字必平,例如:

一任群芳妒。(陆游《卜算子》)

波上寒烟翠。(范仲淹《苏幕遮》)

六朝旧事随流水。(王安石《桂枝香》)

芭蕉不展丁香结。(贺铸《石州引》)

八千里路云和月。(岳飞《满江红》)

(二)仄仄脚,五言第三字必平,七言第五字必平,例如:

小乔初嫁了。(苏轼《念奴娇》)

玉阶空伫立。(李白《菩萨蛮》)

塞下秋来风景异。(范仲淹《渔家傲》)

无可奈何花落去。(晏殊《浣溪沙》)

夜饮东坡醒复醉①。(苏轼《临江仙》)

(三)仄平脚,五言第三字必仄,七言第五字必仄②,例如:

云随雁字长。(晏几道《阮郎归》)

殷勤理旧狂。(同上)

饥渴辛勤两翅垂。(朱敦儒《卜算子》)

零落成泥碾作尘。(陆游《卜算子》)

一片春愁带酒浇。(蒋捷《一剪梅》)

(四)平平脚,五言第三字必仄,七言第五字必仄,例如:

帘外雨潺潺。(李煜《浪淘沙》)

月上柳梢头。(朱淑真《生查子》)

---

① "醒"读 xīng。

② 有个别例外,如秦观"枕上流莺和泪闻"。

稻花香里说丰年①。（辛弃疾《西江月》）

当年万里觅封侯。（陆游《诉衷情》）

老夫聊发少年狂。（苏轼《江城子》）

现在说到三字句。三字句有平平仄、平仄仄、仄仄平、仄平平四种，例如：

流年改。（陆游《沁园春》）

多少恨。（李煜《忆江南》）

汴水流。（白居易《长相思》）

月如钩。（李煜《乌夜啼》）

再说到四字句。四字句有㊉平㊉仄、㊉仄平平两种：

（一）㊉平㊉仄，例如：

惊涛拍岸。（苏轼《念奴娇》）

登临送目。（王安石《桂枝香》）

西窗过雨。（王沂孙《齐天乐》）

茫茫梦境。（陆游《沁园春》）

青楼梦好。（姜夔《扬州慢》）

这个句型，第一字可仄，但是比较少见，例如：

不应有恨。（苏轼《水调歌头》）

另有一种特定句型是仄平平仄，第三字必须用平声，不能用仄声。这种句型比上述的那种句型多得多。这是词句的特点，特别值得注意，例如：

灞陵伤别。（李白《忆秦娥》）②

---

① "说"是入声字。

② 《忆秦娥》词谱规定用这个特定句型。下仿此。

汉家陵阙。（同上）

翠峰如簇。（王安石《桂枝香》）

画图难足。（同上）

谩嗟荣辱。（同上）

后庭遗曲。（同上）

月流烟渚。（张元干《贺新郎》）

气吞骄虏。（同上）

玉筝调柱。（王沂孙《齐天乐》）

顿成凄楚。（同上）

露浓花瘦。（李清照《点绛唇》）

倚门回首。（同上）

这个句型，第一字可平，但是比较少见，例如：

江山如画。（苏轼《念奴娇》）

雄姿英发。（同上）

多情应笑。（同上）

人生如梦。（同上）

（二）仄仄平平，第三字必须用平声，不能用仄声，例如：

乱石穿空。（苏轼《念奴娇》）

故国神游。（同上）

乍咽凉柯。（王沂孙《齐天乐》）

镜暗妆残。（同上）

病翼惊秋。（同上）

谩想熏风。（同上）

再过辽天。（陆游《沁园春》）

毕竟成尘。（同上）

载酒园林。(同上)

点鬓霜新。(同上)

更有人贫。(同上)

躲尽危机。(同上)

这个句型第一字可平,音韵效果是一样的,例如:

春意阑珊。(李煜《浪淘沙》)

无限江山。(同上)

天上人间。(同上)

杨柳风轻。(冯延巳《蝶恋花》)

红杏开时。(同上)

再说到六字句。六字句有⊗仄平平仄仄、⊕平⊗仄平平两种。

(一)⊗仄平平仄仄,注意第三字用平声,例如:

三国周郎赤壁。(苏轼《念奴娇》)

千古凭高对此。(王安石《桂枝香》)

未放扁舟夜渡①。(张元干《贺新郎》)

料峭春寒中酒。(吴文英《风入松》)

惆怅双鸳不到。(同上)

赢得仓皇北顾。(辛弃疾《永遇乐》)

一片神鸦社鼓。(同上)

(二)⊕平⊗仄平平,注意第五字用平声,例如:

归来仿佛三更。(苏轼《临江仙》)

何时忘却营营?(同上)

清风半夜鸣蝉。(辛弃疾《西江月》)

---

① "扁"读 piān。

两三点雨山前。（同上）

交亲散落如云。（陆游《沁园春》）

交加晓梦啼莺。（吴文英《风入松》）

幽阶一夜苔生。（同上）

钱塘自古繁华。（柳永《望海潮》）

参差十万人家。（同上）

重湖叠巘清嘉。（同上）

嬉嬉钓叟莲娃。（同上）

梦回吹角连营。（辛弃疾《破阵子》）

弓如霹雳弦惊。（同上）

解鞍少驻初程。（姜夔《扬州慢》）

吹寒都在空城。（同上）

年年知为谁生？（同上）

另有一种特定句型是⊗仄⊗平平仄，第五字必平，这和四字句第三字必平一样，是词律的特点，例如：

千古风流人物。（苏轼《念奴娇》）

樯橹灰飞烟灭。（同上）

二十四桥仍在。（姜夔《扬州慢》）

远客一枝先折。（贺铸《石州慢》）

杳杳音尘都绝。（同上）

何况落红无数。（辛弃疾《摸鱼儿》）

脉脉此情谁诉？（同上）

此外，还有八字句、九字句、十字句、十一字句。八字句是上三下五；九字句是上三下六或上五下四；十字句是上三下七；十一字句一般是上六下五，也有上四下七的，例如：

莫等闲、白了少年头。(岳飞《满江红》)

待从头、收拾旧山河。(同上)

正人间、鼻息鸣鼉鼓。(张元干《贺新郎》)

过苕溪、尚许垂纶否?(同上)

浪淘尽、千古风流人物。(苏轼《念奴娇》)

驾长车踏破、贺兰山缺。(岳飞《满江红》)

见说道、天涯芳草无归路。(辛弃疾《摸鱼儿》)

君不见、玉环飞燕皆尘土!(同上)

不知天上宫阙、今夕是何年。(苏轼《水调歌头》)

当场只手、毕竟还我万夫雄。(陈亮《水调歌头》)

如果是上六下五,则上半是拗句(仄平平仄平仄),下半是律句(仄仄仄平平);如果是上四下七,则上半是律句(平平仄仄),下半是拗句(平仄平仄仄平平)。

有些四字句,其实是上一下三。上一字一般用仄声,下三字用律句,例如张孝祥《六州歌头》"念腰间箭"。

有些五字句,其实是上一下四。上一字一般用仄声,下四字用律句,即平平仄仄,例如:

有三秋桂子。(柳永《望海潮》)

叹移盘去远。(王沂孙《齐天乐》)

叹围腰带剩。(陆游《沁园春》)

有渔翁共醉。(同上)

过春风十里。(姜夔《扬州慢》)

使行人到此。(张孝祥《六州歌头》)

而且往往用词律特定的律句,即仄平平仄,例如:

念累累枯冢①。（陆游《沁园春》）

幸眼明身健。（同上）

渐黄昏清角。（姜夔《扬州慢》）

念桥边红药。（同上）

恰而今时节。（贺铸《石州慢》）

两厌厌风月②。（同上）

看名王宵猎。（张孝祥《六州歌头》）

不要误会某些是拗句（在五言律诗中，仄平平平仄是拗句，因为第二、四皆平），其实都是词中的律句。

又有一些平脚的五字句，上一下四。上一字一般用仄声，下四字用律句，即⑧仄平平，倒数第二字必平③，例如：

怪瑶佩流空。（王沂孙《齐天乐》）

甚独抱清商。（同上）

在第二、四字都用平声的时候，也不要误会是拗句。

有些七字句是上三下四，一般用的是三字律句加四字律句，或者是三字拗句加四字律句，或者是三字律句加四字拗句，例如：

背西风、酒旗斜矗。（王安石《桂枝香》）

念往昔、繁华竞逐。（同上）

但寒烟、衰草凝绿。（同上）

倚高寒、愁生故国。（张元干《贺新郎》）

谩暗涩、铜华尘土。（同上）

一丝柳、一寸柔情。（吴文英《风入松》）

---

① "累"读 léi，平声。

② "厌"读 yān，平声。

③ 王安石《桂枝香》"正故国晚秋"。"晚"字仄声，是例外。

有当时、纤手香凝。(同上)

凭阑处、潇潇雨歇。(岳飞《满江红》)

抬望眼、仰天长啸。(同上)

想当年、金戈铁马。(辛弃疾《永遇乐》)

凭谁问、廉颇老矣。(同上)

二十年、重过南楼。(刘过《唐多令》)

旧江山、浑是新愁。(同上)

自胡马、窥江去后。(姜夔《扬州慢》)

算而今,重到须惊。(同上)

波心荡、冷月无声。(同上)

常南望,翠葆霓旌。(张孝祥《六州歌头》)

第二节　拗　句

词句虽然大多数是律句,但是某些词谱又规定一些拗句,就是必须用拗,不能用律,例如:

四字句

仄仄仄平。

换尽旧人。(陆游《沁园春》)

平仄平仄。

孙仲谋处。(辛弃疾《永遇乐》)

仄平仄仄。

尚能饭否?(同上)

五字句

　　仄平平仄平①。

　　有人楼上愁。(李白《菩萨蛮》)

　　日长飞絮轻。(晏殊《破阵子》)

　　笑从双脸生。(同上)

　　平仄仄平仄。

　　烟柳断肠处。(辛弃疾《摸鱼儿》)

六字句

　　仄平平仄平仄。(第一字必仄)

　　一时多少豪杰。(苏轼《念奴娇》)

　　一樽还酹江月。(同上)

　　⊕平⊕仄平仄。

　　关河梦断何处。(陆游《诉衷情》)

　　平平平仄平仄。(第一、三字必平)

　　蛾眉曾有人妒。(辛弃疾《摸鱼儿》)

　　铜仙铅泪如洗。(王沂孙《齐天乐》)

　　平平仄平平仄。

　　年年翠阴庭树。(王沂孙《齐天乐》)

七字句

　　⊗仄⊗平平平仄。

　　唤取谪仙平章看。(张元干《贺新郎》)

　　仄平平仄仄平仄。

　　为谁娇鬓尚如许。(王沂孙《齐天乐》)

---

①　这是孤平拗救,虽然词谱说第一字可平,实际上以仄声为正格。

⊕仄⊕仄仄平平。

何事常向别时圆。（苏轼《水调歌头》）

⊗⊗仄、平平仄平。

被白发、欺人奈何。（辛弃疾《太常引》）

人道是、清光更多。（同上）

　当然，所谓拗句，只是对律句而言的说法。其实就词来说，既然词谱规定了这些句型，那就应该说这不是拗句，而是正格了。

第四章　词的对仗

词的对仗,没有硬性规定。只要前后两句字数相等,就可以用对仗,也可以不用对仗。只有少数词谱,习惯上是要用对仗的,例如:

(一)《西江月》前后阕第一、二两句:

明月别枝惊鹊,清风半夜鸣蝉。

七八个星天外,两三点雨山前。(辛弃疾)

(二)《浣溪沙》第四、五两句:

无可奈何花落去,似曾相识燕归来。(晏殊)

(三)《沁园春》前阕第八、九两句,后阕第七、八两句:

载酒园林,寻花巷陌。

躲尽危机,消残壮志。(陆游)

(四)《诉衷情》后阕第一、二句:

胡未灭,鬓先秋。(陆游)

(五)《念奴娇》前阕第五、六两句:

乱石穿空,惊涛拍岸。(苏轼)

(六)《水调歌头》后阕第五、六两句:

人有悲欢离合,月有阴晴圆缺。(苏轼)

(七)《鹧鸪天》前阕第三、四两句:

一春鱼鸟无消息,千里关山劳梦魂。(秦观)

（八）《齐天乐》后阕第四、五两句：

　　病翼惊秋，枯形阅世。（王沂孙）

（九）《满江红》前阕第五、六两句，后阕第六、七两句：

　　三十功名尘与土，八千里路云和月。

　　壮志饥餐胡虏肉，笑谈渴饮匈奴血。（岳飞）

（十）《望海潮》前后阕第四、五两句，又前阕第十、十一两句：

　　烟柳画桥，风帘翠幕。

　　市列珠玑，户盈罗绮。

　　羌管弄晴，菱歌泛夜。（柳永）

（十一）《长相思》前后阕第一、二两句：

　　汴水流，泗水流。

　　思悠悠，恨悠悠。（白居易）

（十二）《相见欢》后阕第一、二两句：

　　剪不断，理还乱。（李煜）

（十三）《桂殿秋》第一、二两句，又第四、五两句：

　　秋色里，月明中。

　　蟠桃已结瑶池露，桂子初开玉殿风。（向子諲）

（十四）《破阵子》前后阕第一、二两句，又第三、四两句：

　　醉里挑灯看剑，梦回吹角连营。

　　八百里分麾下炙，五十弦翻塞外声。

　　马作的卢飞快，弓如霹雳弦惊。

　　了却君王天下事，赢得生前身后名。（辛弃疾）

（十五）《阮郎归》后阕第一、二两句：

　　兰佩紫，菊簪黄。（晏几道）

有些词谱的对仗更随便，更自由，可对可不对。下面所举的例子，就是可对可不对的：

（一）《桂枝香》前阕第八、九两句：

　　彩舟云淡，星河鹭起。（王安石）

（二）《清平乐》后阕第一、二两句：

　　大儿锄豆溪东，中儿正织鸡笼。（辛弃疾）

（三）《诉衷情》后阕末两句：

　　心在天山，身老沧洲。（陆游）

（四）《风入松》前后阕末两句：

　　料峭春寒中酒，交加晓梦啼莺。

　　惆怅双鸳不到，幽阶一夜苔生①。（吴文英）

（五）《一剪梅》前后阕第二、三两句和第五、六两句：

　　江上舟摇，楼上帘招。

　　风又飘飘，雨又潇潇。

　　银字筝调，心字香烧。

　　红了樱桃，绿了芭蕉！（蒋捷）

（六）《生查子》前阕末两句：

　　月上柳梢头，人约黄昏后。（朱淑真）

（七）《江城子》前后阕第二、三两句：

　　左牵黄，右擎苍②。（苏轼）

（八）《苏幕遮》前后阕第一、二句：

　　碧云天，黄叶地。

　　黯乡魂，追旅思。（范仲淹）

（九）《最高楼》前阕第四、五两句，第六、七两句，第九、十两句；后

---

①　这一联半对半不对。

②　苏轼在后阕没有用对仗。

阕第一、二两句,第三、四两句,第五、六两句,第八、九两句:

八音相应谐韶乐,一声未了落梁尘。

轻郢客,重巴人。

只少个、绿珠横玉笛,

更少个、雪儿弹锦瑟。

欺贺晏,压黄秦。

可怜樵唱并菱曲,不逢御手与龙巾。

篷底月,瓮间春。(刘克庄)

(十)《石州慢》前阕第一、二两句,后阕第二、三两句:

薄雨收寒,斜照弄晴。

画楼芳酒,红泪清歌。(贺铸)

(十一)《六州歌头》前阕第三、四两句,第八、九两句,第十、十一两句:

征尘暗,霜风劲。

殆天数,非人力。

洙泗上,弦歌地。(张孝祥)

有时候,不是两句对仗,而是三句排比。但这种情况是少见的,例如:

时易失,心徒壮,岁将零。(张孝祥《六州歌头》)

如果四字句是上一下三,应该看作三字句与下面三字句对仗,上一字不算在对仗之内,例如:

念腰间箭,匣中剑。(张孝祥《六州歌头》)

如果五字句是上一下四,应该看作四字句与下面四字句对仗,上一字不算在对仗之内,例如:

有三秋桂子,十里荷花。(柳永《望海潮》)

幸眼明身健,茶甘饭软。(陆游《沁园春》)

纵豆蔻词工,青楼梦好。(姜夔《扬州慢》)

但荒烟衰草,乱鸦斜日。(萨都剌《满江红》)

有一种对仗,叫做扇面对,就是把两句作为上联,两句作为下联,四句构成一个对仗。这种扇面对往往出现在《沁园春》中,特别值得注意,例如:

甚云山自许,平生意气;衣冠人笑,抵死尘埃。

要小舟行钓,先应种柳;疏篱护竹,莫碍观梅。

(辛弃疾《沁园春·带湖新居初成》)

正惊湍直下,跳珠倒溅;小桥横截,缺月初弓。

似谢家子弟,衣冠磊落;相如庭户,车骑雍容。

(辛弃疾《沁园春·灵山齐庵赋》)

唤厨人斫就,东溟鲸脍;圉人呈罢,西极龙媒。

叹年光过尽,功名未立;书生老去,机会方来。

(刘克庄《沁园春·梦孚若》)

古体诗中的对仗,不避同字相对。词也一样,某些词谱是不避同字相对的,例如:

人有悲欢离合,月有阴晴圆缺。(苏轼《念奴娇》)

汴水流,泗水流。

思悠悠,恨悠悠。(白居易《长相思》)

大儿锄豆溪东,中儿正织鸡笼。(辛弃疾《清平乐》)

江上舟摇,楼上帘招。

风又飘飘,雨又潇潇。

银字筝调,心字香烧。

红了樱桃,绿了芭蕉。(蒋捷《一剪梅》)

只少个、绿珠横玉笛,

更少个、雪儿弹锦瑟。(刘克庄《最高楼》)

　　律诗的对仗,上联的平仄和下联的平仄是对立的。词的对仗有两个类型:第一个类型和律诗的平仄一样,平对仄,仄对平;第二个类型和律诗的平仄不一样,或者上下联平仄完全相同,或者以平仄脚对仄仄脚,或者以平仄脚对平平脚,或者以平平脚对平仄脚。这些都是词谱里规定了的。关于第二类型的对仗,举例如下:

　　(一)上下联平仄完全相同者:

　　　　人有悲欢离合,

　　　　月有阴晴圆缺。(苏轼《水调歌头》)

　　　　江上舟摇,

　　　　楼上帘招。(蒋捷《一剪梅》)

　　　　左牵黄,

　　　　右擎苍。(苏轼《江城子》)

　　　　征尘暗,

　　　　霜风劲。(张孝祥《六州歌头》)

　　　　荒烟衰草,

　　　　乱鸦斜日。(萨都剌《满江红》)

　　　　眼明身健,

　　　　茶甘饭软。(陆游《沁园春》)

　　(二)以平仄脚对仄仄脚者:

　　　　三十功名尘与土,

　　　　八千里路云和月。(岳飞《满江红》)

　　(三)以平仄脚对平平脚者:

　　　　月上柳梢头,

人约黄昏后①。（朱淑真《生查子》）

（四）以平平脚对平仄脚者：

八音相应谐韶乐，

一声未了落梁尘。（刘克庄《最高楼》）

可怜樵唱并菱曲，

不逢御手与龙巾。（同上）

---

① 字下的圆圈表示上下联平仄相同。

诗词格律十讲

目　　录

诗词格律是中国诗人们长期积累的艺术经验的总结,它是诗词的艺术构成部分。我们掌握了旧体诗词格律的具体知识,就能更好地理解历代特别是唐以后著名诗人作品中的艺术。从欣赏古代诗词和学习毛主席诗词方面说,我们学一点诗词格律也是非常必要的。

　　关于我们自己可以不可以写一些旧体诗词,毛主席有过明确的指示。毛主席说(《关于诗的一封信》):"诗当然应以新诗为主体,旧诗可以写一些,但是不宜在青年中提倡,因为这种体裁束缚思想,又不易学。"当我们要写一些旧体诗词的时候,自然也不能不懂诗词的格律。

　　我写这个《诗词格律十讲》,目的在于简明扼要地叙述有关诗词格律的基础知识。所举的作品既要是思想比较健康而又脍炙人口的,又要是便于说明格律的。读者如果还读过别的旧体诗词,拿来对比一下,印象就更深了。

一　诗韵和平仄

　　诗写下来不是为了看的,而是为了吟的。古人所谓吟,跟今天所谓朗诵差不多。因此,诗和声律就发生了极其密切的关系。诗词的格律主要就是声律,而所谓声律只有两件事:第一是韵,第二是平仄。其中尤以平仄的规则最为重要;可以说没有平仄规则就没有诗词格律。现在先请大家读几首唐诗:

登鹳雀楼

王之涣

白日依山尽,黄河入海流。
欲穷千里目,更上一层楼。

相　思

王　维

红豆生南国,春来发几枝。
愿君多采撷,此物最相思。

江南曲

李　益

嫁得瞿唐贾,朝朝误妾期。
早知潮有信,嫁与弄潮儿。(贾〔gǔ〕音古)

这是三首五言绝句。在这些诗里,逢双句押韵。所谓押韵,就是把同一收音的字放在同一位置上,也就是放在句尾。韵的作用是构成声音的回环,也就是形成一种音乐美,例如《登鹳雀楼》,"流"字读 liú(= lióu),"楼"字读 lóu,都是收音于 ou 的;《相思》,"枝"字读 zhī,"思"字读 sī,都是收音于 i 的。这就显得非常和谐了。

有时候,依照现代普通话的语音读去并不和谐,这是因为时代不同,语音有了发展,例如《江南曲》,"期"字读 qí,"儿"字读 ér,很不和谐,但是如果依照上海话的白话音来读"儿"字,就十分和谐了,因为上海白话"儿"字念 ní,在很大程度上保存了唐代的古音。

至于讲到平仄规则,就必须先说明什么是平仄。古代有四个声调,即平声、上声、去声、入声。平声以外,其余三声都是仄声("仄"就是不平的意思)。平声大约是比较长的音,而且是一个平调,不升也不降;其余三声大约是比较短的音,有升有降,因此形成了平仄的对立。诗人们利用这种对立来造成诗的节奏美。

上面所引的三首五言绝句是依照同一个平仄格式写成的。每首只有二十个字,其平仄格式如下:

⊗仄平平仄　　平平仄仄平

⊕平平仄仄　　⊗仄仄平平

（字外带圈表示可平可仄,字下加△表示押韵,下同）

有一件事值得注意:在普通话里,平声已经分化为阴平和阳平;入声已经消失了,分别归入阴平、阳平、上声和去声。平声好办,只要把阴平和阳平同等看待就是了。入声归入上声、去声的也都好办,反正上、去两声也都是仄声。唯有归入阴平、阳平的入声字就非查字典不可(可查上海中华书局编辑部编的《诗韵新编》)。大概平仄格式上标明仄声而普通话读平声的字,多半是古入声。这三首诗中的入声字是"白、日、入、欲、目、一、国、发、撷、物、得、妾"。特别值得注意的是

"国、发、撷、得"，它们在普通话里都变了平声，而它们所在的位置是规定要用仄声字的。

　　这三首诗是严格地依照平仄格式写成的。一般地说，每句的第一个字可以不拘平仄。试看第一句第一个字，"白、嫁"是仄，而"红"是平；第三句和第四句的第一个字，这里三首诗都是用了仄声，但是在其他唐诗中也有用平声的。唯独像"平平仄仄平"这样一个五言平仄句式（在这三首诗中是第二句），第一个字就只能用平声，不能用仄声，否则叫做犯孤平。

　　这一讲所讲的是最基本的东西。讲的虽然是五言，但是可以类推到七言。讲的虽然是绝句，但是可以类推到律诗。讲的虽然是诗，但是可以类推到词。

二　五言绝句

绝句都是四句。五言绝句可以分为律绝和古绝两种。现在先谈律绝。律绝一般只用平声韵,而平仄格式则有四种。第一讲里所讲的平仄格式是第一种:

⊗仄平平仄　平平仄仄平
⊕平平仄仄　⊗仄仄平平

这里有四种句式:第一种句式是平仄脚,第二种句式是仄平脚,第三种句式是仄仄脚,第四种句式是平平脚。这四种句式是所有变化的基础,四种五言绝句都是由这四种句式错综变化而成的。

第二种五言绝句只是把第一种的前半首和后半首对调了一下:

⊕平平仄仄　⊗仄仄平平
⊗仄平平仄　平平仄仄平

听　筝

李　端

鸣筝金粟柱,素手玉房前。

欲得周郎顾,时时误拂弦。

第三种五言绝句基本上和第一种相同,只因首句用韵,所以首句改为平平脚:

仄仄平平　　平平仄仄平
平平仄仄　　仄仄平平

塞下曲

卢　纶

月黑雁飞高,单于夜遁逃。

欲将轻骑逐,大雪满弓刀。（单〔chán〕音蝉）

行　宫

元　稹

寥落古行宫,宫花寂寞红。

白头宫女在,闲坐说玄宗。

溪　居

裴　度

门径俯清溪,茅檐古木齐。

红尘飞不到,时有水禽啼。

第四种五言绝句基本上和第二种相同,只因首句用韵,所以首句
改为仄平脚:

平平仄仄平　　仄仄平平
仄仄平平仄　　平平仄仄平

闺人赠远

王　涯

花明绮陌春,柳拂御沟新。

为报辽阳客,流光不待人。

在四种平韵五言律绝当中,以第一种为最常见,其次是第三种。
其余两种都是少见的。除了平韵律绝之外,还有一些仄韵律绝。现在

只举一个例子:

⑭平平仄仄　⑭仄平平仄
⑭仄仄平平　⑭平平仄仄

忆旧游

顾　况

悠悠南国思,夜向江南泊。

楚客断肠时,月明枫子落。(思〔sì〕音四)

律绝只有四种句式,即使是仄韵的五言律绝,也不超出这个范围。依照这四种句式写成的诗句称为律句,凡不用或基本上不用律句的绝句可以称为古绝。古绝一般都是五言的,而且不拘平仄;在押韵方面既可押平声韵,也可押仄声韵,例如:

夜　思

李　白

床前明月光,疑是地上霜。

举头望明月,低头思故乡。

拜新月

李　端

开帘见新月,即便下阶拜。

细语人不闻,北风吹裙带。

《夜思》是平声韵,《拜新月》是仄声韵。"疑是"句"平仄仄仄平","细语"句"仄仄平仄平","北风"句"仄平平平仄",都不是律句。

三　七言绝句

　　七言绝句也是四句,总共二十八个字。七言律绝是以五言律绝为基础的。跟五言律绝一样,七言律绝共有四种平仄句式,这只是在五字句的前面加两个音:如果是仄起的五字句,就把它变成平起的七字句;如果是平起的五字句,就把它变成仄起的七字句。试看下面的比较表:

1. 平仄脚：五字句——□□⊗仄平平仄
　　　　　　七字句——⊕平⊗仄平平仄

2. 仄平脚：五字句——□□平平仄仄平
　　　　　　七字句——⊗仄平平仄仄平

3. 仄仄脚：五字句——□□⊕平平仄仄
　　　　　　七字句——⊗仄⊕平平仄仄

4. 平平脚：五字句——□□⊗仄仄平平
　　　　　　七字句——⊕平⊗仄仄平平

　　七言绝句也有四种平仄格式,跟五言绝句是相一致的。不过,七言绝句以首句押韵为比较常见,所以次序应该改变一下。第一种七言绝句是:

　　　　⊕平⊗仄仄平平　　⊗仄平平仄仄平
　　　　⊗仄⊕平平仄仄　　⊕平⊗仄仄平平

早发白帝城

李　白

朝辞白帝彩云间，千里江陵一日还。
两岸猿声啼不住，轻舟已过万重山。

题金陵渡

张　祜

金陵津渡小山楼，一宿行人自可愁。
潮落夜江斜月里，两三星火是瓜州。

将赴吴兴登乐游原

杜　牧

清时有味是无能，闲爱孤云静爱僧。
欲把一麾江海去，乐游原上望昭陵。

泊秦淮

杜　牧

烟笼寒水月笼沙，夜泊秦淮近酒家。
商女不知亡国恨，隔江犹唱后庭花。

第二种七言绝句是把第一种的前半首和后半首对调，并且使首句仍然收平脚，第三句仍然收仄脚：

　　仄仄平平仄仄平　　平平仄仄仄平平
　　平平仄仄平平仄　　仄仄平平仄仄平

芙蓉楼送辛渐

王昌龄

寒雨连江夜入吴，平明送客楚山孤。
洛阳亲友如相问，一片冰心在玉壶。

乌衣巷

刘禹锡

朱雀桥边野草花，乌衣巷口夕阳斜。
旧时王谢堂前燕，飞入寻常百姓家。

赤　壁

杜　牧

折戟沉沙铁未销，自将磨洗认前朝。
东风不与周郎便，铜雀春深锁二乔。

秋　夕

杜　牧

银烛秋光冷画屏，轻罗小扇扑流萤。
天阶夜色凉如水，卧看牵牛织女星。

　　第三种七言绝句是第一种的变相，只是把首句改为不押韵（这一种比较少见）：

　　　　㊉平㋿仄平平仄　　㋿仄平平仄仄平
　　　　㋿仄㊉平平仄仄　　㊉平㋿仄仄平平△

忆江柳

白居易

曾栽杨柳江南岸，一别江南两度春。
遥忆青青江岸上，不知攀折是何人！

　　第四种七言绝句是第二种的变相，只是把首句改为不押韵：

　　　　㋿仄㊉平平仄仄　　㊉平㋿仄仄平平△
　　　　㊉平㋿仄平平仄　　㋿仄平平仄仄平△

九月九日忆山东兄弟

王　维

独在异乡为异客,每逢佳节倍思亲。
遥知兄弟登高处,遍插茱萸少一人。

夜上受降城闻笛

李　益

回乐峰前沙似雪,受降城外月如霜。
不知何处吹芦管,一夜征人尽望乡。

仄韵七绝颇为罕见,这里不举例了。

七言绝句每句的第一字是不拘平仄的,第三字在许多情况下也不拘平仄,因此相传有这样一个口诀:"一三五不论,二四六分明。"但是,这个口诀是不全面的:在正常的情况下,第五字不能不论;更重要的是仄平脚的句子第三字不能不论,否则犯了孤平。凡是不合于这里所讲的都是变格,在第六讲里还要谈到。

四 五言律诗和长律

我们在第二讲中讲了五言绝句,这里再讲五言律诗就非常好懂了。五言律诗共有八句,四十个字,比五言绝句(指律绝)的字数多一倍,可以说两首五言绝句合起来就是一首五言律诗。按发展情况说,应该说五言绝句是五言律诗的一半;但是,为了说明的方便,我们说五言律诗是五言绝句的双倍也未尝不可。

跟五言绝句一样,五言律诗也有四种平仄格式。第一种五言律诗等于第一种五言绝句的两首:

⊗仄平平仄　平平仄仄平
⊕平平仄仄　⊗仄仄平平
⊗仄平平仄　平平仄仄平
⊕平平仄仄　⊗仄仄平平

塞下曲

李　白

五月天山雪,无花只有寒。

笛中闻折柳,春色未曾看。

晓战随金鼓,宵眠抱玉鞍。

愿将腰下剑,直为斩楼兰。(看〔kān〕音刊)

春　望

杜　甫

国破山河在，城春草木深。

感时花溅泪，恨别鸟惊心。

烽火连三月，家书抵万金。

白头搔更短，浑欲不胜簪。（胜〔shēng〕音升）

第二种五言律诗等于第二种五言绝句的两首：

> ⊕平平仄仄　⊗仄仄平平△
> ⊗仄平平仄　平平仄仄平△
> ⊕平平仄仄　⊗仄仄平平△
> ⊗仄平平仄　平平仄仄平△

山居秋暝

王　维

空山新雨后，天气晚来秋。

明月松间照，清泉石上流。

竹喧归浣女，莲动下渔舟。

随意春芳歇，王孙自可留。

新春江次

白居易

浦干潮未应，堤湿冻初销。

粉片妆梅朵，金丝刷柳条。

鸭头新绿水，雁齿小红桥。

莫怪珂声碎，春来五马骄。

第三种五言律诗等于第三种五言绝句加第一种五言绝句：

> ⊗仄仄平平　平平仄仄平△

⊕平平仄仄　㈧仄仄平平
㈣仄平平仄　平平仄仄平
⊕平平仄仄　㈧仄仄平平

终南山

王　维

太乙近天都,连山接海隅。

白云回望合,青霭入看无。

分野中峰变,阴晴众壑殊。

欲投人处宿,隔水问樵夫。（看〔kān〕音刊）

月夜忆舍弟

杜　甫

戍鼓断人行,边秋一雁声。

露从今夜白,月是故乡明。

有弟皆分散,无家问死生。

寄书长不达,况乃未休兵!

第四种五言律诗等于第四种五言绝句加第二种五言绝句（这一种比较少见）：

平平仄仄平　㈧仄仄平平
㈣仄平平仄　平平仄仄平
⊕平平仄仄　㈧仄仄平平
㈣仄平平仄　平平仄仄平

风　雨

李商隐

凄凉宝剑篇,羁泊欲穷年。

黄叶仍风雨,青楼自管弦。

新知遭薄俗,旧好隔良缘。

心断新丰酒,销愁斗几千!

律诗中间四句要用对仗。所谓对仗,就是名词对名词,形容词对形容词,动词对动词,副词对副词等。关于对仗,后面还要专题讨论。

长律是超过八句的律诗,有长到一百六十韵的。两句一押韵,一百六十韵就是一千六百个字。有一种试帖诗规定五言六韵(清代规定五言八韵),那是应科举时写的,例如:

湘灵鼓瑟

钱 起

善鼓云和瑟,常闻帝子灵。

冯夷空自舞,楚客不堪听。

苦调凄金石,清音入杳冥。

苍梧来怨慕,白芷动芳馨。

流水传湘浦,悲风过洞庭。

曲终人不见,江上数峰青。

长律的平仄很容易知道,因为它只是把五言绝句加起来,例如五言六韵的长律就等于三首五言绝句。除头两句和末两句以外,中间各句都是要用对仗的。长律一般只是五言诗;七言长律非常罕见的。

五　七言律诗

　　七言律诗,就其平仄格式说,是七言绝句的扩展。七言律诗共有八句,五十六个字,比七言绝句的字数多一倍,正好把两首七绝合成一首七律。七言律诗也有四种平仄格式。第一种七律等于第一种七绝加第三种七绝:

平平仄仄仄平平　　仄仄平平仄仄平
仄仄平平平仄仄　　平平仄仄仄平平
平平仄仄平平仄　　仄仄平平仄仄平
仄仄平平平仄仄　　平平仄仄仄平平

望蓟门

祖　咏

燕台一去客心惊,笳鼓喧喧汉将营。
万里寒光生积雪,三边曙色动危旌。
沙场烽火侵胡月,海畔云山拥蓟城。
少小虽非投笔吏,论功还欲请长缨。

钱塘湖春行

白居易

孤山寺北贾亭西,水面初平云脚低。

几处早莺争暖树,谁家新燕啄春泥?

乱花渐欲迷人眼,浅草才能没马蹄。

最爱湖东行不足,绿杨阴里白沙堤。

第二种七律等于第二种七绝加第四种七绝:

⊘仄平平⊘仄平　⊕平⊘仄仄平平

⊕平⊘仄平平仄　⊘仄平平⊘仄平

⊘仄⊕平平仄仄　⊕平⊘仄仄平平

⊕平⊘仄平平仄　⊘仄平平⊘仄平

登柳州城楼寄漳汀封连四州

柳宗元

城上高楼接大荒,海天愁思正茫茫。

惊风乱飐芙蓉水,密雨斜侵薜荔墙。

岭树重遮千里目,江流曲似九回肠。

共来百越文身地,犹自音书滞一乡!(思〔sì〕音四)

无　题

李商隐

相见时难别亦难,东风无力百花残。

春蚕到死丝方尽,蜡炬成灰泪始干。

晓镜但愁云鬓改,夜吟应觉月光寒。

蓬莱此去无多路,青鸟殷勤为探看。(看〔kān〕音刊)

第三种七律等于第三种七绝的两首:

⊕平⊘仄平平仄　⊘仄平平⊘仄平

⊘仄⊕平平仄仄　⊕平⊘仄仄平平

⊕平⊘仄平平仄　⊘仄平平⊘仄平

⊘仄⊕平平仄仄　⊕平⊘仄仄平平

客　至

杜　甫

舍南舍北皆春水,但见群鸥日日来。

花径不曾缘客扫,蓬门今始为君开。

盘飧市远无兼味,樽酒家贫只旧醅。

肯与邻翁相对饮,隔篱呼取尽余杯。

酬乐天扬州初逢席上见赠

刘禹锡

巴山楚水凄凉地,二十三年弃置身。

怀旧空吟闻笛赋,到乡翻似烂柯人。

沉舟侧畔千帆过,病树前头万木春。

今日听君歌一曲,暂凭杯酒长精神。

第四种七律等于第四种七绝的两首:

```
仄仄平平平仄仄    平平仄仄仄平平
平平仄仄平平仄    仄仄平平仄仄平
仄仄平平平仄仄    平平仄仄仄平平
平平仄仄平平仄    仄仄平平仄仄平
```

阁　夜

杜　甫

岁暮阴阳催短景,天涯霜雪霁寒宵。

五更鼓角声悲壮,三峡星河影动摇。

野哭千家闻战伐,夷歌几处起渔樵。

卧龙跃马终黄土,人事音书漫寂寥。

闻官军收河南河北

杜　甫

剑外忽传收蓟北,初闻涕泪满衣裳。

却看妻子愁何在,漫卷诗书喜欲狂。

白日放歌须纵酒,青春作伴好还乡。

即从巴峡穿巫峡,便下襄阳向洛阳。

七律跟五律一样,中间四句要用对仗;至于头两句和末两句,一般不用对仗。特别是末两句,像杜甫的《闻官军收河南河北》那样的情况是很少见的。

讲到这里,我们可以把律诗、绝句的平仄规则总结一下。平仄有"对"的规则和"粘"的规则。单句称为出句,双句称为对句,出句和对句加起来叫一联。第一联称为首联,第二联称为颔联,第三联称为颈联,第四联称为尾联。出句的平仄和对句的平仄必须是相反的,叫做对。下联出句的平仄和上联对句的平仄必须是相同的,叫做粘。当然,在粘的时候,第五、七两字(在五言则是第三、五两字)的平仄不可能相同;在对的时候,如果首句入韵,首联出句和对句第五、七两字(在五言则是第三、五两字)也不可能相对。总之,除了下节所讲的变格外,我们可以拿五言第二、第四字;七言的第二、第四、第六字作为衡量粘对的标准。

知道了粘对的道理,要背诵口诀(平仄格式)就不难了。只要知道了第一句的平仄,全首诗的平仄都可以按照粘对的规则背诵如流。即使是百韵长律,也不会背错一个字。

违反粘的规则叫做失粘(广义的失粘指的是不合平仄,这里用的是狭义);违反对的规则叫失对。唐人偶尔有不粘的律诗、绝句(如王维的《渭城曲》),但是不足为训,因为一般的律诗、绝句总是粘的。至于失对,则是更大的毛病,唐人虽也有个别失对的情况,那或者是模仿齐梁体(律诗未定型以前的诗体),或者是诗人一时的疏忽,后人是不能引为口实的。

六 平仄的变格

上面说过,前人做律诗、绝句有个口诀是:"一三五不论。"这是就七言说的;如果是五言,那就应该是"一三不论"。其实仄平脚的五言第一字或七言第三字不能不论,否则犯孤平。至于五言第三字、七言第五字,按常规来说,也是要论的,但是在这些地方可以有变格,就是在本该用平声的地方也可以用仄声,在本该用仄声的地方也可以用平声,例如:

次北固山下

王 湾

客路青山下,行舟绿水前。
潮平两岸阔,风正一帆悬。
海日生残夜,江春入旧年。
乡书何处达? 归雁洛阳边。

送友人

李 白

青山横北郭,白水绕东城。
此地一为别,孤蓬万里征。
浮云游子意,落日故人情。
挥手自兹去,萧萧班马鸣。

咏怀古迹(其二)

杜 甫

摇落深知宋玉悲,风流儒雅亦吾师。

怅望千秋一洒泪,萧条异代不同时。

江山故宅空文藻,云雨荒台岂梦思!

最是楚宫俱泯灭,舟人指点到今疑。

蜀 相

杜 甫

丞相祠堂何处寻?锦官城外柏森森!

映阶碧草自春色,隔叶黄鹂空好音。

三顾频烦天下计,两朝开济老臣心。

出师未捷身先死,长使英雄泪满襟!

(字下有。的是变格的不拘平仄的字)

值得注意的是:五言平起出句第三字如果用仄声,则第一字必须用平声(如"潮平两岸阔");七言仄起出句第五字如果用仄声,则第三字必须用平声(如"怅望千秋一洒泪")。如果是平平脚,五言第三字、七言第五字仍以用仄声为宜,否则末三字变成平平平,而三字尾连用三个平声是古风的特点(见第八讲),最好律诗、绝句不要用它。

现在讲到三种特别的句式。这三种句式是不合于前面五讲中所列的平仄格式的,然而它们是律诗、绝句所容许的。

(1)五言出句二、四字同平,七言出句四、六字同平。——依前面五讲的说法,仄仄脚的律句,在五言是"㊀平平仄仄",在七言是"Ⓐ仄㊀平平仄仄";但是,这个格式有一个最常用的变格,就是:

五言:平平仄平仄

七言:Ⓐ仄平平仄平仄

这是把五言第三、四两字的平仄对调,七言第五、六两字的平仄对

调。对调以后,五言第一字、七言第三字不再是不拘平仄的,而是必须用平声,例如:

送杜少府之任蜀州

王　勃

城阙辅三秦,风烟望五津。

与君离别意,同是宦游人。

海内存知己,天涯若比邻。

无为在歧路,儿女共沾巾。

(字下有·的是变格的句子,下同)

月　夜

杜　甫

今夜鄜州月,闺中只独看。

遥怜小儿女,未解忆长安。

香雾云鬟湿,清辉玉臂寒。

何时倚虚幌,双照泪痕干?　(看〔kān〕音刊)

咏怀古迹(其三)

杜　甫

群山万壑赴荆门,生长明妃尚有村。

一去紫台连朔漠,独留青冢向黄昏。

画图省识春风面,环佩空归月夜魂。

千载琵琶作胡语,分明怨恨曲中论!

　　这种句式多数被用在尾联的出句,即律诗的第七句、绝句的第三句。

　　(2)五言出句二、四字同仄,七言出句四、六字同仄。——依前面五讲的说法,平仄脚的律句,在五言是"⑧仄平平仄",在七言是"⑭平

⑭仄平平仄";但是,这个格式也有一个变格,就是:

五言:⑭仄⑭仄仄

七言:⑭平⑭仄⑭仄仄

这里五言第二、四两字都用仄声(全句可以有四仄,甚至五仄),七言第四、六两字都用仄声。但是,有一个附带的条件,就是五言对句第三字、七言对句第五字必须用平声,例如:

与诸子登岘山

孟浩然

人事有代谢,往来成古今。

江山留胜迹,我辈独登临。

水落鱼梁浅,天寒梦泽深。

羊公碑尚在,读罢泪沾襟。

草

白居易

离离原上草,一岁一枯荣。

野火烧不尽,春风吹又生。

远芳侵古道,晴翠接荒城。

又送王孙去,萋萋满别情。

夜泊水村

陆 游

腰间羽箭久凋零,太息燕然未勒铭。

老子犹堪绝大漠,诸君何至泣新亭?

一身报国有万死,双鬓向人无再青!

记取江湖泊船处,卧闻新雁落寒汀。(燕〔yān〕音烟)

讲到这里,我们知道"二四六分明"的口诀也不完全适用了。

（3）孤平拗救。——所谓孤平,只限于平脚的句子,指的是五字句的"仄平仄仄平"、七字句的"仄仄仄平仄仄平"。由于除了韵脚必须用平声以外,只剩一个平声字,所以叫做孤平。凡不合平仄的句子叫做拗句。拗句和律句是反义词。孤平的句子也是拗句的一种。但是,拗句可以补救。补救的办法是:前面本该用平声的地方用了仄声,就在后面适当的位置用上一个平声以为抵偿。所谓孤平拗救,是指仄平脚的句子五言第一字用仄,第三字用平;七言第三字用仄,第五字用平,就是:

五言:仄平平仄平

七言:⊗仄仄平平仄平

试看下面的例子:

夜泊山寺

李　白

危楼高百尺,手可摘星辰。

不敢高声语,恐惊天上人。

("恐"字系仄声,下面用平声"天"字来补救)

回乡偶书

贺知章

少小离家老大回,乡音无改鬓毛衰。

儿童相见不相识,笑问客从何处来。

("客"字系仄声,下面用平声"何"字来补救)

咸阳城东楼

许　浑

一上高楼万里愁,蒹葭杨柳似汀洲。

溪云初起日沉阁,山雨欲来风满楼。

鸟下绿芜秦苑夕，蝉鸣黄叶汉宫秋。

行人莫问当年事，故国东来渭水流。

（"欲"字系仄声，下面用平声"风"字来补救）

孤平拗救常常和二、四字同仄的出句（在七言则是四、六字同仄）同时并用，像上文所引孟浩然的"往来成古今"、陆游的"双鬓向人无再青"都是。这样，倒数第三字（如孟诗的"成"字，陆诗的"无"字）所用的平声非常吃重，它一方面用于孤平拗救，另一方面还被用来补偿出句所缺乏的平声。总的原理是律诗、绝句不能用过多的仄声字。上文所讲第一种特殊句式，五言第三字用了仄声，第四字就必须补一个平声，而且第一字不能再用仄声，也是这个道理。

我们应该把变格和例外区别开来。变格是律诗所容许的格式，"平平仄平仄"的格式甚至能用于试帖诗；例外则是偶然出现的，如杜甫的"昔闻洞庭水"、孟浩然的"八月湖水平"。有时候，诗人可以写一些古风式的律诗，完全不拘平仄，叫做拗体。但拗体是罕见的，这里不详细讨论了。

七 对 仗

    绝句用不用对仗是自由的；如果用对仗，一般用在首联。律诗中间两联必须用对仗；在唐人的律诗中偶然也有少到一联对仗的，那只是例外。至于对仗多到三联，则是相当常见的现象，特别是在首句不入韵的情况下是如此。三联对仗，常常是首联、颔联和颈联，例如：

旅夜书怀

杜　甫

细草微风岸，危樯独夜舟。

星垂平野阔，月涌大江流。

名岂文章著，官应老病休。

飘飘何所似？天地一沙鸥。

谷口书斋寄杨补阙

钱　起

泉壑带茅茨，云霞生薜帷。

竹怜新雨后，山爱夕阳时。

闲鹭栖常早，秋花落更迟。

家童扫罗径，昨与故人期。

野 望

杜 甫

西山白雪三城戍,南浦清江万里桥。

海内风尘诸弟隔,天涯涕泪一身遥。

惟将迟暮供多病,未有涓埃答圣朝。

跨马出郊时极目,不堪人事日萧条。

登 高

杜 甫

风急天高猿啸哀,渚清沙白鸟飞回。

无边落木萧萧下,不尽长江滚滚来。

万里悲秋常作客,百年多病独登台。

艰难苦恨繁霜鬓,潦倒新停浊酒杯。

对仗首先要求句型的一致,例如杜诗首联"细草微风岸",这是一个没有谓语的句子,必须找另一个没有谓语的句子(这里是"危樯独夜舟")来对它。又如颈联"名岂文章著","著名"这个动宾结构被拆开放在一句的两头;对句是"官应老病休","休官"这个动宾结构也拆开放在一句的两头,才算对上了。又如钱诗颔联"竹怜新雨后,山爱夕阳时","竹怜"不是真正的主谓结构,"山爱"也不是真正的主谓结构,实际上是"怜新雨后的竹,爱夕阳时的山",这样它们的句型就一致了。

对仗要求词性相对,名词对名词,形容词对形容词,动词对动词,副词对副词,上文已经讲过了。此外还有三种特殊的对仗:第一是数目对,如"万里悲秋常坐客,百年多病独登台";第二是颜色对,如"客路青山下,行舟绿水前";第三是方位对,如"西山白雪三城戍,南浦清江万里桥"。

　　名词还可以分为若干小类，如天文、时令、地理等，例如"星垂平野阔，月涌大江流"，"星"对"月"是天文对，"野"对"江"是地理对。又如"海日生残夜，江春入旧年"，"夜"和"年"是时令对。

　　凡同一小类相对，词性一致，句型又一致，叫做工对（就是对得工整），例如"青山横北郭，白水绕东城"，这是工对。邻类相对也算工对，例如"一去紫台连朔漠，独留青冢向黄昏"，"朔"（北方）对"黄"是方位对颜色；又如"海日生残夜，江春入旧年"，"日"对"春"是天文对时令。两种事物常常并提的，也算工对，例如"感时花溅泪，恨别鸟惊心"，"花"对"鸟"是工对；"乱花渐欲迷人眼，浅草才能没马蹄"，"人"对"马"是工对。有所谓借对，这是借用同音字为对，例如"西山白雪三城戍，南浦清江万里桥"，"白"对"清"是借对，因为"清"与"青"同音。

　　凡五字句有四个字对得工整，也就算工对，例如"星垂平野阔，月涌大江流"，虽然"阔"是形容词，"流"是动词，也算工对。又如"感时花溅泪，恨别鸟惊心"，虽然"时"与"别"不属于同一个小类，其余四字已经非常工整，也就不必再计较了。七字句有四五个字对得工整，也就算得工对，例如"无边落木萧萧下，不尽长江滚滚来"，"边"是名词，"尽"是动词，似乎不对，但是"无"对"不"被认为工整，而"无"字后面必须跟名词，"不"字后面必须跟动词或形容词，只能做到这样了。

　　有一种对仗是句中自对而后两句相对。这样的对仗就只要求句中自对的工整，不再要求两句相对的工整，只要词类相对就行了，例如"海内风尘诸弟隔，天涯涕泪一身遥"，"风"对"尘"、"涕"对"泪"已经很工整，"风尘"对"涕泪"就可以从宽了。又如"惟将迟暮供多病，未有涓埃答圣朝"，"迟"与"暮"相对，"涓"与"埃"相对，两句相对就可以从宽了。

　　过分追求对仗的工整会束缚思想。杰出的诗人能做到内容和形式的统一。一般说来,晚唐的对仗比盛唐的对仗工整,但是晚唐的诗不及盛唐的诗的意境高超。可见片面地追求对仗的工整是不能达到写好诗的目的的。

八 古 风

古风又称古体诗,它是跟律诗又称今体诗(或近体诗)对立的。古风的主要特点是:

(1)不但可以用平韵,而且可以用仄韵,又可以换韵;(2)用韵较宽,不受韵书的限制;(3)不拘平仄;(4)不拘对仗;(5)不拘字数。

试看下面两个例子:

月下独酌

李 白

花间一壶酒,独酌无相亲。
举杯邀明月,对影成三人。
月既不解饮,影徒随我身。
暂伴月将影,行乐须及春。
我歌月徘徊,我舞影零乱。
醒时同交欢,醉后各分散。
永结无情游,相期邈云汉。

望 岳

杜 甫

岱宗夫如何? 齐鲁青未了。
造化钟神秀,阴阳割昏晓。

荡胸生层云,决眦入归鸟。

会当凌绝顶,一览众山小。

应该注意,古风的字数可能与律诗的字数适相符合,但不能因此就认为是律诗,如杜甫的《望岳》虽然恰巧用了四十个字,但它用的是仄韵,而且不拘平仄,所以不是律诗。

自从有了律诗以后,诗人们写古风的时候,尽可能少用律句,多用拗句,以求格调高古。拗句的平仄特点主要是:五言二、四字同声,七言二、四字或四、六字同声。在上面所举的两首古风中,"花间"句、"举杯"句、"月既"句、"行乐"句、"我歌"句、"醒时"句、"相期"句、"岱宗"句、"齐鲁"句、"阴阳"句、"荡胸"句,都是二、四字同声的。

如果从三字尾看,拗句有这样四种三字尾:(1)仄平仄;(2)仄仄仄;(3)平仄平;(4)平平平。

在上面所举的两首古风中,"花间"句、"暂伴"句、"我舞"句、"醉后"句、"相期"句、"阴阳"句、"决眦"句、"一览"句,都是仄平仄收尾的;"月既"句是仄仄仄收尾的;"影徒"句、"行乐"句都是平仄平收尾的;"独酌"句、"对影"句、"醒时"句、"永结"句、"岱宗"句、"荡胸"句,都是平平平收尾的。这样,只剩下"造化"句是律句,诗人着意避免律句是很明显的。

也有相反的情况,那就是所谓入律的古风。这种古风基本上用的是律句,而且在许多地方粘对合乎律诗的规定,例如:

桃源行

王　维

渔舟逐水爱山春,两岸桃花夹古津。

坐看红树不知远,行尽青溪忽值人。

山口潜行始隈隩,山开旷望旋平陆。

遥看一处攒云树,近入千家散花竹。

樵客初传汉姓名,居人未改秦衣服。

居人共住武陵源,还从物外起田园。

月明松下房栊静,日出云中鸡犬喧。

惊闻俗客争来集,竞引还家问都邑。

平明闾巷扫花开,薄暮渔樵乘水入。

初因避地去人间,及至成仙遂不还。

峡里谁知有人事,世中遥望空云山。

不疑灵境难闻见,尘心未尽思乡县。

出洞无论隔山水,辞家终拟长游衍。

自谓经过旧不迷,安知峰壑今来变?

当时只记入山深,青溪几度到云林。

春来遍是桃花水,不辨仙源何处寻。

就上面这一首古风来看,可以说全首都是律句;其中有一大半是正常的律句,一小半是变格的律句。入律的古风在押韵上有一个特点,就是往往四句一换韵(有时是六句一换韵),而且是平韵和仄韵交替。这样就像许多首平韵七绝和仄韵七绝交织起来的长诗。白居易的《长恨歌》和《琵琶行》也可以算是入律的古风,不过不像这一首全用律句罢了。

古风分为五言古诗(简称五古)和七言古诗(简称七古)。上面所举李白的《月下独酌》、杜甫的《望岳》就是五古,王维的《桃源行》就是七古。此外还有一种杂言,又称长短句。杂言诗往往以七字句为主,夹杂着三字句、五字句,有时候还夹杂着四字句、六字句以至十字句。下面是杂言诗的一个例子:

兵车行

杜　甫

车辚辚,马萧萧,行人弓箭各在腰。

耶娘妻子走相送，尘埃不见咸阳桥。

牵衣顿足拦道哭，哭声直上干云霄。

道旁过者问行人，行人但云点行频。

或从十五北防河，便至四十西营田。

去时里正与裹头，归来头白还戍边。

边庭流血成海水，武皇开边意未已。

君不闻汉家山东二百州，千村万落生荆杞！

纵有健妇把锄犁，禾生陇亩无东西。

况复秦兵耐苦战，被驱不异犬与鸡！

长者虽有问，役夫敢申恨？

且如今年冬，未休关西卒。

县官急索租，租税从何出？

信知生男恶，反是生女好。

生女犹得嫁比邻，生男埋没随百草。

君不见青海头，古来白骨无人收。

新鬼烦冤旧鬼哭，天阴雨湿声啾啾。

杂言诗一般不另立一类，只归入七言古诗。

九　词牌和词谱

词牌是词调的名称。所谓词调,包括词的字数、韵数以及平仄格式。凡举一首词为例,注明字数、押韵的地方,以及某字可平可仄等等,叫做词谱。

词也是长短句,但是它跟古风杂言诗的长短句不同,因为词的字数是固定的,韵数是固定的,平仄也是固定的。词人们依照词谱来写词,叫做填词。

词牌有《菩萨蛮》《忆秦娥》《忆江南》《虞美人》《浣溪沙》《浪淘沙》《清平乐》《如梦令》《蝶恋花》《渔家傲》《西江月》《风入松》《鹧鸪天》《满江红》《念奴娇》《水调歌头》《沁园春》《凤凰台上忆吹箫》等等。词牌可以等于题目,如白居易的《忆江南》。但是,一般地说,词牌并不是词的题目。词可以没有题目;如果有题目,只注在词牌的下面。每一个词牌有一个词谱;也有多到几个词谱的,叫做又一体(但其中只有一种是常见的)。

现在试举《忆江南》为例:

　　忆江南(又名望江南)　二十七字

　　　　平㊀仄,

　　　　㊀仄仄平平。

　　　　㊇仄㊀平平仄仄,

㊉平㊀仄仄平平。
㊀仄仄平平。

（字外加圈表示可平可仄，字下加△表示押韵，下同）

忆江南

白居易

江南好，
风景旧曾谙。
日出江花红胜火，
春来江水绿如蓝。
能不忆江南？

忆江南

温庭筠

梳洗罢，
独倚望江楼。
过尽千帆皆不是，
斜晖脉脉水悠悠。
肠断白蘋洲。

望江南

李　煜

多少恨，
昨夜梦魂中。
还似旧时游上苑，
车如流水马如龙。
花月正春风！

　　词有单调,有双调。单调不分段,《忆江南》就是单调的例子。双调分为两段,前段叫做前阕,后段叫做后阕。前后阕的字数、韵数、平仄格式往往是一致的,这就好像一个歌谱配上两首歌词。试举《浪淘沙》和《蝶恋花》为例:

浪淘沙　五十四字

‖ ⊗仄仄平平，

⊗仄平平。

⊕平⊗仄仄平平。

⊗仄⊕平平仄仄，

⊗仄平平。 ‖

（‖号表示重复一次,下同）

浪淘沙

李　煜

帘外雨潺潺，

春意阑珊。

罗衾不耐五更寒。

梦里不知身是客，

一晌贪欢。

独自莫凭栏，

无限江山。

别时容易见时难。

流水落花春去也，

天上人间！

浪淘沙

欧阳修

把酒祝东风，
且共从容。
垂杨紫陌洛城东。
总是当时携手处，
游遍芳丛。

聚散苦匆匆，
此恨无穷。
今年花胜去年红。
可惜明年花更好，
知与谁同！

蝶恋花（又名鹊踏枝）　六十字

‖ ⊗仄⊕平平仄仄。
⊗仄平平，
⊗仄平平仄。
⊗仄⊕平平仄仄。
⊕平⊗仄平平仄。‖

蝶恋花

晏　殊

六曲阑干偎碧树。
杨柳风轻，
展尽黄金缕。
谁把钿筝移玉柱？

穿帘海燕双飞去。

满眼游丝兼落絮。

红杏开时,

一霎清明雨。

浓睡觉来莺乱语。

惊残好梦无寻处!

蝶恋花

苏　轼

花褪残红青杏小。

燕子飞时,

绿水人家绕。

枝上柳绵吹又少,

天涯何处无芳草?

墙里秋千墙外道。

墙外行人,

墙里佳人笑。

笑渐不闻声渐杳。

多情却被无情恼!

更常见的情况是:或者是前后阕的字数不完全相同,或者是平仄格式稍有变化,但是基本上还是一致的。试举《菩萨蛮》为例:

菩萨蛮　四十四字

㊉平⊕仄平平仄,

㊉平⊕仄平平仄。

⊛仄仄平平,

⊛平㊉仄平。

Ⓟ平平仄仄，
△

Ⓐ仄平平仄。
△

Ⓐ仄仄平平，

Ⓐ平Ⓟ仄平。

（这个词谱共用四个韵，并且是仄声韵和平声韵交替。前后阕末句不能犯孤平）

菩萨蛮

李　白(?)

平林漠漠烟如织，

寒山一带伤心碧。

暝色入高楼，

有人楼上愁。

玉阶空伫立，

宿鸟归飞急。

何处是归程？

长亭连短亭！

菩萨蛮(书江西造口壁)

辛弃疾

郁孤台下清江水，

中间多少行人泪？

西北是长安，

可怜无数山！

青山遮不住，

毕竟东流去。

江晚正愁余，

山深闻鹧鸪。

又试举《忆秦娥》《浣溪沙》等为例：

忆秦娥　四十六字

平平仄，

㊉平㊃仄平平仄。

平平仄，

㊉平㊃仄，

仄平平仄。

㊉平㊃仄平平仄，

㊉平㊃仄平平仄。

平平仄，

㊉平㊃仄，

仄平平仄。

（前后阕第三句叠三字）

忆秦娥

李　白(?)

箫声咽，

秦娥梦断秦楼月。

秦楼月，

年年柳色，

灞陵伤别。

乐游原上清秋节，

咸阳古道音尘绝。

音尘绝，

西风残照，

汉家陵阙。

忆秦娥

范成大

楼阴缺，

阑干影卧东厢月。

东厢月，

一天风露，

杏花如雪。

隔烟催漏金虬咽，

罗帏黯淡灯花结。

灯花结，

片时春梦，

江南天阔。

浣溪沙　四十二字

⊗仄平平⊗仄平，

㊦平⊗仄仄平平。

㊦平⊗仄仄平平。

⊗仄㊦平平仄仄，

㊦平⊗仄仄平平。

㊦平⊗仄仄平平。

（后阕首二句一般都用对仗）

浣溪沙

晏　殊

一曲新词酒一杯，
去年天气旧池台。
夕阳西下几时回？

无可奈何花落去，
似曾相识燕归来。
小园香径独徘徊。

浣溪沙

秦　观

漠漠轻寒上小楼，
晓阴无赖似穷秋。
淡烟流水画屏幽。

自在飞花轻似梦，
无边丝雨细如愁。
宝帘闲挂小银钩。

满江红　九十三字

⊘仄平平，
平⊕仄、⊕平⊘仄。
平⊕仄、⊕平⊘仄，
⊕平⊘仄。
⊘仄⊕平平仄仄，
⊕平⊘仄平平仄。

仄⊕平、⊗仄仄平平，
平平仄。

⊕⊕仄，平⊕仄；
⊕⊗仄，平平仄。
仄平平仄仄、仄平平仄。
⊗仄⊕平平仄仄，
⊕平⊗仄平平仄。
仄⊕平、⊗仄仄平平，
平平仄。

（此调一般用入声韵）

满江红

岳　飞

怒发冲冠，
凭栏处、潇潇雨歇。
抬望眼、仰天长啸，
壮怀激烈。
三十功名尘与土，
八千里路云和月。
莫等闲、白了少年头，
空悲切！

靖康耻，犹未雪；
臣子恨，何时灭？
驾长车踏破、贺兰山缺。
壮志饥餐胡虏肉，

笑谈渴饮匈奴血。

待从头、收拾旧山河，

朝天阙。

（照词谱应在"破"字后面略有停顿）

满江红（金陵怀古）

萨都剌

六代豪华，

春去也、更无消息。

空怅望、山川形胜，

已非畴昔。

王谢堂前双燕子，

乌衣巷口曾相识。

听夜深、寂寞打孤城，

春潮急。

思往事，愁如织；

怀故国，空陈迹。

但荒烟衰草、乱鸦斜日。

玉树歌残秋露冷，

胭脂井坏寒螀泣。

到而今、只有蒋山青，

秦淮碧。

念奴娇(百字令)　一百字

仄平平仄，

㊀平平平仄、㊀平平仄（或者是仄平仄、㊀仄平平平仄）。

㊀仄㊀平平仄仄，

㊀仄㊀平㊀仄。

㊀仄平平，

㊀平㊀仄，

㊀仄平平仄。

㊀平平仄，

㊀平平仄平仄。

㊀仄㊀仄平平，

㊀平㊀仄、㊀仄平平仄（或者是㊀平平仄仄，平平平仄）。

㊀仄㊀平平仄仄（或仄仄平平，㊀仄平），

㊀仄平平平仄。

㊀仄平平，

㊀平㊀仄，

㊀仄平平仄。

㊀平平仄，

仄平平仄平仄。

（此调一般用入声韵）

念奴娇(赤壁怀古)

苏　轼

大江东去，

浪淘尽、千古风流人物。

故垒西边人道是：

三国周郎赤壁。

乱石穿空，

惊涛拍岸，

卷起千堆雪。

江山如画，

一时多少豪杰。

遥想公瑾当年，

小乔初嫁了，

雄姿英发。

羽扇纶巾谈笑处，

樯橹灰飞烟灭。

故国神游，

多情应笑，

我早生华发。

人生如梦，

一樽还酹江月。

念奴娇（书东流村壁）

辛弃疾

野棠花落，

又匆匆过了、清明时节。

划地东风欺客梦，

一枕银屏寒怯。

曲岸持觞，

垂杨系马，

此地曾经别。

楼空人去，

旧游飞燕能说。

闻道绮陌东头，

行人曾见、帘底纤纤月。

旧恨春江流不尽，

新恨云山千叠。

料得明朝，

樽前重见，

镜里花难折。

也应惊问，

近来多少华发？

念奴娇(石头城)

　　　　　　　　　　萨都剌

石头城上，

望天低吴楚、眼空无物。

指点六朝形胜地，

惟有青山如壁。

蔽日旌旗，

连云樯橹，

白骨纷如雪。

大江南北，

消磨多少豪杰！

寂寞避暑离宫，

东风辇路、芳草年年发。

落日无人松径冷，

鬼火高低明灭。

歌舞樽前，

繁华镜里，

暗换青青发。

伤心千古，

秦淮一片明月！

为篇幅所限，不能把所有的词谱都写下来。清人万树编的《词律》和清人徐本立编的《词律拾遗》共收八百多个调，清人舒梦兰编的《白香词谱》共收一百个调，我的《汉语诗律学》共收二百零六个调，《诗词格律》共收五十个调，都可以参考。

十　词韵和平仄

　　词韵和诗韵没有很大的分别,只是词韵比律诗的韵宽些。再说,由于词比诗更加接近口语,所以宋代词人不再拘泥唐人的韵部,而只凭当代的语音来押韵。试看下面的例子:

渔家傲

范仲淹

塞下秋来风景异,
衡阳雁去无留意。
四面边声连角起。
千嶂里,
长烟落日孤城闭。

浊酒一杯家万里,
燕然未勒归无计。
羌管悠悠霜满地。
人不寐,
将军白发征夫泪。

　　这里"异、意、起、里、闭、里、计、地、寐、泪"押韵。但是,如果依照唐韵,"异、意、起、里、里、地、寐、泪"是一类,"闭、计"是一类,这两类是不能互相押韵的。

　　上声字和去声字，在唐诗里很少互相押韵；到了宋词里就变为经常通押了，例如上文所举晏殊《蝶恋花》的"树、去、絮、处"是去声字，而"缕、柱、语"是上声字；苏轼《蝶恋花》的"小、绕、少、草、道、杳、恼"是上声字，而"笑"是去声字；辛弃疾《菩萨蛮》的"水"是上声字，而"泪"是去声字；范仲淹《渔家傲》的"异、意、闭、计、地、寐、泪"是去声字，而"起、里、里"是上声字（就现代普通话说，"柱、道"又变了去声）。至于入声韵，则仍旧是独立的。

　　现在讲到词句的平仄，请先看下面的几个例子：

长相思

白居易

汴水流，

泗水流，

流到瓜洲古渡头。

吴山点点愁。

思悠悠，

恨悠悠，

恨到归时方始休。

月明人倚楼。

摊破浣溪沙

李　璟

菡萏香销翠叶残，

西风愁起绿波间。

还与韶光共憔悴，

不堪看！

细雨梦回鸡塞远，

小楼吹彻玉笙寒。

多少泪珠何限恨，

倚阑干！

虞美人

李　煜

春花秋月何时了？

往事知多少！

小楼昨夜又东风，

故国不堪回首月明中。

雕阑玉砌应犹在，

只是朱颜改。

问君能有几多愁？

恰似一江春水向东流！

清平乐

黄庭坚

春归何处？

寂寞无行路。

若有人知春去处，

唤取归来同住。

春无踪迹谁知？

除非问取黄鹂。

百啭无人能解，

因风飞过蔷薇。

如梦令

秦　观

莺嘴啄花红溜，
燕尾剪波绿皱。
指冷玉笙寒，
吹彻小梅春透。
依旧，
依旧，
人与绿杨俱瘦！

鹊桥仙

秦　观

纤云弄巧，
飞星传恨，
银汉迢迢暗渡。
金风玉露一相逢，
便胜却人间无数。

柔情似水，
佳期如梦，
忍顾鹊桥归路！
两情若是久长时，
又岂在朝朝暮暮？

凤凰台上忆吹箫

李清照

香冷金猊，
被翻红浪，

起来慵自梳头。

任宝奁尘满，

日上帘钩。

生怕离愁别苦，

多少事欲说还休！

新来瘦，

非干病酒，

不是悲秋。

休休！

这回去也，

千万遍阳关，

也则难留！

念武陵人远，

烟锁秦楼。

惟有楼前流水，

应念我终日凝眸。

凝眸处，

从今又添，

一段新愁！

　　律句是词的基础，不但五字句和七字句绝大多数是律句，连三字句、四字句、六字句、九字句也都是由律句变来的。现在仔细分析如下：

　　二字句，等于律句的平仄脚，如"依旧"；又等于律句的平平脚，如"休休"。

　　三字句，等于律句的三字尾。（1）平平仄，如"江南好"、"新来瘦"、"凝眸处";(2)平仄仄,如"梳洗罢"、"多少恨"、"千嶂里"、"人不寐";(3)仄仄平,如"汴水流"、"泗水流";(4)仄平平,如"不堪看"、"倚阑干"。

四字句,等于七言律句的上四字。(1)⊙平⊙仄,如"春归何处"、"纤云弄巧"、"飞星传恨"、"柔情似水"、"佳期如梦"、"被翻红浪"、"非干病酒";(2)⊙仄平平(注意:第三字一般不用仄声),如"香冷金猊"、"日上帘钩"、"不是悲秋"、"烟锁秦楼"。

五字句,等于五言律句。(1)仄仄平平仄,如"往事知多少";(2)⊙平平仄仄,如"玉阶空伫立"、"青山遮不住";(3)仄仄仄平平,如"昨夜梦魂中";(4)平平仄仄平,如"吴山点点愁"。注意:有一种五字句实际上是一字逗加四字句,即仄——⊙平⊙仄,如"任——宝奁尘满"、"念——武陵人远"。

六字句,等于七言律句的上六字。(1)⊙仄⊙平⊙仄,如"唤取归来同住"、"百啭无人能解"、"银汉迢迢暗渡"、"忍顾鹊桥归路"、"莺嘴啄花红溜"、"燕尾剪波绿皱"、"吹彻小梅春透"、"人与绿杨俱瘦"、"生怕离愁别苦"、"惟有楼前流水";(2)⊙平⊙仄平平(注意:第五字一般不用仄声),如"春无踪迹谁知"、"除非问取黄鹂"、"因风飞过蔷薇"。

七字句,等于七言律句。(1)⊙平⊙仄平平仄(注意:第五字一般只用平声),如"平林漠漠烟如织";(2)⊙仄⊙平平仄仄,如"塞外秋来风景异";(3)⊙平⊙仄仄平平,如"问君能有几多愁";(4)⊙仄平平仄仄平,如"菡萏香销翠叶残"。注意:有一种七字句实际上是三字逗加四字句。(1)仄⊙仄——平平⊙仄,如"便胜却——人间无数"、"又岂在——朝朝暮暮";(2)平⊙仄——⊙仄平平,如"多少事——欲说还休"、"应念我——终日凝眸"。

九字句,等于二字逗加七言律句,即⊙仄——⊙平⊙仄仄平平,如"故国——不堪回首月明中"、"恰似——一江春水向东流"。也有等于四字逗加五言律句的。

　　词中还有一些拗句。有的是律句的变格，如"还与韶光共憔悴"（⊗仄平平仄平仄）、"有人楼上愁"（仄平平仄平）；有的是不拘平仄，如"从今又添，一段新愁"（"添"字没有用仄声）。

　　词中也有一些特定的平仄格式，如《忆秦娥》前后阕末句必须是"仄平平仄"或"平平平仄"，而不能用"平平仄仄"。这些都是要从词谱中仔细体会的。

后　记

本书最初由《北京日报》分十天连载。后由北京出版社出版。1964 年作了个别改动后,收入《语文小丛书》。现在,为了适应社会需要,又重新进行了修订,增换了一些例子,改正了个别错误,仍由该社出版。

附录

诗词的平仄

　　我们热烈欢呼毛主席给陈毅同志谈诗的一封信的发表。这是文艺界的一件大喜事，是中国人民的一件大喜事。毛主席教导我们，写诗要用形象思维，这是诗歌创作实践的艺术经验的总结，将对我国文艺发展产生极其深远的影响。比兴是我国诗歌的优良艺术传统，毛主席归结为形象思维，赋予更丰富、更深刻的艺术内容。毛主席的诗词是革命现实主义和革命浪漫主义相结合的作品，是革命的政治内容和尽可能完美的艺术形式的统一的光辉典范，而形象思维则是毛主席诗词的高度艺术性的表现。毛主席把他的诗歌艺术经验传授给我们，我们必须好好领会，运用到我们的诗歌创作中去。

　　毛主席在信中还教导我们写律诗要讲平仄，不讲平仄，即非律诗。近年来，许多人喜欢写一些"七律"投寄报社，诗是好诗，报纸上给他发表了，但是应删去"七律"二字，因为诗中不讲平仄，不是律诗。

　　现在我谈谈诗词的平仄。

　　古代汉语有四个声调：平声、上声、去声、入声。诗人把这四个声调分为两大类：平声是一类，叫做平声；上去入三声合成一类，叫做仄声。律诗，是依照一定的平仄格式写成的。词和律诗一样，也是依照一定的平仄格式写成的。

　　现代汉语普通话已经没有入声，古入声字转入了其他声调。华北大部分地区的方言和西南官话也都没有入声。在西南官话里,古入声字一律转入阳平。这些地区的人要辨认入声字,只能查书(如《诗韵新编》)。但是,现代还有许多方言是保存着入声的,例如江浙、广东、福建、山西(部分)、湖南(部分)、江西(部分)等地,这些地区的人辨别平仄是没有困难的。

律诗有五律、七律两种。五律有四种平仄格式,但是最常见的只有一种,就是:

⑭仄平平仄,平平仄仄平。
⑭平平仄仄,⑭仄仄平平。
⑭仄平平仄,平平仄仄平。
⑭平平仄仄,⑭仄仄平平。

（字外加圈者,可平可仄。△号表示押韵）

西　行

陈　毅

万里西行急,乘风御太空。
不因鹏翼展,那得鸟途通。
海酿千钟酒,山栽万仞葱。
风雷驱大地,是处有亲朋。

（"急、不、翼、得"入声）

七律也有四种平仄格式,但是最常见的只有两种,就是:

⑭平⑭仄仄平平,⑭仄平平仄仄平。
⑭仄⑭平平仄仄,⑭平⑭仄仄平平。
⑭平⑭仄平平仄,⑭仄平平仄仄平。
⑭仄⑭平平仄仄,⑭平⑭仄仄平平。

长　征

毛主席

红军不怕远征难，万水千山只等闲。

五岭逶迤腾细浪，乌蒙磅礴走泥丸。

金沙水拍云崖暖，大渡桥横铁索寒。

更喜岷山千里雪，三军过后尽开颜。

（"礴、拍、铁、索、雪"入声）

仄仄平平仄仄平，平平仄仄仄平平。

平平仄仄平平仄，仄仄平平仄仄平。

仄仄平平平仄仄，平平仄仄仄平平。

平平仄仄平平仄，仄仄平平仄仄平。

冬　云

毛主席

雪压冬云白絮飞，万花纷谢一时稀。

高天滚滚寒流急，大地微微暖气吹。

独有英雄驱虎豹，更无豪杰怕熊黑。

梅花欢喜漫天雪，冻死苍蝇未足奇。

（"漫"读平声，音蛮。"雪、压、白、一、独、杰、足"入声）

五绝是五律的一半，就是：

仄仄平平仄，平平仄仄平。

平平平仄仄，仄仄仄平平。

登鹳雀楼

王之涣

白日依山尽，黄河入海流。

欲穷千里目，更上一层楼。

（"白、日、入、欲、目、一"入声）

七绝是七律的一半，就是：

⊘平⊘仄仄平平，⊘仄平平仄仄平。
⊘仄⊘平平仄仄，⊘平⊘仄仄平平。

下江陵

李　白

朝辞白帝彩云间，千里江陵一日还。
两岸猿声啼不住，轻舟已过万重山。

（"白、一、日、不"入声）

⊘仄平平仄仄平，⊘平⊘仄仄平平。
⊘平⊘仄平平仄，⊘仄平平仄仄平。

为女民兵题照

毛主席

飒爽英姿五尺枪，曙光初照演兵场。
中华儿女多奇志，不爱红装爱武装。

（"飒、尺、不"入声）

前人有一个口诀："一三五不论，二四六分明。"这个口诀是不全面的，诗论家批评了它。五言第三字、七言第五字，一般是要论的。特别是在五言"平平仄仄平"、七言"⊘仄平平仄仄平"这一类句型中，五言第一字、七言第三字必须用平声，否则叫做犯孤平。毛主席诗词从来不犯孤平。有时候，诗人要在这种地方用一个仄声字，则在五言第三字、七言第五字用一个平声字作为补偿，例如李白《夜宿山寺》"恐惊天上人"、《宿五松山下荀媪家》"月光明素盘"、贺知章《回乡偶书》"笑问客从何处来"、许浑《咸阳城东楼》"山雨欲来风满楼"。这叫做孤平拗救。

律诗、绝句有一种特殊句型，就是把五言"⊕平平仄仄"改为"平平仄平仄"（第一字必平），七言"⊘仄⊕平平仄仄"改为"⊘仄平平仄平仄"（第三字必平）。这种句型往往用在绝句第三句、律诗第七句，例如岑参《见渭水思秦川》"凭添两行泪"、杜甫《江南逢李龟年》"正是江南好风景"、李白《渡荆门送别》"仍怜故乡水"、毛主席《送瘟神》"借问瘟君欲何往"、《答友人》"我欲因之梦寥廓"。

律诗、绝句上句和下句的平仄必须相反，叫做对，否则叫做失对。前联下句和后联上句的平仄必须相同，叫做粘，否则叫做失粘。初唐、盛唐某些诗人偶然写了一些失粘的诗，如王维《送元二使安西》："渭城朝雨浥轻尘，客舍青青柳色新。劝君更尽一杯酒，西出阳关无故人。"至于失对，则诗人绝对不犯的。

律诗之所以要讲究平仄，是为了增强诗歌的音乐性。平声是个平调，上声是个升调，去声是个降调，入声是个促调。所谓仄声，"仄"就是不平的意思。诗人用字音平仄的错综交替来形成声调抑扬的美。沈约所谓"欲使宫羽相变，低昂互节"，就是让声调错综交替，使诗歌富于音乐性的意思。五律一句共有三个节拍，即仄仄|平平|仄，平平|仄仄|平；平平|平|仄仄，仄仄|仄|平平。七律一句共有四个节拍，即平平|仄仄|平平|仄，仄仄|平平|仄仄|平；仄仄|平平|平|仄仄，平平|仄仄|仄|平平。可见一句之中，平仄是交替的，而且是有节奏的。上句和下句平仄相反（叫做对），是避免上下两句平仄的雷同。后联上句和前联下句平仄相同（叫做粘），是避免前后相连的两联平仄的雷同。由此看来，律诗的平仄格式是曲尽声调错综变化之妙的。

词有词谱，词谱就是词的平仄格式。每一种词牌（如《浪淘沙》）都有一词谱，例如：

　　　　⊘仄仄平平，

⊗仄平平，

⊕平⊗仄仄平平。

⊗仄⊕平平仄仄，

⊗仄平平。

（下半首平仄同）

浪淘沙（北戴河）

毛主席

大雨落幽燕，

白浪滔天，

秦皇岛外打鱼船。

一片汪洋都不见，

知向谁边？

往事越千年，

魏武挥鞭，

东临碣石有遗篇。

萧瑟秋风今又是，

换了人间。

（"燕"平声，音烟。"落、白、一、不、越、碣、石、瑟"入声）

　　词的句子多数是律句，五字句就是五律的平仄，七字句就是七律的平仄，四字句是七律的前四字，等等。《浪淘沙》的句子就都是律句。但是也有不是律句的，例如《念奴娇》每段最后一句是⊕平⊕仄平仄。苏轼《念奴娇·赤壁怀古》"一时多少豪杰、一樽还酹江月"；毛主席《念奴娇·昆仑》"谁人曾与评说、环球同此凉热"；《念奴娇·鸟儿问答》"哎呀我要飞跃、试看天地翻覆"，都是这种平仄。须要按词谱填写。

　　有些字的平仄,要依旧诗的读音,例如"看"字有平、去两读,"今朝更好看、险处不须看、战士指看南粤、试看天地翻覆","看"字都读平声,但是"巡天遥看一千河","看"字却读去声。有些字,意义不同,读音也就不同,例如"万木霜天红烂漫、待到山花烂漫时","漫"字读去声;"漫江碧透、赣江风雪迷漫处、梅花欢喜漫天雪","漫"字却读平声。讲平仄时,须要注意这一点。

主要术语、人名、论著索引